SECRETUM - Reliquie

Kriminalroman

Lyn Konner

E-Book, 1. Auflage

www.Lyn-Konner.de
www.LynKonner.de

Covergestaltung: Sebastian Menger

Lektorat: Petra Schuppert

1. KÖLN IM AUGUST

Wie hatten sie ihn um Himmels Willen gefunden? Und was wussten sie?

Ohne eine brauchbare Antwort auf diese Fragen zu finden, schleppte er sich weiter. Er war so sicher gewesen, dass seine Mission bislang unentdeckt geblieben war. Welch ein fataler Irrtum.

Sein Blutverlust war groß. Ihm war schwindelig. Er riss sich zusammen und versuchte ruhig zu atmen. Alle Fragen konnte er noch später klären, sofern er den Tag überleben würde. Jetzt musste er nur bis an sein Ziel kommen. Das war alles, was für den Moment zählte.

Er war noch zwei Kreuzungen von seinem Zielort entfernt. Er hatte sich die Lage des unscheinbaren Bürogebäudes im rechtsrheinischen Köln zuvor bei Recherchen in Google Maps gut eingeprägt. Den wesentlichen Teil zur Vorbereitung seiner Mission hatte er bereits in Siena abgeschlossen. Hierzu gehörte auch die Internetrecherche.

Er kannte auch die Straßen der unmittelbaren Umgebung und hatte sich dank seines guten Orientierungssinns einen nahezu perfekten Überblick über das Straßennetz verschafft. Auch wenn das Bildmaterial bereits einige Jahre alt war, kam es ihm so vor, als sei er bereits unzählige Male zuvor schon in diesem Stadtteil gewesen und habe die Straßenzüge persönlich erkundet.

Dabei hatte er erst vor zwei Tagen zum ersten Mal einen Fuß in die Domstadt gesetzt. Auch, wenn er keine Zeit für touristische

Aktivitäten hatte, kam er nicht umhin, das pulsierende Leben und die Energie dieser Stadt in sich aufzunehmen. Da waren die Geschäftsleute in ihren dunklen Anzügen, das Handy stets am Ohr, während sie die Straßen entlangeilten und nichts anderes um sich herum wahrnahmen. Ganz anders verhielten sich die vielen Touristengruppen, die den Domvorplatz bevölkerten und neugierig in die Altstadt oder die Einkaufsstraßen ausschwärmten. Dann gab es die zahllosen gut besuchten Straßencafés, die ihre Tische auf die Gehwege gestellt hatten, obwohl das Wetter für seinen Geschmack viel zu schwül und drückend war, um einen guten Café Latte an der frischen Luft wirklich genießen zu können. Auf den Rheinwiesen fanden sich ebenfalls unzählige Sonnenanbeter, die die warmen Tage nutzten, um faul in der Sonne zu liegen oder zu lesen.

Er selbst hatte sich nur kurze Ausflüge erlaubt und dabei keine Verfolger bemerkt. Welch tödliche Nachlässigkeit! Der Kerl, der ihn so unerwartet mit einem Messer attackiert hatte, war vor weniger als einer Stunde praktisch aus dem Nichts aufgetaucht, als er gerade aus der Straßenbahn gestiegen war. Der Bahnsteig war menschenleer. Er konnte noch die Rücklichter der weiterfahrenden Bahn sehen, als dieser Koloss von einem Mann auf ihn zuschoss und ihm direkt mit dem Messer eine Schnittverletzung am Arm zufügte. Dazu hatte er heiser in gebrochenem Deutsch geflüstert: "Wo ist das Versteck? Sag es mir – sonst bist du tot!“ Trotz des anfänglichen Schreckens, der in ihm eine kurze Schockstarre ausgelöst hatte, begriff er zweierlei: Er war nicht nur enttarnt worden, sondern die andere Seite ging offenbar davon aus, dass er wusste, wo sich das Versteck befand und sie dorthin führen könnte.

Das bedeutete für ihn nichts Gutes. Sie würden ihn früher oder später in jedem Fall töten. Bemerkenswert war auch, dass das Muskelpaket wusste, dass er der deutschen Sprache mächtig war. Während seines Aufenthalts in Köln hatte er noch mit keinem Wort zu erkennen gegeben, dass er nicht nur alles verstand, sondern auch ein akzentfreies Deutsch sprach. Er hatte sich in den vergangenen beiden Tagen nur mit einer Mischung aus Italienisch und gebrochenem Englisch verständigt. Dies hatte ihm ermöglichen sollen, unbemerkt die Ohren offenzuhalten und sicherzugehen, dass seine Identität geheim bliebe. Gelungen war ihm dies nicht, wie er jetzt leidvoll feststellte.

Nach der ersten Schrecksekunde, die der Angriff ausgelöst hatte, reagierte er instinktiv.

Die Messerattacke hatte ihn am rechten Oberarm verletzt. Der Schnitt, der von der Schulter bis zum Ellbogen reichte, war zwar schmerzhaft, aber nicht weiter schlimm. Er ignorierte den Schmerz, atmete tief ein, machte eine rasche Drehung und trat dem annähernd zwei Meter großen Muskelmann kraftvoll gegen den Kehlkopf. Er ging davon aus, dass sein Gegner zu Boden gehen würde, entweder tödlich getroffen oder aber doch schwer verletzt. Aber nichts dergleichen geschah.

Der Muskelmann wankte, hielt sich aber auf den Beinen und zischte: „Dafür wirst du sterben!"

Langsam ging er ein paar Schritte zurück, um den Abstand zu seinem Angreifer zu vergrößern. „Ich weiß nicht, was du von mir willst!"

„Stell dich nicht so dumm", sagte der Muskelmann mit einem bösartigen Lächeln. „Wir wissen genau, dass du Hinweise hast, wo sich das Versteck befindet. Nur aus diesem Grund bist du doch hier. Ist es hier in Köln…?"

Er erstarrte, zögerte aber keinen Moment mit der Antwort: „Finde es doch selbst heraus."

Der Muskelmann grinste böse. „Deine Entscheidung." Er zuckte kurz mit den Achseln. „Dann wirst du jetzt wohl sterben." Der Koloss kam mit ruhigen Schritten auf ihn zu, das Messer sicher in seiner rechten Hand, den Arm angewinkelt, bereit, ihm diesmal tödliche Verletzungen zuzufügen. Er hatte ein breites flaches Gesicht mit ungesund blasser Hautfarbe und eine schiefe, scheinbar mehrfach gebrochene Nase. Eine helle Narbe breitete sich vom Kinn über die Wange bis hin zum linken Ohrläppchen aus. Sein schwarzes Haar war militärisch kurz geschnitten und seine Kleidung bestand aus einer schmutzigen Jeans und einem dunklen, fleckigen T-Shirt, das sich über seinem mächtigen

Brustkorb wölbte. Seine riesigen Füße steckten in ausgetretenen Turnschuhen.

Eine Flucht kam jedoch nicht in Frage. Selbst wenn er seinem Gegner heute entkommen könnte, so würden weder er noch sein Gefolge – er war sicher, dass der Koloss nicht alleine handelte - aufgeben. Seine Identität war aufgeflogen, und sie kannten seine Mission. Früher oder später würden sie ihn stellen.

Er wappnete sich für den Angriff, atmete durch und suchte einen sicheren Stand. Er nahm erneut Blickkontakt auf, und das Gesicht des Gegners verzog sich zu einer hasserfüllten Grimasse. Es war beiden klar, dass nur einer lebend aus dem Kampf hervorgehen würde.

Er konnte im Nachhinein nicht mehr sagen, wie es dazu kommen konnte, dass er derjenige war, der – zumindest vorerst – überlebt hatte. Er hatte keine Waffen mit sich geführt und war darauf angewiesen gewesen, seinem Gegner das Messer abzuluchsen. Dies war ihm nach kurzem Kampf auf sehr schmerzhafte Weise gelungen, allerdings erst, nachdem ihm der Muskelmann das Messer in den Bauchraum gerammt hatte. Einer Ohnmacht nahe hatte er sich mit einer übermenschlichen Kraftanstrengung das Messer selbst aus seinem Bauch herausgezogen und dem sich wegdrehenden Widersacher, der noch schwer atmend halb über ihn gebeugt stand, die Klinge bis zum Schaft in sein linkes Auge gestoßen. Daraufhin war dieser mit einem kurzen Schmerzenslaut zusammengesackt wie ein gefällter Baum. Der Dreckskerl war auf der Stelle tot.

Er selbst war vermutlich dem Tod ebenfalls näher als dem Leben, aber er schaffte es, sich aufzurappeln und irgendwie auf die Füße zu kommen. Er schaute den Bahnsteig entlang und stellte fest, dass er glücklicherweise immer noch allein an den Gleisen stand. Das tödliche Intermezzo war unbemerkt geblieben. Ihm war klar, dass die Leiche früher oder später gefunden und unweigerlich Fragen und Ermittlungen aufwerfen würde. Seine Fingerabdrücke waren nicht nur auf der Waffe, sondern vermutlich auch an der Kleidung seines Gegners zu finden. Zudem würde er – im wahrsten Sinne des Wortes – eine blutige

Spur hinterlassen. Hieran ließ sich jetzt aber nichts ändern. Er musste weiter, die Zeit drängte. Mitleid mit seinem toten Gegner empfand er keines.

Er durfte nicht sterben – jetzt noch nicht! Der Mann bog an der Kreuzung rechts ab und schleppte sich an einer geöffneten Eckkneipe vorbei. Er sah zwei Männer am Tresen sitzen, die lebhaft bei einem Kölsch diskutierten. Glücklicherweise nahm keiner von ihm Notiz. Der Schwerverletzte ging mühsam weiter, an einem kleinen türkischen Imbiss vorbei, aus dem Musik auf die Straße drang. Jetzt war er kurz vor dem Ziel. Bereits an der nächsten Kreuzung sah er die einsame Birke vor dem schmucklosen vierstöckigen Bürogebäude, das selbst in der Nachmittagssonne ein trostloses Bild abgab. Es war ein funktionaler Bau, dessen Fassade bereits seit geraumer Zeit einen neuen Anstrich benötigt hätte und die gläserne Hauseingangstür wies ein großes Splitternetz auf, so als habe jemand im Zorn einen harten Gegenstand hineingeworfen.

Es gab nur zwei Kategorien Menschen, die sich in diesem Bürogebäude niedergelassen hatten: Diejenigen, die am Anfang ihrer eigenen beruflichen Erfolgsgeschichte auf dem Weg nach oben waren und die preiswerten Büromieten lediglich als Sprungbrett nutzten, um schnell wirtschaftlich erfolgreich zu werden, und auf der anderen Seite die Gescheiterten, die ihren bevorstehenden wirtschaftlichen Absturz, verzweifelt versuchten abzuwenden, in der trügerischen Hoffnung, dass sich der Erfolg doch noch einstellen werde.

Egal zu welcher Kategorie man gehörte: ein langes Verweilen gab es für keine Mietpartei in der Industriestraße 77.

Vor dem Bürogebäude war an zwei Stahlpfeilern ein großes Schild mit weißem Hintergrund befestigt, auf dem hinter Glas kleine Kunststoffplatten angebracht waren, die die Mietparteien und ihre Büroetagen auswiesen. Die billig wirkenden Kunststoffplatten waren überwiegend mit klangvollen Firmennamen und Logos versehen, die die Aufmerksamkeit eines Betrachters auf sich zu ziehen versuchten.

Seine Augen glitten an all den Schildern vorbei, bis sie an einem schnörkellosen Namensschild hängen blieben, das aufgrund seiner Schlichtheit dem Betrachter wohltuend ins Auge fiel. In gradliniger schwarzer Schrift auf cremefarbenem Grund sah er sich am Ziel:

Rechtsanwältin Dr. Katharina Marvin, Allgemeines Zivilrecht, EG links

Sein Atem ging mittlerweile rasselnd, sein Herz raste. Er ging davon aus, dass seine Lunge bei dem Kampf verletzt worden war. Seinen rechten Arm konnte er auch nicht mehr bewegen. Aber er hatte es geschafft, er war am Ziel. Er biss sich auf die Lippen und versuchte erneut, seine Atmung zu beruhigen.

Mit Mühe drückte er den Klingelknopf der Anwaltskanzlei und als der Türsummer einige Sekunden später ertönte, öffnete er mit seiner letzten Kraftreserve die Tür.

2. KÖLN

ANWALTSKANZLEI

Katharina Marvin runzelte missmutig die Stirn. Die Prozessakte für den nächsten Tag lag geöffnet neben einer Tasse mittlerweile kalten Kaffees vor ihr auf dem Schreibtisch. Egal, wie oft sie die Sache noch durchging, die Abwehr der Schadensersatzklage, die gegen ihren Mandanten erhoben worden war, würde überaus schwierig werden.

Sie seufzte und erhob sich leichtfüßig von ihrem Schreibtischstuhl, um sich kurz zu strecken und den verspannten Nacken zu lockern. Sie war schlank und mittelgroß, wobei auch ihr konservativer blauer Hosenanzug und die weiße Bluse nicht verdecken konnten, dass sie einen sportlichen und drahtigen Körper hatte, wie er nur durch regelmäßigen Ausdauersport entstehen konnte.

Seit ihrer Studentenzeit trainierte sie mehrmals wöchentlich KRAV MAGA, ein effektives Nahkampfsystem, dessen Ursprünge sich in der israelischen Militärausbildung finden. Keiner ihrer Mandanten ahnte, dass sie nicht nur mit Worten kämpfen konnte, sondern als *Expert Level 5* in jeder Hinsicht bestens für einen Überlebenskampf gerüstet war.

Katharina trug ihr kastanienbraunes Haar schulterlang und offen. An ihren Ohrläppchen glitzerten kleine Perlenohrringe. Ihre klugen, fast schwarzen Augen schauten klar und durchdringend. So mancher Gegner hatte sich bereits des unwohlen Gefühls nicht erwehren können, dass es ihnen gelang, mühelos bis in sein Innerstes zu blicken. Ihre Nase war zierlich und ihre vollen Lippen waren dezent mit Lipgloss geschminkt. Sie hatte ein kleines Grübchen am Kinn, das sich bei jedem Lächeln zeigte. Hiervon war sie allerdings im Moment sehr weit entfernt.

Als Katharina gerade wieder Platz nehmen wollte, hörte sie aus ihrem Vorzimmer einen kurzen markerschütternden Schrei. Sie sprang auf, riss ihre Bürotür auf und stieß dort mit Hektor, ihrem Rechtsreferendar, zusammen, der ebenfalls durch den Schrei aufgeschreckt worden war. „Das war Lydia", rief er. Zusammen hasteten sie Richtung Eingang.

In dem kleinen Vorzimmer trafen sie auf Lydia, die Vorzimmerdame und gute Seele der Kanzlei, die mit bleichem Gesicht auf einen am Boden liegenden, offenbar schwer verletzten Mann deutete. Eine Blutspur zog sich vom Eingangsbereich bis zu ihm hin. „Wir müssen ihm helfen", stammelte sie, „er ist gerade durch die Tür gekommen und zusammengebrochen." Sie selbst schien jedoch zu keiner weiteren Regung fähig.

Hektor hingegen zögerte nicht lange. Er lief zum Telefon, das auf dem aufgeräumten Sekretariatstisch neben dem PC stand, und wählte die 112. Während er mit kurzen präzisen Worten den Notarzt anforderte, kniete sich Katharina neben den schwer verletzten Mann.

Er war ungefähr 1,80 m groß, und sie schätzte ihn auf Mitte dreißig ungefähr ihr Alter. Auch wenn sein Gesicht vor Schmerzen verzerrt war, so war er recht attraktiv, mit gleichmäßigen Gesichtszügen und einer natürlich gebräunten Haut, die jetzt schweißnass war. Sein Haar war tiefschwarz und von grauen Strähnen durchzogen. Sein schlanker, muskulöser Körper war mit einer schwarzen Jeans und einem schwarzen T-Shirt bekleidet. In Herzhöhe war ein kleines silbernes Kreuz an sein T-Shirt geheftet, das seltsam fehl am Platz wirkte. Sein rechter Arm lag schlaff auf dem Boden und war blutverschmiert. Er hielt die Augen geschlossen. Bei näherem Hinsehen bemerkte Katharina, dass sein T-Shirt im Bauch- und Brustbereich einen großen dunklen Fleck aufwies. Vorsichtig versuchte sie es anzuheben und fühlte sofort eine schmierige Flüssigkeit. Ihre Hände hatten sich von seinem Blut rot gefärbt. „Oh, mein Gott!“, murmelte sie. „Können Sie mich hören?“, fragte sie etwas lauter und mit ruhigem Tonfall.

Die Augenlider des schwarz gekleideten Mannes begannen zu flattern. Er schaffte es, sie zu öffnen. "Katharina ...“, sagte er undeutlich, aber bei vollem Bewusstsein.

„Bleiben Sie ganz ruhig, Hilfe ist schon unterwegs“, antwortete sie, ein wenig verwundert, dass er sie mit ihrem Vornamen ansprach.

„Bitte“, krächzte er undeutlich „...in meiner Tasche.“ Seine linke Hand klopfte leicht auf seine Hosentasche. „Sie möchten, dass ich etwas aus Ihrer Hosentasche hole?“ vergewisserte Katharina sich. Besorgt stellte sie fest, dass er seine Augen wieder geschlossen hatte und sich kleine rosafarbene Schaumbläschen vor seinen Lippen bildeten.

Noch einmal öffnete er mit Mühe die Augen. Er blickte sie aus braunen Augen überraschend klar an. „Wichtig sind die Jahreszahlen, Katharina. Hören Sie – die Jahreszahlen“, murmelte er. Dann schloss er erneut seine Augen. „Was meinen Sie damit, was wollen Sie von mir?“ fragte Katharina verblüfft. Doch er hörte sie schon nicht mehr. Er hatte das Bewusstsein verloren.

Während ein lautes Martinshorn das Herannahen des Notarztes verkündete, tastete Katharina rasch die linke Hosentasche des Mannes ab und fühlte einen Gegenstand. Beim Herausholen erwies er sich als ein USB-Stick. Sie schaute ihn kurz prüfend an und ließ ihn dann in ihrer Hosentasche verschwinden.

„Können Sie mir sagen, wer der Verletze ist und was hier passiert ist?“ wendete sich der weiß gekleidete Sanitäter an Katharina. Der verletzte Mann befand sich bereits im Krankenwagen und erhielt eine erste Versorgung durch den Notarzt. Katharina schüttelte den Kopf. „Nein, ich habe diesen Mann noch nie zuvor gesehen.“ Der Sanitäter schaute ungläubig. „Warum kommt ein wildfremder, schwer verletzter Mensch ausgerechnet zu Ihnen, hier in dieses Bürohaus? Da verirrt sich doch freiwillig kein

Mensch hin."

Das war zwar keineswegs schmeichelhaft, aber Katharina teilte seine Meinung. Sie ging allerdings nicht weiter darauf ein. „Wo bringen Sie ihn denn hin?" „Auf direktem Weg in die Uni-Klinik", rief der Sanitäter ihr zu, während er bereits zurück zum Krankenwagen eilte. „Wir hoffen, dass wir noch etwas für ihn tun können." Der Fahrer schaltete das Martinshorn ein, und der Krankenwagen fuhr mit hoher Geschwindigkeit davon.

Während Katharina dem Krankenwagen nachblickte, der rasch immer kleiner wurde und schließlich aus ihrem Sichtfeld verschwand, fröstelte sie. Sie hatte das ungute Gefühl, dass die Sache für sie noch nicht beendet war. Was um Himmels Willen hatte der unbekannte Mann von ihr gewollt?

Sie blickte zurück in den Empfangsbereich, wo Lydia und Hektor auf sie warteten.

Hektor strahlte auch jetzt die für ihn typische Ruhe aus, die Katharina so an ihm schätzte.

Dabei hatte er es bereits vor seinem juristischen Abschluss geschafft, in der Gerichtswelt als Paradiesvogel zu gelten. Sie erinnerte sich mit einem Schmunzeln an sein Bewerbungsgespräch für die Stelle als Rechtsreferendar. Er hatte auf Anzug und Krawatte verzichtet und war mit Jeans und Hemd in ihrem Büro erschienen. Allein das war für ein juristisches Bewerbungsgespräch schon ungewöhnlich, aber bei Hektor letztlich noch das Normalste angesichts seiner exzentrischen Gesamterscheinung. Hektor, fünfundzwanzig Jahre alt, war mittelgroß und hatte den kompakten Körper eines Body-Builders mit einem Brustkorb, der Popeye vor Neid erblassen lassen würde. Seinem Lebenslauf war - was nicht verwunderte - zu entnehmen, dass er als Türsteher jobbte. Zu seiner Nebentätigkeit passte es, dass er sein streichholzkurzes stachliges Haar weiß gefärbt trug. Sein rechtes Ohrläppchen zierte ein dicker goldener Ohrring, der an alte Piratenfilme erinnerte. Die Hemdsärmel verdeckten kaum die großflächigen Tätowierungen auf den beiden muskulösen Armen. Im offenen Hemdkragen war zu erkennen gewesen, dass Hektor auch die linke Halsseite tätowiert hatte. Ein Schlangenkopf mit langer gespaltener Zunge schien sich in Richtung seines Kehlkopfes zu bewegen.

Katharina hatte Hektor einige Sekunden fassungslos angestarrt. Sie war versucht gewesen, ihn umgehend wieder wegzuschicken, wie die vielen anderen Kanzleien es vor ihr getan hatten, als ihr Blick in seine Zeugnisse fiel. Die waren allesamt brillant. Sogar besser als ihre eigenen, was schon einiges heißen sollte. Sie war verblüfft gewesen und hatte ihm letztlich – auch mangels anderer Alternativen – die Stelle gegeben. Und sie hatte es nicht eine Sekunde bereut. Hinter seinem bizarren Äußeren verbarg sich ein kluger Kopf, der im Umgang mit Menschen über sehr feine Antennen verfügte. Selbst ihre Mandantschaft – eine durchweg konservative Klientel – fand immer mehr Gefallen an dem verrückten jungen Anwalt, wie sie ihn nannten. Dabei hatte er Katharina allerdings unter Androhung von Höchststrafen versprechen müssen, dass er niemals, wirklich niemals sein Haustier mit zum Gericht oder einem Mandantengespräch nehmen würde. An seinem zweiten Arbeitstag hatte Hektor bei Katharina angeklopft und gefragt, ob sie was dagegen habe, wenn er seinen „kleinen Wachhund“ mit ins Büro nehmen würde. Katharina, die einen kleinen, flauschigen Hund vor ihrem geistigen Auge sah, hatte zugestimmt. Sofort hatte Hektor strahlend in seine Umhängetasche gegriffen und stolz Tante Lucy hervorgeholt, eine dicke weiße Ratte mit rosafarbenen Augen und einem langen Schwanz. Er hatte sie sich auf die Schulter gesetzt und war in sein Büro stolziert, während Katharina ihm nur sprachlos nachstarren konnte. Seit diesem Tag gehörte Tante Lucy zum Kanzleiinventar.

Lydia blickte jetzt nacheinander Hektor und Katharina an. „Habe ich das jetzt geträumt oder ist gerade tatsächlich ein schwer verletzter Mann in unserem Büro zusammengebrochen?“ Hektor deutete auf die Blutlache. „Ich glaube nicht, dass man sich das Blut einbilden kann. Wer er wohl ist?“ „Ein Obdachloser war das auf keinen Fall, dafür war seine Kleidung zu gut und er schien auch körperlich fit und gepflegt zu sein“, merkte Lydia an. „Wir müssen uns auf jeden Fall in der Uni-Klinik erkundigen, wie es ihm geht.“

Typisch Lydia, dachte Katharina mit einem leichten Lächeln. Für Menschen, die in Not waren, würde sie immer ein offenes Ohr haben und alles ihr Mögliche tun, um Hilfe zu leisten.

Bei Lydia war der Begriff „Vorzimmerdame“ sehr viel passender als das umgangssprachlich gebräuchliche „Assistentin“. Mit ihrer eleganten Erscheinung war sie optisch das genaue Gegenstück zu Hektor. Lydia, die drei Töchter großgezogen hatte und mittlerweile stolze Großmutter zweier Enkelkinder war, fiel durch ihre gepflegte Erscheinung auf. Auch wenn sie mit ihren sechzig Jahren nicht mehr die Jüngste war, so war sie immer noch schlank und trug im Büro klassische Kostüme und dazu passenden, geschmackvollen Schmuck, der hochwertig aber nicht protzig war. Die ergrauten Haare hatte sie stets zu einem ordentlichen Knoten gesteckt. Im Umgang mit den Mandanten meisterte sie die Gratwanderung zwischen professioneller Distanz und menschlicher Anteilnahme auf hervorragende Weise.

„Hektor, helfen Sie mir bitte, den Boden zu reinigen“, sagte Lydia und krempelte sich energisch die Ärmel hoch. „Lassen Sie gut sein, Lydia, ich mach das schon allein“, entgegnete Hektor. „Gehen Sie ruhig nach Hause, für heute haben wir alle genug erlebt.“ Fragend schaute er Katharina an. „Ja, Hektor hat völlig recht. Lydia, machen Sie Schluss für heute! Ich schaue mir noch meine Prozessakte für morgen an und werde dann auch früh Feierabend machen.“

Noch während sie auf dem Weg zu ihrem Büro war, klopfte es an der Eingangstür. Hektor, der mit Eimer und Putzlappen auf dem Boden kniete, erhob sich und öffnete die Tür.

„Ja, bitte?" Er schaute fragend zu den zwei hochgewachsenen Polizeibeamten, die vor der Tür standen und verblüfft auf seine Tätowierungen starrten. „Guten Tag“, entgegnete der ältere der beiden. Er war großgewachsen, trug einen dunklen Anzug und hatte einen kahlrasierten Schädel. „Sind wir hier richtig? Ist das die Anwaltskanzlei von Frau Dr. Marvin?

Hektor musterte seinerseits die Beamten aus zusammengekniffenen Augen. „Ja, meine Herren, das ist korrekt. Wie können wir helfen?“

„Wir haben von der Universitätsklinik den Hinweis bekommen, dass ein schwer verletzter Mann bei Ihnen zusammengebrochen ist. Wir haben den begründeten Verdacht, dass er in eine Straftat – ein Gewaltdelikt - verwickelt war“, erklärte der glatzköpfige Beamte. Dabei musterte er Hektor mit einem Gesichtsausdruck, als sei dieser auch nicht weit davon entfernt, Berufskrimineller zu sein.

„Wie kommen Sie darauf?“, Katharina bog um die Ecke und kam zurück zur Eingangstür. „Kommen Sie doch bitte rein, das müssen wir ja nicht zwischen Tür und Angel besprechen.“

Die beiden Polizisten, die sich als Kriminalhauptkommissar Peter Mangold und Kriminalmeister Marc Schreiber auswiesen, betraten den kleinen Vorraum und sahen sich aufmerksam um. Ihre Blicke blieben an den Resten der Blutlache haften, die noch nicht restlos aufgewischt waren. „Nun“, begann der Ältere namens Mangold in gestelztem Tonfall, „aufgrund verschiedener Aspekte haben wir den begründeten Verdacht, dass der Mann, der bei Ihnen zusammengebrochen ist, in eine Straftat verwickelt war. Aufgrund dessen benötigen wir von Ihnen Zeugenaussagen, um eine vollständige Sachverhaltsaufklärung herbeizuführen“, fuhr er formal fort. „Bitte haben Sie Verständnis, dass wir über polizeiinterne Ermittlungen keine weiteren Auskünfte geben dürfen.“

Nur Lydia und Hektor bemerkten das ihnen wohl bekannte angriffslustige Funkeln in den Augen von Katharina. Sie wussten, dass sich ihre Chefin nicht mit diesen formalen Plattitüden abspeisen lassen würde. Hektor empfand sogar ein bisschen Bedauern mit den beiden Polizisten, als sich Katharina den beiden mit einem strahlenden Lächeln zuwandte.

Ihre Augen fixierten den Beamten, der sich mit Mangold vorgestellt hatte und von dem eine natürliche Autorität ausging. Das war eindeutig der Chef. Auf den ersten Blick sah er aus, wie aus einem Modemagazin für Männer entstiegen. Der hochwertige Anzug passte perfekt und betonte seinen schlanken und durchtrainierten Körper. Aufgrund des fehlenden Kopfhaares wirkte das markante Gesicht wie ein Blickfang. Mangold hatte ein wettergegerbtes Gesicht mit zahllosen Falten, die Katharina unwillkürlich an den „Marlboro-Mann“ aus der Werbung in ihrer Jungend denken ließen. Mangolds durchdringender Blick zeugte davon, dass er genau wusste, was er wollte und auch gewohnt war, es zu bekommen. Da stand ihm Katharina allerdings in nichts nach.

„Natürlich verstehe ich Ihr Anliegen“, sagte sie betont freundlich. „Aber Sie haben sicherlich gleichfalls Verständnis, dass es mir aufgrund des Anwaltsgeheimnisses verwehrt ist, Auskünfte über meinen Mandanten zu geben, zumal er augenscheinlich einer Straftat verdächtig ist.“

„Mandant?“, platzte es aus Mangold heraus. Die beiden Polizisten sahen sich ungläubig an. Auch Lydia und Hektor tauschten einen verblüfften Blick. Diesmal reagierte der jüngere Beamte namens Schreiber als erstes. Mühsam auf Höflichkeit bedacht, wandte er sich an Katharina. „Ist das Ihr Ernst? Sie geben uns keine Auskünfte? Wollen Sie unsere Ermittlungsarbeit behindern?“

„Ist es Ihr Ernst, dass Sie elementare rechtstaatliche Prinzipien in Frage stellen?“, entgegnete Katharina gelassen. „Zum jetzigen Zeitpunkt werden wir keine Fragen beantworten. Selbstverständlich bin ich gerne zur Zusammenarbeit bereit, sobald ich sicher bin, dass dies keinen Nachteil für meinen Mandanten bedeutet.“

„Dann würde ich gerne die Anwaltsvollmacht sehen, Frau Anwältin. Wenn der Verletzte Ihr Mandant ist, hat er doch sicherlich eine Beauftragung unterschrieben,“ meldete sich der Beamte Mangold zu Wort und schaute sie scharf an.

„Meine Herren“, Katharinas Tonfall hatte sich jetzt auch verschärft, und sie sprach von oben herab. „Ich habe etwas viel Besseres als eine schriftliche Vollmacht.“

„Und das wäre?“

„Die Aussagen meiner Mitarbeiter, Frau Lydia Markgraf und Herrn Rechtsreferendar Hektor Arens. Beide können bezeugen, dass der Verletzte, als er am Boden lag, kurzzeitig bei Bewusstsein war und mich direkt mit Namen angesprochen und um Hilfe gebeten hat. Diese habe ich ihm zugesagt", fügte sie hinzu, während Lydia und Hektor ihre Worte mit einem Nicken begleiteten. „Damit haben wir ein Mandatsverhältnis begründet. Oder beurteilen Sie die Rechtslage anders, meine Herren?"

„So funktioniert das nicht!", polterte Mangold, während sich Lydia und Hektor anblickten und ein Schmunzeln kaum unterdrücken konnten.

„Doch, meine Herren, genauso funktioniert es", sagte Katharina. „Darüber hinaus werden Sie mir kurzfristig Akteneinsicht verschaffen und sicherstellen, dass ich in der Uniklinik einen ungestörten Kontakt mit meinem Mandanten haben kann", führte sie ungerührt fort. „Ach ja, und Sie sind sicherlich so nett und werden mich schnellstmöglich informieren, sobald mein Mandant ansprechbar ist, nicht wahr?"

Mangold trat einen Schritt auf sie zu. Er schaute sie jetzt eher amüsiert als verärgert an. „Wir sprechen uns noch, Frau Anwältin." Er dreht sich auf dem Absatz um und zog seinen Kollegen mit sich. Die Tür fiel betont leise ins Schloss.

„Mandant…? Das ist doch nicht dein Ernst!" Hektor schüttelte den Kopf.

„Warum nicht, oder glaubst du, dass die Kanzlei wegen Reichtums geschlossen hat?", entgegnete Katharina angriffslustig. „Ich bin auch für deine Ausbildung zuständig und die soll doch so vielfältig wie möglich ausfallen", milderte sie ihre harsche Reaktion mit einem Augenzwinkern ab.

„Außerdem wirkte der Mann auf mich verzweifelt und nicht wie ein Gewalttäter. Ich kann die Sache nicht auf sich beruhen lassen, immerhin wäre er fast in meinem Flur gestorben. Ich will wissen, was es damit auf sich hat", fügte sie hinzu. „Das geht am einfachsten, wenn ich als Anwältin die Verteidigung des Mannes übernehme. Und es steht für mich außer Frage, dass er genau aus diesem Grunde zu mir gekommen ist."

„Soweit ich weiß, bist du Wirtschaftsanwältin und keine Strafverteidigerin", unternahm Hektor eine letzte schwache Gegenwehr, obwohl er bereits wusste, dass er auf verlorenem Posten stand.

„Na, dann erweitern wir eben ab heute das Tätigkeitsfeld unserer Kanzlei“, lächelte Katharina ihn an.

3. KÖLN

ANWALTSKANZLEI

Katharina saß an ihrem Schreibtisch und rieb sich die Schläfen. Die Uhr zeigte mittlerweile 22:40 Uhr an, und sie war alleine in ihrer Kanzlei. Leise tropfte der langersehnte Sommerregen an ihr Fenster und brachte etwas Abkühlung. Sie hoffte, dass er die schwülwarme Luft vertreiben würde, die Köln bereits seit Wochen gefangen hielt. Hektor und Lydia waren vor einigen Stunden in ihren wohlverdienten Feierabend gegangen, nachdem sie die letzten Blutspuren beseitigt hatten. Katharina hatte die vergangenen Stunden damit zugebracht, sich konzentriert auf den morgigen Prozesstag vorzubereiten. Ihr Magen meldete sich jetzt mit einem vernehmbaren Knurren, und sie entschied, dass es an der Zeit war, nach Hause zu fahren. Während sie ihren Autoschlüssel suchte, fiel ihr auf einmal der USB-Stick in die Hände, den sie dem verletzten Mann aus der Hosentasche gezogen und ganz vergessen hatte. Ihre Neugierde war stärker als Hunger und Müdigkeit. Sie entschied, rasch einen kurzen Blick auf die Daten zu werfen. Sie fuhr den Computer wieder hoch und dockte den USB-Stick an. Nach kurzer Zeit wurden zwei Dateien geladen, eine pdf-Datei namens „disastro_Rossi_1989“ und eine JPEG-Bilddatei ohne Benennung.

Sie klickte zunächst auf die Bilddatei. Es erschien ein Fenster, mit der Aufforderung ein Passwort einzugeben. Katharina biss sich auf die Lippen. „Und jetzt?“ Das Bild des verletzten Mannes tauchte vor ihrem geistigen Auge auf. Er hatte mit ihr gesprochen. Was war es noch gleich? *„Wichtig sind die Jahreszahlen, Katharina"*, kam es ihr auf einmal in den Sinn. Das war es. Doch welche Jahreszahlen hatte er gemeint? Ihren Geburtstag? Auf gut Glück gab sie die Zahlen ihres Geburtstags ein: 13101988. Das Fenster blinkte kurz, dann erschien der Hinweis, dass das Passwort fehlerhaft sei. „Jahreszahlen – Katharina", murmelte sie vor sich hin. „Von welchen Jahreszahlen hast du gesprochen?", dachte sie laut. Hatte er vielleicht gar nicht sie gemeint, sondern eine andere Katharina? Und was sollte überhaupt diese ganze Geheimniskrämerei? Erneut sah sie das Bild des Unbekannten vor ihrem Auge. Sie überlegte.

Er war ein gepflegter Mann, der vollständig schwarz gekleidet gewesen war. Das war zwar kein unübliches Outfit, aber in der sommerlichen August-Hitze, die gerade in Deutschland herrschte, sicherlich eine wenig praktische Kleiderwahl und auch auffällig. Lag darin vielleicht ein Hinweis? Dann war da noch das kleine silberne Ansteckkreuz, das auf seiner Brust geglitzert hatte, erinnerte sie sich weiter. „Gehörte er einer kirchlichen Religionsgemeinschaft an, vielleicht einem christlichen Orden?", dachte sie laut.

Katharina selbst war katholisch getauft worden, doch sie stand der Kirche nicht wirklich nahe. Als Kind hatte sie mit ihren Eltern regelmäßig den Sonntagsgottesdienst besucht, aber im Teenageralter hatte sie Verabredungen mit ihren Freundinnen einem Kirchenbesuch vorgezogen. Ihre Eltern waren hierüber nicht ganz glücklich gewesen, hatten ihr aber die freie Wahl gelassen. Nach dem plötzlichen Herztod ihres Vaters vor drei Jahren hatte sie sich während der Trauerphase kurzzeitig mit Glaubensfragen beschäftigt. In der Auseinandersetzung mit verschiedenen Glaubensrichtungen hatte sie für sich aber keine wirkliche Hilfe gefunden, so dass sie sich letztlich lieber in die Arbeit gestürzt und ihre Trauer buchstäblich weggearbeitet hatte.

Katharina loggte sich jetzt ins Internet ein und gab in die Google-Suchmaske auf gut Glück „Katharina Christentum" ein.

Direkt zu Beginn der Trefferliste erschienen die Namen „Katharina von Alexandrien“ und „Katharina von Siena“.

Aus einem Bauchgefühl heraus klickte sie den zweiten Namen an. Der Link führte zu einem ökumenischen Heiligenlexikon:

Heilige Katharina von Siena, Ordensfrau, Mystikerin, Kirchenlehrerin

* 25. März 1347 in Siena in Italien
† 29. April 1380 in Rom

Hatte der Unbekannte die Jahreszahlen der heiligen Katharina von Siena gemeint? Rasch tippte sie 2531347 als Passwort in die JPEG-Datei. „Fehlerhaftes Passwort“ blinkte es umgehend.

„Verdammt“, murmelte Katharina. „Es wäre ja auch zu schön gewesen“. Sie entschied, noch einen letzten Versuch zu unternehmen und gab das Todesdatum der heiligen Katharina in das Feld ein: 2941380.

Unvermittelt öffnete sich die Bilddatei.

Katharina hielt die Luft an. Sie starrte auf das Bild und atmete langsam wieder aus. Die Datei enthielt zwei Fotos. Auf dem ersten Foto war ein silbernes ovales Medaillon mit langer Halskette zu sehen. Auf der vorderen Oberseite des Medaillons war ein Lilienkreuz eingraviert. Katharinas Blick wanderte zu dem zweiten Foto. Dieses zeigte das geöffnete Medaillon. Im Inneren befand sich nur ein eingravierter Text. „Sono sangue e fuoco“ entzifferte sie mühsam.

Katharina schüttelte ungläubig den Kopf. Sie kannte das Lilienkreuz-Medaillon. Ein identisch aussehendes Medaillon aus Sterling-Silber befand sich bei ihr zuhause in ihrer Schmuckschatulle. In seinem Innern war allerdings kein Text eingraviert. Es enthielt ein Bild des Klosterfelsens Mont Saint Michel, der sich in der Normandie in Frankreich befand.

Katharina konnte sich nicht darin erinnern, wie lange ihr schon das Medaillon gehörte. Es war, seit sie zurückdenken konnte schon immer in ihrem Schmuckkästchen gewesen. Dafür erinnerte sie sich deutlich an eine Begebenheit aus ihrer

Jugend, als sie es auf einem Trödelmarkt verkaufen wollte. Sie hatte das Medaillon recht kitschig gefunden und wollte es zu Geld machen. Katharinas Mutter hatte ihre Pläne rechtzeitig mitbekommen und sie lautstark zur Rede gestellt. Katharina erinnerte sich noch gut daran, wie erbost ihre Mutter gewesen war. Ein solches Verhalten war für ihre eher ruhige und besonnene Mutter völlig untypisch gewesen. Katharina war so erschrocken hierüber gewesen, dass sie ihr sofort hoch und heilig versprochen hatte, das Medaillon niemals in fremde Hände zu geben.

Und nun sah sie ein identisches Medaillon vor sich. „Das ist ja ein Ding", murmelte sie. „Was der Spruch wohl bedeutet?" Sie nahm sich vor, bei der nächsten sich bietenden Gelegenheit ihre Mutter auf ihr eigenes Medaillon anzusprechen und Näheres über die Herkunft herauszufinden. Irgendwie musste es ja in ihre Schmuckschatulle gekommen sein. Vielleicht war es ja sogar wertvoll und ihre Mutter war seinerzeit so verärgert gewesen, weil sie es auf dem Trödelmarkt weit unter dem wahren Wert hatte verkaufen wollen. Sie schaute sich das Bild noch einmal genauer an. „Auch, wenn es wertvoll sein sollte, schön ist es weiß Gott nicht", murmelte sie vor sich hin.

Nach einem kurzen Zögern mit Blick auf die Uhr, die mittlerweile 23.40 Uhr anzeigte, entschied sich Katharina, noch einen raschen Blick auf das pdf zu werfen. Bei der Passworteingabe wählte sie diesmal das Geburtsdatum der heiligen Katharina - 2941380. Erwartungsgemäß öffnete sich das Dokument.

Das pdf enthielt einen eingescannten deutschen Zeitungsartikel. Er datierte vom Dienstag, den 4.4.1989, wie sie mühsam der Titelzeile entnehmen konnte. Es war ein Auszug aus der Panorama-Seite des Kölner Stadtanzeigers.

Siena. *Auf einem Anwesen in der Nähe von Siena wurde am vergangenen Freitag ein sadistischer Mord an den Eheleuten Luisa Rossi (29) und dem gebürtigen Kölner Holger Wohlfahrt (33) begangen. Die Haushälterin der Familie fand die entstellten Leichen am frühen Samstagmorgen im Wohnzimmer. Die beiden Babys (Zwillinge),* *die noch kein Jahr alt sind, lagen unversehrt in ihren Bettchen. Der ermittelnde Beamte der örtlichen Polizei bestätigte, dass die Leichen der Eltern Folterspuren aufwiesen. Nach ersten Erkenntnissen wurde im Haus nichts gestohlen oder verwüstet. Die daraus resultierende Vermutung, dass es sich um einen Mafia-Rachemord handelt, wollte die Polizei weder bestätigen noch dementieren. Einer internen polizeilichen Quelle zufolge prüft man allerdings derzeit, ob der erfolgreiche Geschäftsmann Wohlfahrt, der unter der auch in Deutschland beliebten Marke „Rossi" einen internationalen Wein- und Spezialitätengroßhandel leitete, Kontakte zur italieneschen Mafia unterhalten hat. Weitere Erkenntnisse erhofft sich die Polizei von der Obduktion der Leichen.*

Die beiden Kinder wurden zunächst in die Obhut des Dominikanerordens von Siena gebracht, der ein Kinderheim unterhält. Damit folgen sie dem Schicksal ihres Vaters, der seine Eltern ebenfalls früh verloren hatte und in staatlicher Obhut aufwuchs (dpa).

Unter diesem Artikel fand sich ein grobkörniges Bild, das die Familie zu Lebzeiten zeigte.

Die Eltern saßen aneinandergeschmiegt auf einer großen Holzbank, die unter dem Blätterdach eines großen verzweigten Baums stand. Sie hielten beide ein Baby auf dem Schoß und lachten in die Kamera. Die Kinder trugen Sonnenhüte. Sie waren noch zu klein, um ihr Geschlecht erkennen zu können. Während der eine Säugling schlief, schaute das andere Baby, das bei seinem Vater auf dem Schoß saß, mit offenen und großen braunen Augen direkt in die Kamera.

Plötzlich stutzte Katharina und holte eine Lupe aus ihrer Schreibtischschublade. Die Mutter Luisa Rossi hatte eine Kette um den Hals hängen. Fast verdeckt von ihrem schlafenden Kind konnte man ein Medaillon erkennen.

4. DÜSSELDORF

INDUSTRIEGEBIET

Rafael zog heftig an seiner Zigarette. "Was ist das denn für eine gottverdammte Scheiße?“, brüllte er. „Bin ich eigentlich nur von verblödeten Hornochsen umgeben?... Ihr wollt mir doch nicht weismachen, dass so ein Weichei von Chorknäblein aus einem Orden, der keine Ahnung von der Welt hat, Simon mit seinem eigenen Messer umgebracht hat!“, brüllte er noch einige Dezibel lauter.

Rafael strich sich über sein volles ergrautes Haar. Er war in den Fünfzigern und für sein Alter noch in erstaunlich guter Verfassung. Er war muskulös und die breiten Schultern ließen seine Kraft erahnen. In einem Kampf konnte er es auch noch mit bedeutend jüngeren Gegnern aufnehmen.

Das war auch der Grund, warum seine beiden Handlanger sich kaum trauten, ihm in die Augen zu blicken. „Boss, wir machen das wieder gut“, sagte der größere von beiden. Immerhin haben wir herausgefunden, wohin er nach dem Kampf gegangen ist.“

„Wir sind der Blutspur von dem Mönch gefolgt“, fügte sein Komplize mit Stolz in der Stimme hinzu. „Wir wissen, wo er hingegangen ist.“

„Oh, ihr seid wirklich ausgefuchste Detektive“, höhnte Rafael verächtlich. „Vermutlich hätte meine Großmutter die Spur ebenfalls aufnehmen können“, wobei sie sicherlich nicht so doof gewesen wäre, sich abstechen zu lassen.“

„Was machen wir jetzt mit ihm?“ Der Große deutete auf den geöffneten Kofferraum seines Vans, in dem der blutverschmierte Leichnam ihres Kollegen lag. „Wir hatten großes Glück, dass die Haltestelle um diese Uhrzeit menschenleer war und wir ihn unbemerkt mitnehmen konnten."

Sie befanden sich in einem Hinterhof inmitten eines verwinkelten Industriegebiets im Norden von Düsseldorf. Die Wände der angrenzenden Gebäude waren voller schmutziger und verblichener Graffitis. Hinter einem Rolltor befand sich eine von Rafaels Kommandozentralen. Es war ein technisch in jeder Hinsicht gut ausgerüsteter Treffpunkt, in dem viele ihrer Operationen geplant und vorbereitet wurden. Und das waren in den vergangenen zehn Jahren bereits einige äußerst lukrative Vorhaben gewesen. Sie nannten sich „die Firma". Rafael war der brillante Kopf und Herrscher der Firma und dazu äußerst brutal und skrupellos. Ihn scherte es nicht, dass Tote seine Wege pflasterten. Diese Charaktereigenschaften sicherten ihm nicht nur einen exzellenten Ruf in der Branche, er war gleichermaßen gefürchtet. Wer seine Arbeit nicht ordentlich erledigte oder auch nur Zweifel an seiner Loyalität aufkommen ließ, konnte mit einer Kugel im Kopf enden. Machte ein Mitarbeiter hingegen einen guten Job, war auch die Bezahlung entsprechend gut. Es gab zudem - wie in jedem guten Unternehmen der legalen Welt – konkrete Aufstiegsmodelle, wonach jeder Mitarbeiter auf einer ausgeklügelten Karriereleiter aufsteigen konnte. Die Liste der Bewerber, die in die Firma aufgenommen werden wollten, war entsprechend lang. Jeder Kriminelle im Rheinland mit einem Hang zur Gewaltbereitschaft war in der Firma gut aufgehoben, sofern er zwei wichtige Bedingungen erfüllte: Er musste bedingungslos loyal und verschwiegen sein. Nur Rafael und eine Handvoll seiner engsten Vertrauten wussten, wie viele Mitarbeiter die Firma aktuell beschäftigte. Stillschweigen in jeder Hinsicht war eine der obersten Firmenregeln. Neugierige Mitarbeiter lebten in aller Regel nicht sehr lange. Eine Kündigung in der Firma gab es nicht. Der Eintritt war auf Lebenszeit. Nur der Tod beendete ein Arbeitsverhältnis, und häufig genug hatte Rafael den Exit-Zeitpunkt für seine Beschäftigten bestimmt. Der

Verlust eines Mitarbeiters war für Rafael nicht schmerzlicher als ein abgebrochener Fingernagel. Sie waren alle ersetzbar, und es fanden sich immer genügend Anwärter mit dem notwendigen Potenzial.

Eine Videokamera war unauffällig an der gegenüberliegenden Hausfront der Kommandozentrale angebracht. Das war eine reine Vorsichtsmaßnahme. In diesen Teil des Industriegebiets verirrten sich nur wenige Menschen – auch nicht die Polizei.

Rafael warf einen Blick auf die Leiche. „Was ist das denn für eine Frage? Schafft ihn weg, aber so, dass er nie wieder auftaucht! Am besten lasst ihr ihn im Auto und fackelt es in irgendeiner gottverdammten Einöde ab. Simon ist nicht registriert und wird wohl kaum von seiner lieben Familie als vermisst gemeldet werden. Die Polizei wird die Leiche nicht identifizieren können, selbst wenn noch etwas von ihm übrigbleibt. Das Auto kann auch nicht zu uns zurückverfolgt werden. Hier habe ich alle Vorsichtsmaßnahmen ergriffen. Wenn ihr Dummköpfe also keine Spuren bei der Beseitigung hinterlasst, haben wir nichts zu befürchten. Erledigt die Sache, und kommt dann zurück!" Rafael nahm einen weiteren tiefen Zug aus seiner Zigarette. „Und danach lasst uns der Rechtsanwältin mal einen Besuch abstatten."

Die beiden Komplizen schauten verdutzt. „Boss, was weißt du von dieser Anwältin? Wir haben doch noch gar nicht erzählt, wo die Blutspur endete." Rafael lächelte böse. „Das war auch gar nicht nötig. Ich bin ebenfalls einer Spur gefolgt und, wie es scheint, – nach vielen Jahren endlich angekommen."

5. KÖLN

INNENSTADT

„Das haben Sie großartig gemacht – vielen, vielen Dank!“ Überschwänglich schüttelte der große Mann Katharinas Hand. Sie standen vor dem Kölner Landgericht. Katharina hatte den nahezu aussichtslosen Prozess gewonnen. Die gestrige Abendschicht hatte sich gelohnt, sie hatte eine Vertragslücke gefunden und diesen Aspekt gewinnbringend eingesetzt. Die Gegenseite hatte kleinlaut das Feld räumen müssen. Der Mandant war begeistert, und sie war sicher, er würde auch künftig den Weg in ihre Kanzlei finden.

Mit einem letzten festen Händedruck verabschiedete sich Katharina. Sie hatte noch viel zu erledigen. Obwohl sie in der vergangenen Nacht nur wenige Stunden Schlaf bekommen hatte, war sie voller Tatendrang. Sie fischte ihr Handy aus der Tasche und rief in ihrem Büro an.

„Katharina, gut, dass Sie anrufen“, meldete sich Lydia etwas atemlos. „Die Polizei war schon wieder hier und möchte dringend mit Ihnen sprechen. Sie scheinen immer noch sehr verärgert zu sein. Außerdem scheint heute die Hölle ausgebrochen zu sein“, fuhr sie in etwas ruhigerem Tonfall fort. „Es gab bereits drei neue Mandatsanfragen und in Sachen Pc Invest gegen Stargold Ltd hat die Gegenseite um einen neuen außergerichtlichen Verhandlungstermin gebeten.“

Katharina lächelte. „Das hört sich doch vielversprechend an und ist kein Grund, um nervös zu werden. Geben Sie die neuen

Anfragen an Hektor. Ich bin sicher, er bekommt das schon hin. Ansonsten soll er sich bei mir melden." Sie zögerte kurz. „Aber bitten Sie ihn darum, dass er bei allen Erstgesprächen mit neuen Mandanten einen Anzug mit Krawatte trägt. Es wäre schön, wenn sie nicht direkt die Schlangentätowierung an seinem Hals zu Gesicht bekämen."

„Glauben Sie mir, Katharina, ich werde persönlich dafür sorgen, dass der junge Mann tadellos gekleidet sein wird. Und Tante Lucy wird eingesperrt. Notfalls werde ich sie höchstpersönlich bewachen."

„Sehr schön." Katharina schmunzelte. „Den Verhandlungstermin mit PC Invest können Sie dann gerne für die kommende Woche vereinbaren. Bitte schauen Sie in meinen Kalender und blocken Sie dafür mindestens drei Stunden."

„Und was sage ich der Polizei, wenn sie sich nochmal meldet?"

„Sie können dem Beamten ausrichten, dass ich mich umgehend melde, sobald es meine Zeit zulässt."

Lydia seufzte. „Nach meinen Kalendereintragungen könnten Sie sich prima jetzt darum kümmern. Ihr nächster Termin ist erst um 15.00 Uhr. Aber ich schätze, Sie haben schon etwas anderes vor...?"

„Sie sind eine Hellseherin, Lydia. Ich werde jetzt in die Uniklinik fahren. Ich möchte mehr über unseren neuen Mandanten in Erfahrung bringen. Vielleicht hat er ja auch das Bewusstsein wiedererlangt und kann Licht in die ganze Sache bringen. Und Lydia", fügte sie hinzu „Sie wissen, dass im Krankenhaus das Handy ausgeschaltet sein muss. Ich werde in den nächsten Stunden ganz sicher für niemanden zu sprechen sein."

Lydia wollte noch etwas antworten, aber da hatte Katharina bereits aufgelegt.

Das Hauptgebäude der Uniklinik befand sich in fußläufiger Reichweite vom Landgericht. Der nächtliche Regen hatte die Luft ein wenig abgekühlt und Katharina genoss den kurzen Fußmarsch. In den vergangenen Stunden war sie voll und ganz mit dem Prozess beschäftigt gewesen, doch jetzt schweiften ihre Gedanken zu dem mysteriösen Verletzten in ihrer Kanzlei und den Dateien auf dem USB-Stick. *Was hatte er nur von mir gewollt?*, grübelte sie zum wiederholten Male. Tief in ihre Gedanken versunken, kam sie nach einigen Gehminuten am Haupteingang der Universitätsklinik an. Die Tür öffnete sich, als einige Besucher das Gebäude verließen. Als letztes kam ihr eine in Jeans und T-Shirt gekleidete Frau mit lässigem Gang entgegen, die ihr beim Hinausgehen die Tür offen hielt. Die Frau hatte bereits ihre Sonnenbrille aufgesetzt, so dass Katharina nicht bemerken konnte, wie die dunklen Augen sie intensiv musterten. Sie bekam auch nicht mit, dass diese Frau unmittelbar vor dem Gebäude ihr Handy einschaltete und eine Nummer wählte. „Sie ist gerade angekommen", waren ihre einzigen Worte. Ohne weiteren Kommentar schaltete sie das Gerät wieder aus und steckte es ein. Zielstrebig, ohne sich noch einmal umzublicken, ging sie die Straße hinunter. Sie wusste, was jetzt zu tun war.

„Nein, ich habe keinen Namen und auch kein Geburtsdatum des Patienten", sagte Katharina zum wiederholten Male in deutlich genervtem Tonfall am Anmeldungstresen. Die Klinikmitarbeiterin, deren Namensschild sie als Frau Hansen auswies, war nicht minder genervt. „Halten Sie uns hier für ein Detektivbüro, oder was? Ich kenne unsere Patienten hier nicht persönlich. Wissen Sie eigentlich, wie groß die Uniklinik ist? Ich muss die Daten in den PC eingeben – der kennt nämlich alle Patienten", fügte sie in einem oberlehrerhaften Tonfall hinzu.

„Hören Sie, der Patient, zu dem ich möchte, ist mein Mandant. Er ist in meiner Kanzlei zusammengebrochen. Ich bin Anwältin", versuchte Katharina es erneut.

„Eine Anwältin, die augenscheinlich den Namen ihres Mandanten vergessen hat", ergänzte Frau Hansen mit Spott in der Stimme.

Katharina, die wusste, dass sie so nicht weiterkam, verkniff sich jeden weiteren Kommentar, drehte sich um und suchte sich eine freie Besucherbank. Sie überlegte kurz und holte dann ihr Handy hervor. Zufrieden stellte sie fest, dass sie eine Internetverbindung hatte. Schnell suchte sie die Seiten der Uniklinik und gelangte auf einen Link für Besucher, der einen ausführlichen Lageplan enthielt.

Katharina ging davon aus, dass ihr „Mandant“ - wie sie ihn auch in Gedanken bezeichnete - schwere innere Verletzungen erlitten hatte. Immerhin hatte die Wunde so ausgesehen, als habe ihm jemand ein Messer in den Bauch gerammt.

Sie musste also irgendwie auf eine Intensivstation. Sie scrollte durch den Lageplan und fand schließlich die Abteilung „Innere Medizin“. Die Intensivstation der Abteilung befand sich danach im Gebäude 9 auf der Ebene 4. Schnell prägte sie sich die Lage der Gebäude ein, schaltete ihr Handy aus und machte sich auf den Weg.

„Sie möchten also zu dem Schwerverletzten, der gestern Abend eingeliefert wurde?“ Die Klinikmitarbeiterin, die an der Anmeldung zur Intensivstation saß, schaute sie freundlich an.

Katharina, die damit gerechnet hatte, sich eine weitere Abfuhr einzuhandeln, war verblüfft. „Ja, ich würde ihn gerne sehen und mich von seinem Gesundheitszustand überzeugen, wenn es möglich ist.“

„Das ist kein Problem, Frau Dr. Marvin.“

„Woher kennen Sie mich?“, fragte Katharina überrascht.

„Oh, Sie sind uns angekündigt worden. Von dem Polizeipräsidium Köln“, fügte sie hinzu. „Ich soll Ihnen außerdem ausrichten, nach Ihrem Besuch möglichst kurzfristig Kontakt mit Kriminalhauptkommissar Peter Mangold aufzunehmen.“ Sie reichte Katharina die Visitenkarte des Polizeibeamten.

Katharina schmunzelte. „Ich habe bereits davon erfahren – danke schön. Wenn ich jetzt aber erst einmal zu meinem Mandanten dürfte?“

Nachdem Katharina sich einen Kittel und Überziehschuhe angezogen hatte, führte sie eine Krankenschwester auf die Station. Hier waren die Patientenbetten jeweils mit Vorhangsystemen voneinander abgetrennt. Die Krankenschwester zog einen Vorhang beiseite. „Hier ist er. Sie können sich auf den Stuhl neben dem Bett setzen. In zehn Minuten hole ich Sie wieder ab."

„Warten Sie kurz", Katharina hielt die Krankenschwester zurück. „Was können Sie mir über seinen Gesundheitszustand sagen?"

Die Krankenschwester zuckte die Achseln. „Nach der Not-OP gestern Abend wurde er in ein künstliches Koma versetzt. Wir hoffen, dass er es schaffen wird." Sie deutete auf den Beatmungsschlauch und auf zwei Monitore, an die der Mann angeschlossen war und die sich am Kopfende des Bettes befanden. „Wir überwachen seine sämtlichen Vitalparameter. Die Signale werden direkt in unsere Überwachungszentrale geleitet und ausgewertet. Mehr können wir für ihn nicht tun. Wir müssen abwarten."

„Ist seine Identität mittlerweile bekannt?"

„Soviel ich weiß, hat die Polizei noch nichts weiter herausgefunden." Es drang ein Stöhnen aus einem der anderen abgetrennten Bereiche. „Hören Sie, ich muss mich auch um die anderen Patienten kümmern." Die Krankenschwester hastete davon.

Katharina nahm auf dem Stuhl Platz und schaute zu ihrem Mandanten. Sie nahm die typischen Geräusche der Geräte überdeutlich wahr. Die Beatmungsmaschine saugte Luft ein und beendete den Vorgang mit einem dumpfen Ploppen, bevor der Einsaugvorgang sich wiederholte. Von den Monitoren ging ein gedämpftes Surren aus. Katharina schaltete für sich alle Umgebungsgeräusche aus und studierte den Mann, der vor ihr im Bett lag. Sein Gesicht schien grau, aber ansonsten sah er friedlich schlafend aus – zumindest, wenn man sich den Beatmungsschlauch wegdachte. Er hatte gleichmäßige Gesichtszüge. Sie sah kleine Fältchen im Augenbereich und die klassischen horizontalen Denkerfalten in der Stirn. Er hatte hohe markante Wangenknochen, ein energisches Kinn und machte einen gepflegten Eindruck.

Sie griff nach seiner rechten Hand und nahm sie in ihre. Die Haut war warm und glatt. Er hatte keinerlei Schwielen an den Händen und die Fingernägel waren kurz geschnitten und sauber.

Es war schwer vorstellbar, dass dieser Mann in eine kriminelle

Gewalttat verwickelt gewesen sein sollte. Er sah mehr wie ein Denker als ein Kämpfer aus. Wie hatte er sich eine lebensgefährliche Bauchwunde zuziehen können? Ob er das Opfer einer Zufallstat war? Diesen Gedanken schloss Katharina direkt wieder aus. Er hatte zu ihr in die Kanzlei gewollt und ihr einen USB-Stick übergeben. Er hatte ihr zusätzlich das Passwort verraten. Er konnte also nicht zufällig bei ihr gelandet sein. Es musste mehr dahinterstecken. Ihr kam ein neuer beunruhigender Gedanke. Was würde es bedeuten, wenn derjenige, der ihren Mandanten angegriffen hatte, es auf den Stick abgesehen hatte und womöglich immer noch nach ihm suchte? Der Stick lag jetzt in ihrer Schreibtischschublade in der Kanzlei. Sie nahm sich vor, ihn bei nächster Gelegenheit im Bürosafe zu verschließen und beruhigte sich mit dem Gedanken, dass sie Sicherungskopien gefertigt hatte. Gestohlen werden konnten die Dateien also nicht.

Nach einigen Minuten kam die Krankenschwester zurück und gab ihr ein Zeichen. Katharina warf einen letzten Blick auf den Kranken, stand auf und machte sich tief in Gedanken versunken auf den Rückweg.

6. SIENA

BASILICA DI SAN DOMENICO

Die Kerzen brannten ohne zu flackern. Still leuchteten sie und verbreiteten einen angenehmen Schein.

Bruder Stefano kniete auf dem von Francesco di Giorgio kunstvoll gestalteten Marmorboden und starrte unverwandt auf die Flammen. Seine Lippen bewegten sich wie zu einem Schwur, doch es drang kein Laut aus seinem Mund. Sorgenfalten waren tief in seine Stirn eingegraben.

Er befand sich an seinem Lieblingsort in Siena, der Cappella di Santa Caterina, die Teil der beeindruckenden Basilica di San Domenico war.

Düster blickte er auf den kunstvollen Reliquienschrein, in dem sich der Kopf der heiligen Katharina befand. Wie viele Gläubige in Siena verehrte Bruder Stefano die Stadtheilige aus ganzem Herzen. Es war ein überaus glücklicher Moment für ihn gewesen, als sie 1999 sogar zur Schutzpatronin Europas ernannt worden war. Damit schloss sich für ihn ein symbolischer Kreis. Wie in ihrem Leben, so war die heilige Katharina auch in ihrem Tod immer noch für viele Gläubige eine Lebensstütze. Sein Blick schweifte weiter über die Meisterwerke von Sodoma, die sich auf der rechten Seitenwand befanden.

Die meisten Touristen kamen allerdings nicht wegen der Fresken an diesen Ort. Sie suchten den morbiden Gruselschauer des Reliquienschreins. Seit 1711 befanden sich hier der Kopf und die Fingerreliquie der heiligen Katharina. Aber letztlich war es gleichgültig, warum die Menschen aus aller Welt an diesen Ort kamen, die Cappella di Santa Caterina hatte eine eigene Magie, der sich kaum ein Mensch entziehen konnte.

Bruder Stefano schreckte auf, als er hastige Schritte auf dem Marmorboden herannahen hörte. Trotz seiner nicht unbeträchtlichen Leibesfülle erhob er sich geschmeidig.

„Stefano, gibt es etwas Neues?“ Mattheo, ein attraktiver Mann Mitte dreißig, stürmte heran. „Ich habe dich schon überall gesucht. Dein Prior hat mich hierhergeschickt.“

„Du hast ihm doch hoffentlich nichts verraten.“ Stefano schaute bekümmert.

„Nein, natürlich nicht. Aber da ich dich betend an diesem Ort antreffe, kann das nur heißen, dass du immer noch keine Nachricht von Raimund hast, oder?“ Bruder Stefano schüttelte den Kopf. „Er ist seit gestern wie vom Erdboden verschluckt. Du weißt, dass ihm das nicht ähnlich sieht. Er würde uns niemals grundlos dieser Sorge aussetzen. Irgendetwas muss passiert sein.“

Mattheo fuhr sich mit der Hand durch sein dichtes schwarzes Haar. „Ich mache mir auch Sorgen. Trotzdem sollten wir nicht vorschnell die Mission gefährden. Denk nur mal, was passiert, wenn dein Provinzial Wind von der Sache bekommt.“

„Das Ganze ist eine dumme und gefährliche Idee gewesen. Hätte ich ihm nur niemals die Geschichte von den Medaillons erzählt. Ich hätte ihn aufhalten müssen.“ Bruder Stefano legte sein rundes Gesicht in Sorgenfalten und seufzte.

Mattheo schüttelte ungeduldig seinen Kopf. „Stefano, du weißt genau, dass keine Macht der Welt ihn aufgehalten hätte. Du bist wie ein Vater für ihn, aber in diesem Fall hätte er nicht auf dich gehört. Wir wissen beide, wie stur er sein kann. Außerdem kann die Mission immer noch erfolgreich sein. Denk nur, was das bedeuten würde. Die ganze Welt würde auf die Basilica und Siena schauen. Vermutlich würde man dich zum nächsten Provinzial wählen.“

Stefano schnaubte verärgert. „Das ist das Letzte, was ich möchte. Diese Eitelkeit ist mir nun wirklich fremd. Es geht mir um die Menschen und um die heilige Katharina", fügte er heftig hinzu.

„Schon gut", Mattheo winkte ab. „Ich wollte dich nicht verärgern. Mir ist schon klar, dass du keine selbstsüchtigen Ambitionen hast. Für mich ist das manchmal nur nicht so ganz einfach nachzuvollziehen, dass du so uneigennützig handeln kannst. Aber ich bin ja schließlich auch kein Kirchenmann", fügte er mit einem Augenzwinkern hinzu.

Bruder Stefano schaute ihn noch einmal streng an, wirkte aber besänftigt. „Mattheo, versprich mir eines. Wenn sich Raimund in den nächsten zwei Tagen nicht meldet, mach dich bitte auf den Weg nach Köln und suche ihn. Ich werde noch wahnsinnig vor Sorge. Ich kann hier nicht weg, ohne unangenehme Fragen beantworten zu müssen. Sonst würde ich dich begleiten."

„Klar, Stefano, natürlich mache ich mich dann auf den Weg. Das würde ich übrigens auch tun, wenn du mich nicht bitten würdest. Raimund ist wie ein Bruder für mich. Ich werde ihn finden. Ich gebe dir mein Wort darauf", fügte er ernst hinzu.

Beide Männer schauten sich ein paar Sekunden stumm an. Dann sprach Mattheo den Gedanken laut aus, den sie beide hatten. „Ob er Katharina Rossi schon ausfindig gemacht hat...? Vielleicht war er sogar schon bei ihr." Bruder Stefano zuckte die Schultern. „Wenn das der Fall sein sollte, dann sind die Ereignisse vermutlich schon in Gang gesetzt worden. Die Lawine wird rollen, und wir werden sie nicht aufhalten können."

„Genau das haben wir gewollt, Stefano. Wir müssen nur beten, dass die Lawine in die richtige Richtung rollt."

„Ich übernehme das Beten, Mattheo, und du versuchst bitte weiterhin Kontakt mit Raimund aufzunehmen."

Bruder Stefano wandte sich wieder um und fiel auf die Knie, den Blick auf den Schrein der heiligen Katharina gerichtet.

7. KÖLN

POLIZEIPRÄSIDIUM

„Ich möchte zu Kriminalhauptkommissar Peter Mangold, er erwartet mich.“ Katharina schaute zu dem jungen Beamten, der den Einlass im Polizeipräsidium überwachte.

„Wie ist Ihr Name?“ Der Beamte schaute sie freundlich an.

„Rechtsanwältin Dr. Marvin, Herr Mangold weiß Bescheid“, Katharina lächelte gezwungen.

„Einen Moment.“ Der Beamte griff zum Telefonhörer und kündigte ihr Erscheinen an. „Zimmer 225 im zweiten Stock, dritte Tür auf der linken Seite“, sagte er einige Sekunden später. „Die Fahrstühle finden Sie gleich hier vorne rechts.“

Er deutete mit dem Arm in den rechten Flur.

Katharina stieg in den Aufzug, drückte die Ebene 2 und seufzte innerlich. Nach der gestrigen Begegnung mit dem Kommissar hatte sie wenig Lust auf eine Fortsetzung des Gesprächs. Allerdings rechnete sie ihm hoch an, dass er ihr im Krankenhaus keine Steine in den Weg gelegt hatte. Er hätte ihr die Kontaktaufnahme mit dem verletzten Mann deutlich erschweren können. Und wenn sie ehrlich war, musste sie wohl einräumen, dass ihre gestrige Reaktion auch nicht besonders charmant gewesen war.

Kurze Zeit später stand sie vor der Bürotür. Sie hob die Hand um anzuklopfen, als die Tür von innen geöffnet wurde.

„Na, Sie sind aber flott“, Kriminalhauptkommissar Mangold

bremste gerade noch rechtzeitig ab, bevor er sie fast umgerannt hätte. „Schön, dass Sie da sind. Haben Sie auch Lust auf einen Kaffee? Ich wollte mir gerade noch schnell einen besorgen. Ich muss Sie aber warnen, unser Kaffee haut den stärksten Magen um."

Katharina streckte ihm ihre Hand entgegen und lachte. „Das ist kein Problem, je stärker, desto besser. Es sei denn, Sie tragen mir noch das gestrige Gespräch nach und würden mich am liebsten vergiften."

Während er ihre Hand mit einem angenehmen festen Druck ergriff, schüttelte Mangold den Kopf.

„Ich glaube, wir vergessen unser gestriges Aufeinandertreffen und starten noch einmal von vorn." Mangold schenkte ihr in der kleinen Teeküche tiefschwarzen Kaffee in einen Becher ein, der den verblichenen Aufdruck eines Smileys zeigte.

„Gute Idee." Katharina nippte an ihrem Kaffee und konnte ein kurzes Schaudern nicht verhindern. „Sie haben nicht zu viel versprochen, der Kaffee hat es in sich." Sie verzog leicht das Gesicht.

„Mit Milch und Zucker wird er erträglicher." Mangold wies auf ein Regal, auf dem eine angebrochene Packung mit Dosenmilchpäckchen lag. Katharina schüttelte den Kopf. „Nein, danke, für mich muss richtiger Kaffee immer schwarz sein."

„Na, wer hätte das gedacht?" Mangold lachte. „Jetzt haben wir sogar eine Gemeinsamkeit."

Katharina folgte ihm zurück in sein Büro und stellte dabei fest, dass Mangold nicht unattraktiv war. Sie schätzte ihn auf ungefähr vierzig Jahre. Er war groß und athletisch gebaut. Am auffälligsten waren jedoch sein markanter Glatzkopf und seine ungewöhnlich dunklen Augenbrauen. Sein Gesicht war gebräunt und von kleinen Falten durchzogen. Trotz der Hitze war Mangold tadellos gekleidet und trug einen Anzug mit Krawatte.

Mangolds Büro war klein und schmal. Es gab zwei Regale an den Längswänden, die beide mit Ordnern vollgestellt waren. Auf dem Schreibtisch türmten sich Papierstapel, und auf der Fensterbank vertrocknete eine einsame Topfpflanze. Den letzten freien Platz nahm ein winziger Besuchertisch mit zwei

Stühlen ein. Persönliche Dinge fehlten komplett. Es gab nicht einmal das obligatorische Familienfoto auf dem Schreibtisch, geschweige denn andere Habseligkeiten, die etwas über die private Seite des Menschen aussagte, der hier viele Stunden am Tag verbrachte. Jede Abstellkammer hat mehr Charme, dachte Katharina. Mangold hatte sie still beobachtet, wie sie sein Büro neugierig in Augenschein nahm. Ohne weiteren Kommentar wies er auf einen Besucherstuhl. „Nehmen Sie bitte Platz."

Nachdem sie sich beide gesetzt hatten, ergriff Mangold das Wort. „Ich werde Ihnen jetzt sagen, was bei uns aktenkundig ist." Katharina nickte zum Einverständnis.

„Gestern Nachmittag erhielten wir einen Anruf von einem Fahrgast, der an der Straßenbahnhaltestelle „Herler Straße" in der Nähe Ihrer Kanzlei ausgestiegen ist. Sie kennen die Haltestelle?"

Katharina nickte erneut und bedeutete ihm fortzufahren.

„Die Haltestelle ist recht lang und der hintere Bereich zu einem großen Teil von Büschen und großen Bäumen verdeckt. Nachdem der Fahrgast ausgestiegen war, fielen ihm die dicken roten Flecken auf, die sich – im Nachhinein – als Blutlachen entpuppten. Unser Zeuge befand sich beim Ausstieg aus der Straßenbahn im hintersten Wagenteil und wurde deshalb auf die Blutlache aufmerksam. Bei einem Aus- oder Einstieg weiter vorne, hätte man das Blut gar nicht so schnell bemerkt. Dem Mann kam die Situation unheimlich vor, und er informierte uns. Wir konnten sehr schnell feststellen, dass zwei unterschiedliche Blutgruppen vorhanden waren, die zwangsläufig auf zwei Verletzte hindeuten. Während eine Blutspur uns direkt in Ihre Kanzlei führte, fehlt von dem anderen Verletzten jede Spur."

Katharina zuckte die Achseln. „Dann ist der andere wohl als Gewinner aus dem Kampf hervorgegangen und konnte den Tatort selbst verlassen."

Mangold schaute sie an. „Jetzt wird es interessant. Bei der Untersuchung der Blutlache fanden sich kleinere Partikel, die unser Labor einem menschlichen Auge zugeordnet hat.

Unsere Mediziner konnten recht eindeutig feststellen, dass

die maßgeblichen Strukturen des fraglichen Auges nicht nur in Mitleidenschaft gezogen worden waren, sondern vielmehr - mutmaßlich durch eine Stichverletzung – komplett zerstört worden sind. Die medizinischen Details können Sie gerne nachlesen, sie dürften aber für den Moment nicht relevant sein. Klar ist, dass dieses Blut nicht zu .... Ihrem *Mandanten* gehört. Erstens sind seine Augen noch intakt, zweitens haben wir die Partikel einer anderen Blutgruppe zugeordnet. Es ist also das Blut des mutmaßlichen zweiten Opfers – oder Täters", fügte er nach einer kleinen Pause hinzu. „Unsere Arbeitshypothese ist aktuell, dass der zweite Verletzte mit dem Gesicht auf dem Boden lag und extrem stark aus der Augenhöhle geblutet hat. Vermutlich wurde das Auge mit einer Stichwaffe ausgestochen, vielleicht ist unser zweiter Verletzter sogar tot. Was aber ganz und gar nicht erklärbar ist, ist der Umstand, dass sich außer der Blutlache keine weiteren Anhaltspunkte ergeben. Es scheint, als sei die verletzte Person einfach weggeflogen, ohne auch nur einen einzigen weiteren Blutstropfen zu hinterlassen."

Katharina biss sich nachdenklich auf ihre Unterlippe. „Und da Sie vermutlich noch keine fliegenden Schwerverletzten kennengelernt haben, stellen Sie sich die Frage, wer den Verletzten abgeholt haben könnte, ohne weitere Spuren zu hinterlassen."

„Ganz genau." Mangold lehnte sich zurück und verschränkte die Arme hinter dem Kopf. „Außerdem stelle ich mir noch weitere Fragen."

Er machte eine bedeutungsschwere Pause und fuhr dann fort: „Was passiert, wenn dieser *Aufräumtrupp* nicht nur die Spuren beseitigt hat, sondern die Sache zu Ende bringen will, die ihr Kollege augenscheinlich nicht geschafft hat? Ich halte es für ausgeschlossen, dass es sich hier um eine spontane Schlägerei gehandelt hat. Es steckt ein Plan dahinter. Anders ist das spurlose Verschwinden dieses Verletzten nicht zu erklären. Das war professionelle Arbeit. Ich könnte mir vorstellen, dass Ihr Mandant nach wie vor in echter Gefahr ist. Seine Verletzung war beinahe tödlich. Es ist reines Glück, dass er noch lebt."

„Aber wie soll diese Bande – oder wer immer sie sind - denn unseren Verletzten finden? Es gibt unzählige Krankenhäuser, die in Betracht kommen", entgegnete Katharina und riss einige Sekunden später entsetzt die Augen auf.

„Jetzt verstehe ich", flüsterte sie heiser. „Genauso, wie die Polizei der Blutspur bis in mein Büro gefolgt ist, konnte jeder andere das natürlich auch. Ich bin die Verbindung zu dem Verletzten."

Mangold schaute sie durchdringend an und nickte langsam. „Ja, im Moment schließe ich nicht aus, dass man Ihnen auflauern könnte. Meine Kollegen werden daher Ihr Büro in den nächsten Tagen im Auge haben. Ich habe Beamten in Zivil hierfür abgestellt. Sie sollten aber dennoch vorsichtig sein. Meiden Sie bitte einsame Plätze. Leben Sie alleine?"

Katharina nickte widerwillig. „Ja. Ich kann aber ein paar Tage bei meiner Mutter übernachten. Sie hat einen Schäferhund, an dem kommt keiner so schnell vorbei."

„Gut. Das war die eine Seite. Jetzt möchte ich aber gerne noch Ihren Teil der Geschichte hören.... natürlich nur, wenn das nicht gegen das *Mandatsgeheimnis* verstößt", sagte er mit leichter Ironie in der Stimme.

Katharina holte Luft. „Ich habe Sie gestern nicht angelogen. Viel zu erzählen gibt es wirklich nicht. Der Verletzte klingelte in unserer Kanzlei und brach dann im Eingangsbereich zusammen. Er hat mich noch mit meinem Vornamen angesprochen, bevor er bewusstlos wurde. Ich habe ihn noch nie zuvor gesehen. Dann haben wir den Notarzt gerufen, der ihn wenige Minuten später abgeholt hat. Das war alles. Ich kenne ihn nicht und weiß auch nicht, wieso er mich mit meinem Vornamen angesprochen hat." Katharina zögerte kurz, entschied sich dann aber, erst einmal nichts von dem USB-Stick zu erzählen.

„Nun gut." Mangold schaute sie aufmerksam an, ließ es aber dabei bewenden. „Dann werden wir sehen, wie sich die Sache weiter entwickelt. Wir konnten Ihren Mandanten noch nicht identifizieren. Er findet sich in keiner Datenbank. Wir haben sogar bereits Kontakt zu Europol aufgenommen, um zu prüfen, ob es Hinweise auf organisierte Kriminalität gibt. Bis jetzt ist aber noch nichts dabei herausgekommen. Uns bleibt im Moment nur die Hoffnung, dass früher oder später nach ihm gesucht wird. Wenn er Familie hat, wird man ihn vermissen."

Nach einem kurzen Zögern sagte er: „Bitte informieren Sie mich sofort, wenn Ihnen etwas seltsam vorkommt. Mir gefällt die Sache nicht und ich glaube auch nicht, dass Ihr Mandant eine weiße Weste hat."

Katharina erhob sich. „Wir werden sehen. Erst einmal ganz herzlichen Dank für die offenen Worte. Wir hören voneinander."

Mangold hielt ihr die Tür auf. „Frau Dr. Marvin, Sie haben gestern und heute vielleicht nicht gelogen, aber ich bin mir sicher, dass Sie mir etwas verschwiegen haben. Passen Sie bitte auf sich auf. Es könnte ein gefährliches Spiel sein, das Sie da spielen."

Er schloss leise die Tür, ohne ihre Reaktion abzuwarten und ließ Katharina verblüfft im Flur zurück.

8. UMLAND VON DÜSSELDORF UND KÖLN

Das Telefon klingelte. Rafael saß an seinem Tisch in der Kommandozentrale und zog noch einmal an seiner Zigarette, bevor er den Anruf annahm. „Was gibt's?", fragte er knapp.

Er hörte einige Minuten schweigend seinem Gesprächspartner zu. „Ich möchte, dass ihr die Anwältin nur beobachtet. Nehmt keinen Kontakt zu ihr auf. Ich erwarte einen detaillierten Bericht, wo sie sich rumtreibt und mit wem sie spricht. Und passt bloß auf. Bestimmt sind auch ein paar Bullen in ihrer Nähe. Seid nicht so blöd, euch erwischen zu lassen. Ruf mich heute Abend wieder an."

Rafael legte auf und streckte seine Füße auf dem Schreibtisch aus. Er lächelte. „Wir werden uns noch persönlich kennenlernen, meine liebe Katharina. Du weißt es noch nicht, aber du hast den Schlüssel zu einem Schatz, und du wirst ihn mir geben, wenn die Zeit dafür gekommen ist. Und danach ist die Neugier der Katze Tod."

Katharina trommelte mit den Fingern auf ihr Lenkrad. Sie saß auf dem Parkplatz in ihrem Auto und war unschlüssig. Sie hatte einen Mandantentermin und musste zurück in die Kanzlei. Auf der anderen Seite brannte sie darauf, Näheres über ihr Medaillon herauszufinden. Kurz entschlossen rief sie die direkte Durchwahlnummer von Hektor an. Er nahm nach dem ersten Klingeln ab. „Wie schön, dass sich die Chefin auch noch einmal meldet“, begrüßte er sie ironisch. „Und wir dachten schon, du hättest dich mit der üppigen Kanzleikasse aus dem Staub gemacht, während wir hier in Aktenbergen und Mandantenanrufen ersticken.“

„Hektor, ich weiß, dass gerade einiges los ist. Es tut mir auch leid, dass ich dich mit den Akten heute alleine lasse. Trotzdem möchte ich dich bitten, auch meinen 15.00 Uhr-Termin zu übernehmen. Ich muss dringend nochmal weg. Es ist wichtig, bitte.“

Hektor zögerte. „Du weißt, dass du dich auf mich verlassen kannst - immer. Ich möchte aber wissen, was los ist. Wir haben den ganzen Tag noch nichts von dir gehört. Das sieht dir überhaupt nicht ähnlich. Ich habe das unbestimmte Gefühl, dass es mit unserem Schwerverletzten zusammenhängt, der hier gestern aufgetaucht ist. Lydia hat mir erzählt, dass du im Krankenhaus warst. Was ist denn so überaus wichtig, dass du sogar unsere Mandanten sitzen lässt?“

„Hektor, ich kann jetzt nicht darüber sprechen. Und ich kann unmöglich kommen. Morgen bin ich auf jeden Fall wieder im Büro und erkläre dir alles, versprochen! Ich bin sicher, unsere Mandanten sind bei dir in den besten Händen.“

Hektor brummte unwillig. „Da bin ich aber gespannt. Ich hoffe nur, dass du nicht die Freude an Strafverteidigung entdeckt hast.“

Katharina lachte. „Niemals. Ich muss heute nur noch einige Dinge klären. Morgen bin ich dann wieder zurück, und wir stürzen uns in die anstehenden Wirtschaftsfälle. Ich werde sogar Käsestückchen für Tante Lucy besorgen.“

Katharina legte auf und startete den Motor ihres Wagens. Eine knappe halbe Stunde später hatte sie ihr Ziel außerhalb von Köln erreicht. Sie parkte das Auto vor einem kleinen gepflegten Einfamilienhaus, das sich in einer ruhigen Sackgasse am Waldrand befand. Birken säumten die Straße. Sie stieg aus und hörte ein lautes freudiges Bellen. Die Haustür ging auf und ein großer weißer Blitz rannte sie voller Begeisterung fast um. „Sam, mein

Freund...ja... ist ja gut, ich freue mich auch, nein, niiiicht springen!"

Der Befehl kam zu spät. Sam, der weiße Schäferhund sprang an ihr hoch und leckte ihr freudig durch's Gesicht. "Iiih, *AUS jetzt*! Bringt dir eigentlich keiner Manieren bei?"

„Na, das hast du davon, wenn du dich so lange nicht bei uns blicken lässt." Ihre Mutter stand lachend in der Haustür. Sie trug eine alte Jeans, ein fleckiges T-Shirt und hatte eine Schirmmütze auf. Sie war gerade bei der Gartenarbeit gewesen und war sichtlich erfreut, ihre Tochter zu sehen. Katharina stellte liebevoll fest, dass ihre Mutter durchtrainiert und gesund aussah. Ihr Gesicht war immer noch erstaunlich glatt und ließ sie jünger aussehen als ihre achtundsechzig Jahre, die sie bereits vollendet hatte.

„Mama, schön dich zu sehen." Katharina stürzte in ihre Arme und hielt sie fest. Ihre Mutter drückte sie an sich und schob sie nach einigen Sekunden vorsichtig auf Armeslänge weg. „Meine Kleine, ist alles in Ordnung?"

„Ja .... nein... ich weiß es nicht, Mama." Sie seufzte. „Das ist eine längere Geschichte."

Ihre Mutter schaute sie prüfend an. „Dann mache ich uns eine Kanne Tee, und du setzt dich schon mal nach draußen in den Garten. Meine kleine Oase ist der beste Ort für eine *längere Geschichte*." Ihre Mutter lächelte.

Katharina nickte. Sie hoffte auf Antworten.

9. BERGISCHES LAND

Katharina wälzte sich ruhelos im Bett. Sie war in ihrem alten Kinderzimmer und der kleine Wecker auf dem Nachttisch zeigte 03:02 Uhr an. An Schlaf war nicht zu denken. Die Gedanken tobten in ihrem Kopf wie ein wilder Tsunami. Sie stand schwerfällig auf und setzte sich auf die Fensterbank, wie sie es als Kind so oft getan hatte, mit dem Rücken an den Fenstersims gelehnt. Sie blickte in den sternenklaren Himmel und ihre Augen füllten sich mit Tränen. Die Nacht wirkte so friedlich. Dabei war ab heute nichts mehr so, wie es einmal war.

Sie hatte ihre Mutter auf das alte Medaillon in ihrem Schmuckkästchen angesprochen, in der Erwartung, dass es ein Familienerbstück sei und vielleicht sogar einen gewissen Wert besaß. Ihre Mutter hatte ungewöhnlich wortkarg reagiert und gemurmelt, dass es das Geschenk eines alten Freundes ihres Vaters gewesen sei und sie nicht mehr darüber wisse. Katharina war jedoch nicht gewillt gewesen, sich so leicht abspeisen zu lassen. Sie hatte ihr Handy hervorgeholt, auf dem sie die beiden Dateien von dem USB-Stick abgespeichert hatte. Kommentarlos hatte sie ihrer Mutter den Zeitungsartikel zu lesen gegeben und ihr dann das Bild des zweiten, nahezu identischen Medaillons gezeigt, das sich nur durch die Inschrift *Sono sangue e fuoco* von ihrem eigenen Medaillon unterschied.

„Wo hast du diese Dokumente her, Kind?“ Ihre Mutter war leichenblass geworden. Zitternd hatte sie das Handy beiseitegelegt. Katharina hatte ihr dann in groben Zügen alles über den Schwerverletzten erzählt, der wie aus dem Nichts in ihrer Kanzlei aufgetaucht war. Sie hatte von dem Besuch in der Uniklinik berichtet und auch über das Gespräch im Polizeipräsidium. Nur die Einschätzung von Polizeihauptkommissar Mangold, der eine Gefahrenlage für sie sah, hatte sie wohlweislich verschwiegen.

Ihre Mutter hatte sie lange stumm angestarrt. Die Stille war Katharina endlos vorgekommen. Die Zeit war stehengeblieben. Selbst Sam hatte reglos im Schatten gelegen. Dann hatte ihre Mutter Luft geholt – einmal, zweimal, dreimal. „Der Mann auf dem Bild in der Zeitung, Holger Wohlfahrt, ist dein leiblicher Vater und du ... du bist eines von den beiden Kindern auf dem Bild."

Der Satz begann sich in rasender Geschwindigkeit durch Katharinas Gehirn zu fressen: *Holger Wohlfahrt...ist dein leiblicher Vater ... du bist eines von den Kindern...*

Der weitere Verlauf des Gesprächs war nur noch verschwommen in ihrem Gedächtnis. Sie erinnerte sich daran, in hysterisches Gelächter ausgebrochen zu sein. Ihre Mutter hatte ihr später erklärt, sie sei nach dem Überfall, über den der Zeitungsartikel berichtet hatte, in Lebensgefahr gewesen und man habe sie zu ihrem eigenen Schutz aus Italien fortbringen müssen. Da sie und ihr Mann keine eigenen Kinder bekommen konnten, waren sie froh und glücklich gewesen, auf diesem Weg zu einem eigenen Kind zu kommen. Katharina hatte das alles nicht mehr hören wollen. Wie ein kleines Kind hatte sie sich die Hände an die Ohren gehalten. Irgendwann war sie dann in ihr altes Kinderzimmer gelaufen und hatte sich auf ihr Bett geschmissen. Der Rest war in einem Nebel versunken.

Es klopfte an der Tür. Ohne eine Antwort abzuwarten, kam ihre Mutter ins Zimmer. Sie trug zwei Tassen, gefüllt mit heißer Milch auf einem kleinen Tablett vor sich her.

„Mama", sagte Katharina kläglich.

Ihre Mutter, die eine alte Jogginghose und ein ausgeleiertes Herren-T-Shirt ihres Vaters trug, setzte sich ihr gegenüber auf das andere Ende der Fensterbank, lehnte sich an den Fenstersims und zog die Knie an. Sie reichte Katharina eine Tasse. „Das wird uns guttun. Ich sage dir alles, was ich weiß. Mir ist klar, dass du Antworten brauchst."

Katharina nippte an ihrer Milch und versuchte das Chaos in ihrem Kopf zu entwirren. „Lass uns vorne anfangen. Wer war mein leiblicher Vater, und wie ist es dazu gekommen, dass ich bei euch gelandet bin?"

Ihre Mutter schaute jetzt ebenfalls in den Sternenhimmel. Der Große Wagen war klar und deutlich sichtbar.

„Holger war Papas bester Freund. Er lebte in einem Waisenhaus in Köln, als sich die beiden kennengelernt haben. Holgers Eltern waren bei einem Autounfall ums Leben gekommen als er gerade im Teenageralter war, zwölf oder dreizehn Jahre alt. Es gab keine Angehörigen, so dass ihn das Jugendamt in einem Waisenhaus unterbringen musste. Eine ganz schreckliche Tragödie. Der Junge stand mit einem Schlag ganz allein in der Welt.

Das Schicksal wollte es, dass sich das Waisenhaus in der Nähe vom Elternhaus deines Vaters befand. Früher oder später mussten sich die beiden also über den Weg laufen. Von Anfang an haben sie sich gut verstanden und galten als unzertrennlich. Deine Großeltern haben sich außerdem in jeder erdenklichen Weise um Holger gekümmert. Sie haben ihm praktisch ein zweites Zuhause gegeben und ihn auch finanziell unterstützt. Vermutlich hat er bei deinen Großeltern auch den nötigen Halt und das Rückgrat bekommen, das für seinen späteren Lebensweg entscheidend war. Sie haben Holger wie einen zweiten Sohn behandelt. So hat es zumindest dein Vater immer berichtet." Ihre Mutter verstummte gedankenverloren.

Katharina hörte jetzt gebannt zu. „Erzähl weiter, Mama, was ist dann passiert?"

„Wie du weißt, habe ich vor deiner Geburt als Bibliothekarin an der Kölner Uni gearbeitet. In der Mensa habe ich dann eines Tages deinen Vater und auch Holger kennengelernt. Wir haben gemeinsam über das ungenießbare Essen geschimpft", fügte sie wehmütig hinzu. „Es gab klebrige Nudeln, die in einer undefinierbaren Sauce schwammen. Und dein Vater hat mich noch am gleichen Tag zu einer richtig guten Pizza bei einem Italiener auf der Zülpicher Straße eingeladen. Er studierte damals Mathematik und Physik auf Lehramt."

Die Kennenlern-Geschichte ihrer Eltern kannte Katharina bereits. *Nein, der Personen, die sie bis heute für ihre Eltern gehalten hatte,* verbesserte sie sich selbst in Gedanken. Sie wurde ungeduldig. „Bitte Mama, erzähle mir von meinem leiblichen Vater".

Ihre Mutter räusperte sich. „Holger war ein sehr kluger Kopf und ein Organisationstalent. Er hat überaus erfolgreich Betriebswirtschaftslehre studiert und später mit Bestnoten abgeschlossen. Noch während ihres Studiums lernten Holger und dein Vater einen jungen Dominikanermönch aus Siena kennen. Stefano hieß er. Er war zum Theologiestudium nach Deutschland gekommen und lebte in einem kleinen Dominikanerkloster mitten in Köln. Ich war damals bereits mit deinem Vater zusammen und wir vier, also Holger, Stefano, dein Vater und ich haben eine schöne und intensive Zeit miteinander erlebt. Wir hatten viele lange Abende mit guten Gesprächen und viel italienischem Wein, den Stefano besorgt hatte."

Katharina unterbrach sie genervt. „Mama, komm bitte zum Punkt. Über eure gemeinsamen Freunde können wir später noch sprechen. Es ist ja schön, dass ihr euch alle gut verstanden habt. Mich interessiert jetzt aber wirklich mein leiblicher Vater. Bitte!"

„Gedulde dich. Alles, was ich dir erzähle, ist wichtig. Im Prinzip wurde in dieser gemeinsamen Zeit das Fundament für deinen Lebensweg gelegt. Aber das wussten wir alle damals natürlich noch nicht." In ihren Augen glitzerten Tränen.

„Als Stefano sein Studium beendet und wieder zurück in Siena war, stattete Holger ihm einen Besuch ab. Das war 1977. Stefano muss dabei ein überzeugender Stadtführer gewesen sein. Holger war von Anfang an vernarrt in diese Stadt. Als Stefano ihm dann noch die wunderschöne Luisa Rossi vorstellte, war es um ihn geschehen. Er hat sich wie vom Blitz getroffen in deine Mutter verliebt", fügte sie nach kurzem Zögern hinzu.

„Was passierte dann?" Katharinas Stimme war belegt.

„Das Glück schien perfekt. Luisa kam aus einer alteingesessenen Familie und war sehr wohlhabend. Als die beiden schon kurze Zeit später heirateten, gab Signor Rossi als großzügige Mitgift das notwendige Startkapital für Holgers Pläne. Binnen weniger Jahre baute Holger mit Luisas Unterstützung einen internationalen Wein- und Spezialitätenhandel auf. Die Marke „Rossi" war damals sogar in Deutschland bekannt. Die beiden haben ein richtiges Imperium aufgebaut.

Dann wurde Luisa schwanger und bekam im Oktober 1988 gesunde Zwillinge. Beides Mädchen.

Dein Vater und ich waren im Dezember bei eurer Taufe in der Basilica di San Domenico in Siena. Da habe ich dich das erste Mal in meinen Armen gehalten. Luisa und Holger hatten mich zu deiner Patentante erwählt."

„Moment, Moment!" Katharina wurde ganz schwindlig. „Du warst meine Patentante? Ich habe eine Schwester...Was ist mit ihr, wo lebt sie?"

„Was aus deiner Schwester geworden ist, weiß ich nicht", antwortete ihre Mutter ruhig. „Aber lass mich meinen Teil der Geschichte zu Ende erzählen. Luisa und Holger waren wohl in irgendwelche unseriösen Machenschaften verwickelt. Ich habe bis zum heutigen Tage keine Ahnung, worum es ging. Allerdings würde ich auch jetzt noch meine Hand dafür ins Feuer legen, das sie nichts Unrechtes getan haben. Die beiden waren gute Menschen, wirklich gute Menschen. Dann geschah der Überfall. Ich weiß hierüber auch nicht mehr, als in dem Zeitungsartikel steht. Bereits einen Tag nach diesem Verbrechen nahm Stefano mit uns Kontakt auf und bat darum, dass wir dich bei uns aufnehmen. Ich war deine Patentante und dieser Gedanke war erst einmal naheliegend. Seine nächste Bitte war allerdings ungewöhnlich. Er wollte, dass dein Vater und ich uns in der Zukunft als deine leiblichen Eltern ausgeben. Keiner sollte erfahren, dass du eine geborene Rossi bist.

Stefano war felsenfest davon überzeugt, dass ihr Kinder euch nach dem Überfall in Lebensgefahr befunden habt. Mir war diese Mutmaßung nicht ganz logisch, immerhin hatten die Mörder eurer Eltern euch Kinder ja gerade verschont. Stefano und auch sein damaliger Provinzial Enzo schienen aber mehr zu wissen.

Die Sorge der beiden Männer um das Wohlergehen von dir und deiner Schwester hat deinen Vater und mich letztlich überzeugt. Und so kam es, dass an einem regnerischen Sonntagabend, Anfang April 1989 Katharina Marvin, ein etwa sechs Monate alter Säugling in unser Leben einzog."

„Stopp!", rief Katharina aufgewühlt. „Das kann nicht sein. Ich kenne doch meine Geburtsurkunde. Ich bin am 13.10.1988 im St. Domenikus-Krankenhaus in Köln als *euer Kind* zur Welt gekommen!"

Ihre Mutter musterte sie schweigend.

„Oh, nein!" Katharina stöhnte. „Das Krankenhaus hatte eine Verbindung zu den Dominikanern in Siena, zu Stefano – habe ich recht? Aber die können doch keine Geburtsurkunde fälschen, nicht hier in Deutschland", beharrte sie, ohne eine Antwort ihrer Mutter abzuwarten.

Ihre Mutter schaute sie immer noch schweigend an.

„Schatz", sagte sie sanft. „Der Dominikanerorden war einflussreich – und ist es vermutlich auch heute noch. Leute, denen wir blind vertraut haben, waren der Überzeugung, dass du dich in Lebensgefahr befindest. Diese Menschen haben alles ihnen Mögliche dazu beigetragen, um dich in Sicherheit zu bringen. Außerdem glaubst du nicht wirklich, dass Deutschland ein Land ist, in dem keine Papiere gefälscht werden können? Süße, du bist doch die Anwältin." Ein kleines Lächeln stahl sich auf ihre Lippen.

„Aber Mama, das geht doch nicht. Das war doch alles illegal. Wie konntet ihr nur so etwas tun? Gerade Papa, der immer so überkorrekt war..."

„Gerade deshalb, mein Kind. Wir haben das Richtige getan. Da glaube ich auch heute noch dran. Hätte ein anderer Mensch als Stefano so etwas von uns verlangt, hätten wir dem nie zugestimmt. Seine Einschätzung haben wir nicht in Frage gestellt. Auch sein Provinzial teilte diese Auffassung. Es ging hier darum, dein Leben zu schützen. Und dafür hätten wir alles getan."

Katharina sprang auf und lief im Zimmer auf und ab. „Ja, und dann? Was hat dieser Stefano gemacht, nachdem er mich abgeliefert hatte? Hat er das gleiche Versteckspiel auch mit meiner Schwester gemacht? Wurde sie auch „irgendwo" untergebracht? Wo ist sie, ich will sie kennenlernen!" Katharina war aufgebracht.

„Als du am 2.4.1989 als *unser Kind* in unser Leben getreten bist, habe ich Stefano zum letzten Mal gesehen. Das ist jetzt einunddreißig Jahre her. Enzo und Stefano bestanden damals darauf, dass jegliche Verbindung zu ihnen und Siena getrennt wird. Sie hatten Angst, dass dich irgendwer aufspüren könnte. Wir sind gemeinsam zu der Überzeugung gekommen, dass es für unsere Familie das Beste ist, möglichst wenig von den Hintergründen zu wissen. Wir trafen daher auch die Entscheidung, dass sich unsere privaten Wege trennen werden. Und so ist es dann auch gekommen. Ich habe Stefano nie wiedergesehen. Selbst nicht auf der Beerdigung deines Vaters", fügte sie leise hinzu.

„Was aus deiner Schwester geworden ist, kann ich daher auch nicht sagen. Wir *sollten* es nicht wissen und wir *wollten* es auch nicht. Dein Vater und ich haben uns dann Hals-über-Kopf auf Haussuche gemacht. Wir mussten schnellstmöglich aus unserer 3-Zimmer-Wohnung in Köln ausziehen. Wir hätten unseren Nachbarn ja schlecht erklären können, woher der Säugling auf einmal kam. Zum Glück haben wir schnell dieses Haus im Grünen entdeckt. Es stand zum Verkauf, und wir haben sofort zugegriffen. Wir haben uns drei umgemeldet und dieses Haus ist dann dein Elternhaus geworden. Vergiss es niemals, Katharina, egal was passieren wird."

Katharina war wie vor den Kopf gestoßen. „Ich glaub das alles nicht. Ich muss erst noch in Ruhe über alles nachdenken."

„Natürlich, meine Kleine. Nur eines muss dir immer bewusst sein. Papa und ich hatten immer nur das Beste für dich im Sinn." Ihre Mutter erhob sich von der Fensterbank und streckte sich.

„Warte, Mama. Eines möchte ich aber jetzt noch wissen: Was hat meine Herkunft mit dem Medaillon zu tun? Aus dem Bild in der Zeitung lässt sich erahnen, dass Luisa Rossi ein Medaillon trug."

Ihre Mutter zögerte und schaute erneut in den Nachthimmel. „Ich weiß es nicht sicher. Du hattest das Medaillon um deinen Hals hängen, als dich Stefano hergebracht hat."

Sie wandte sich wieder ihrer Tochter zu. „Stefano und Enzo haben recht geheimnisvoll getan, und wir mussten ihnen versprechen, gut auf die Kette achtzugeben und das Medaillon niemals in fremde Hände kommen zu lassen. Stefano sagte zum Abschied, dass der Tag kommen könnte, an dem uns oder vielmehr dich die Ereignisse der Vergangenheit wieder einholen. Und dann würde auch das Medaillon eine wichtige Rolle spielen. Mehr hat er uns hierzu nicht gesagt."

Nach ein paar Sekunden Schweigen fügte sie hinzu: „Das Medaillon ist weder besonders wertvoll, noch besonders schön. Vielleicht geht es um den Klosterfelsen Le Mont Saint Michel, der auf der Innenseite abgebildet ist. Ich habe keine Ahnung. Ich weiß nur, dass die Geschichte des Medaillons irgendwie mit dem Attentat auf Holger und Luisa zusammenhängt."

Katharina schüttelte verwirrt den Kopf. „Ob das zweite Medaillon dann meiner Schwester gehört? Und wer ist dann der Schwerverletzte aus meiner Kanzlei? Wer hat das Bild von dem anderen Medaillon gemacht und aus welchem Grund?"

„Meine Kleine, ich denke jetzt ist der Zeitpunkt gekommen, von dem Stefano vor einunddreißig Jahren gesprochen hat. Die Vergangenheit hat an deine Tür geklopft. Und jetzt erfülle ich die letzte Bitte von Stefano."

Mit diesen Worten griff ihre Mutter in die Tasche ihrer Jogginghose und zog einen alten zerfleddert aussehenden Zettel hervor. Er war offenkundig hastig aus einem linierten Heft gerissen worden.

„Bitte melde dich bei Bruder Stefano. Wenn er noch lebt – was ich wirklich inständig hoffe -, wird er dir alles über den Teil deiner Lebensgeschichte erzählen können, von dem ich nichts weiß und wovor wir dich alle beschützen wollten. Es kann sein, dass du noch immer oder jetzt erneut in Gefahr bist. Die Antworten kannst du nur in Siena finden."

Sie reichte Katharina den Zettel. Er war handgeschrieben und enthielt nicht viele Worte:

Frater Stefano, Casa Santa Katharina, Siena, Via Paolo Mascagni, 1, (Piazza Delle Due Porte)

Tel: 05 77 28 69 07 42

10. SIENA

Das Telefon in der Via Paolo Mascagni 1 klingelte laut und schrill. Bruder Stefano hastete herbei. „Si?"

„Bruder Stefano...? Hier ist Katharina Marvin oder besser Katharina *Rossi*."

Stefanos hatte das Gefühl, als wenn jegliche Luft aus seinen Lungen gepresst würde. Seine Knie gaben nach und er ließ sich mit dem Telefon am Ohr die Wand herunterrutschen, bis er auf dem Fußboden saß. Er räusperte sich. Seine Kehle war plötzlich ausgetrocknet.

„Santi Nurni!", entfuhr es ihm dann. „Katharina, mein Kind, bist du es wirklich – nach all den Jahren...?"

Katharinas Stimme war merkwürdig belegt. „Es ist also wahr, es gibt Sie wirklich. Meine Mutter, ich meine damit Helene Marvin, hat mir meine Lebensgeschichte erzählt, zumindest einen Teil davon. Ich kann es immer noch nicht glauben..."

„Oh, mein Kind. Ich bin so froh, dass du dich meldest. Das kann nur bedeuten, dass Raimund dich gefunden hat. Wie geht es ihm?"

„Wer ist Raimund...?" Und dann ging Katharina ein Licht auf. „Ist Raimund ein sportlicher, attraktiver Mann Anfang dreißig, der schwarzen Kleidung liebt?"

„Si, so könnte man ihn wohl beschreiben. Er ist ein Dominikaner-Bruder und hier in Siena aufgewachsen. Er wollte zu dir. Wo ist er?"

Katharina seufzte. Zögernd sagte sie: „Es tut mir leid. Er wurde in Köln angegriffen und lebensgefährlich verletzt. Ich weiß nichts Weiteres über ihn. Er stand schwer verletzt in meinem Büro und hat mir einen USB-Stick übergeben. Dann ist er bewusstlos geworden. Damit hat er eine Lawine ausgelöst und mein Leben ganz nebenbei auf den Kopf gestellt."

Stefanos Gedanken überschlugen sich. „Er wurde angegriffen? Weiß man, wer der Täter ist?"

„Die Polizei hat die Ermittlungen aufgenommen." Katharina erzählte Stefano alles, was sie bislang von Mangold erfahren hatte. „Es gibt zwar keine Leiche, aber die Auswertung der Blutspuren lässt den Rückschluss zu, dass Raimund – wenn wir hier über dieselbe Person sprechen – einen Menschen getötet hat", schloss sie ihren Bericht ab.

„Wenn Raimund so etwas getan hat, dann in Notwehr, so viel ist sicher." Stefano erhob sich und ging im Zimmer auf und ab.

„Die Polizei weiß also nicht, wer er ist?", vergewisserte er sich noch einmal.

„Ich weiß nur, dass alle Datenbankrecherchen ergebnislos waren. Die Polizei hat sogar Europol kontaktiert. Auch das war nicht erfolgreich. Man setzt jetzt wohl alle Hoffnung darauf, dass Angehörige nach ihm suchen. Soll ich Ihnen die Nummer von Hauptkommissar Mangold geben? Dann können Sie Licht ins Dunkel bringen. Je eher sich die Sache aufklärt, umso besser. Auch die Polizei wird erst einmal davon ausgehen, dass ein Dominikanermönch wohl eher das Opfer als der Täter ist."

Stefano rieb sich den Nasenrücken. „Nein, Katharina, hör mir zu. Ich bin sicher, dass Raimund immer noch in Lebensgefahr ist. So lange kein Mensch weiß, wer er ist, können ihn auch nicht die falschen Leute finden. Selbst bei der Polizei kann es undichte Stellen geben. Das möchte ich nicht riskieren. Raimund ist ja zurzeit sicher in der Klinik aufgehoben. Die polizeilichen Dinge laufen nicht weg. Ich möchte deshalb, dass wir uns erst einmal still verhalten. Ich werde die Polizei kontaktieren, wenn die Zeit dafür gekommen ist. Und dann wird auch alles aufgeklärt."

Katharina runzelte widerwillig die Stirn. „Na schön, und was stellen Sie sich dann vor?"

„Katharina, du musst nach Siena kommen. Wenn Raimund dich

gefunden hat, kann es gut sein, dass *sie* jetzt auch hinter dir her sind."

„Aber wer sind *sie* denn? Und was habe ich denen denn getan? Mein Tod hilft keinem, und ich habe auch keine Reichtümer, gar nichts." Katharinas Geduld war am Ende. Sie hatte es langsam satt. Die Antworten ihrer Mutter waren mehr als kryptisch gewesen und jetzt tat auch Stefano so geheimnisvoll. Damit musste jetzt Schluss sein.

„Ich möchte, dass jetzt irgendwer mal Klartext redet", fügte sie heftig hinzu. „Das ist wohl das Mindeste, was ich nach diesem, ... diesem... Betrug an mir verdient habe."

„Katharina, du bist in Gefahr, auch wenn du es nicht glauben magst." Stefanos Tonfall war nach wie vor geduldig. „Die Sache ist viel größer als du denkst. Und keiner wollte dich je betrügen. Aber du besitzt vielleicht den Schlüssel zu einem unglaublichen Schatz. Deshalb bist du in Gefahr."

Er seufzte. „Komm nach Siena, komm nach Hause. Ich werde dir alles erzählen, was du wissen willst."

Katharina zögerte nur kurz. Die Neugier gewann die Oberhand. „Ja, ich komme", sagte sie knapp. „Dann möchte ich alles, wirklich *alles* hören, ohne weitere Geheimniskrämerei."

Dann sagte sie leiser: „Ich freue mich auch darauf, Sie kennenzulernen. Es tut mir leid, dass ich gerade so heftig reagiert habe. Ciao Stefano, bis bald."

„Ciao Katharina." Aber da war die Leitung schon tot.

Che dio mi assista – Gott steh mir bei, dachte Stefano, stellte das Telefon an seinen Platz und machte sich auf den Weg in die Basilica di San Domenico.

11. TOSKANA

Katharina durchquerte mit zielstrebigen Schritten die Ankunftshalle des Flughafens in Bologna.

Sie hatte einen frühen Direktflug von Köln zum Aeroporto Guglielmo Marconi ergattert. Es war kurz nach 10:00 Uhr, und sie war voller Tatendrang.

Nachdem sie sich aus der Schockstarre befreit hatte, die das Geständnis ihrer Mutter ausgelöst hatte, brannte sie darauf, ihre Herkunft zu ergründen. Sie hatte in den vergangenen beiden Tagen lange und intensive Gespräche mit ihrer Mutter geführt und konnte verstehen, warum ihre Eltern damals diesen Weg beschritten hatten. Sie fühlte sich zwar immer noch wie vor den Kopf gestoßen, aber Groll empfand sie keinen. Dafür liebte sie ihre Eltern zu sehr. Und daran würde sich nichts ändern, egal was die Zukunft bringen würde.

Ihre Mutter hatte am vergangenen Abend alte Bilderalben hervorgeholt. Auf vielen Fotos war Holger, ihr leiblicher Vater, abgebildet. Luisa und Pater Stefano fanden sich auch auf einigen Fotos. Luisa war eine sehr attraktive Frau gewesen und Katharina war ihr wie aus dem Gesicht geschnitten. Angesichts der Ähnlichkeit hatte es Katharina den Atem stocken lassen, als sie Luisa auf einem der Fotos erblickte.

Schnell fand sie ihre Mietwagenstation. Lydia, die gute Seele, hatte ihr einen PKW organisiert. Stefano hatte ihr zwar angeboten, sie von einem Fahrer abholen zu lassen, aber davon hatte Katharina nichts wissen wollen. Sie hatte das Bedürfnis, noch ein wenig Zeit allein zu verbringen. Die nächsten Tage würden anstrengend genug werden. Es fühlte sich wie die sprichwörtliche Ruhe vor dem Sturm an.

Sie wollte die Gelegenheit nutzen, während der Fahrt ihre Gedanken zu sortieren. Die Strecke war gut 260 km lang und führte auch durch das Chianti-Gebiet. Die vielgepriesene Landschaft der Toskana würde ihre Nerven hoffentlich ein wenig beruhigen. In ihrem Innern tobte immer noch ein Vulkan.

Katharina hoffte, dass sie in Siena ihre Schwester kennenlernen würde, vielleicht schon heute. Ihre Mutter hatte berichtet, dass der Name ihrer Schwester Maria lautete. Katharina hatte sich als Kind immer eine Schwester gewünscht. Jetzt hatte sie tatsächlich eine leibhaftige Zwillingsschwester. Bei diesem Gedanken fühlte sie sich, als wäre ein wilder Schmetterlingsschwarm in ihrem Magen.

„Buongiorno!", grüßte der Mitarbeiter des PKW-Verleihs gutgelaunt, als sie an den Tresen tat. Sein Namensschild wies ihn also Roberto aus.

„Buongiorno", grüßte Katharina. „Do you speak English or German?"

„Yes." Er lachte. „Aber wir können auch gerne Deutsch sprechen. Ich habe einige Jahre in Hamburg gelebt."

„Sehr schön." Katharina zog den Reservierungsausdruck hervor und übergab ihn mitsamt Führerschein.

Roberto prüfte die Unterlagen und holte dann den Autoschlüssel aus einer Schublade. „Ich wünsche Ihnen einen schönen Aufenthalt. Genießen Sie die Zeit. Es wird ein herrlich sonniger Tag."

Er erklärte ihr noch den Weg zum Parkplatz und schon zehn Minuten später stand Katharina vor einem knallroten VW Beetle Cabrio.

Katharina lächelte. *Perfekt* dachte sie und warf ihre Reisetasche auf den Rücksitz. Sie nahm auf dem Fahrersitz Platz und öffnete zunächst das Verdeck. Dann programmierte sie das Navigationsgerät auf die Zieladresse. Stefano hatte ihr freundlicherweise eine Sondergenehmigung besorgt. Sie war daher nicht darauf angewiesen, außerhalb von Siena zu parken, sondern konnte direkt bis vor die Haustür in die Via Paolo Mascagni fahren.

Katharina steckte ihre Haare zusammen, setzte die Sonnenbrille auf und startete den Wagen. „Maria, meine unbekannte Schwester, ich komme!“

12. KÖLN

Lydia starrte in Gedanken versunken auf die Kaffeemaschine. Sie stand in der kleinen Büroküche und bereitete Filterkaffee zu. Die neumodischen Kaffeeautomaten waren ihr zuwider. Sie liebte den Geruch von frisch gekochtem Kaffee und das Blubbern der Maschine, wie es nur bei den Filtergeräten möglich war.

„Ah, frischer Kaffee. Sie sind wirklich ein Schatz, Lydia." Hektor stand mit müden Augen in der Tür und reckte sich. Auf seiner linken Schulter saß Tante Lucy. Es war ihr erklärter Lieblingsplatz. „Ich brauche vermutliche eine ganze Kanne, um wieder fit zu werden."

„Sie machen Ihre Sache wirklich gut, Hektor. Es ist kein Wunder, dass Sie völlig kaputt sind. Sie machen jetzt ja auch Arbeit für zwei."

Als Hektor daraufhin mit den Schultern zuckte, piepste Tante Lucy empört auf und sprang anmutig auf die Küchenanrichte. Lydia verzog angeekelt das Gesicht. „Können Sie ihr nicht ein paar Manieren beibringen? Hier in der Küche hat das Tier nun wirklich nichts zu suchen." Sie schaute Hektor streng an.

Er grinste entschuldigend und streckte die Hand nach der Ratte aus. „Komm her, meine Süße, bevor wir beide noch gewaltigen Ärger bekommen." Mit Schwung setzte er sie zurück auf seine Schulter.

Dann wurde er unvermittelt ernst: „Die Geschichte, die Katharina uns erzählt hat, ist wirklich verrückt, oder? Glauben Sie auch, dass sie in Gefahr ist?"

Lydia zuckte mit den Schultern. „Ich bin mir nicht sicher. Aber der Umstand, dass in unserer Kanzlei ein schwerverletzter Mann mit einer geheimnisvollen Botschaft auftaucht, der angeblich ein italienischer Mönch sein soll, ist schon sehr verstörend."

Hektor nickte bedächtig. „Das finde ich auch. Man stellt sich doch die Frage, warum er Katharina nicht einfach angerufen und um ein Treffen gebeten hat. Diese Geheimnistuerei ist schon seltsam. Kennen Sie eigentlich Katharinas Mutter?"

Lydia nickte. „Ja, ich kenne sie. Frau Marvin ist eine bodenständige, äußerst liebenswürdige Frau. Ich bin mir sicher, dass sie für Katharina immer nur das Beste wollte. Ich fürchte nur, dass sie über das Ziel hinausgeschossen ist, als sie und ihr Mann Katharina als eigenes Kind aufgenommen haben. Die Vergangenheit holt einen früher oder später wieder ein. Und den Beweis sehen wir jetzt."

„Die große Frage ist doch, ob sie tatsächlich in Gefahr ist. Der Hauptkommissar und auch dieser Dominikanermönch scheinen davon auszugehen. Mir ist aber nicht recht klar, woher diese Gefahr kommen soll."

„Erinnern Sie sich an Katharinas Worte. Dieser Bruder Stefano hat zu ihr gesagt, dass sie den Schlüssel zu einem Schatz haben soll", sagte Lydia. „Es klingt für mich zwar eher nach dem Ausspruch in einem mittelmäßigen Film, aber vielleicht stimmt es ja. Vielleicht gibt es ein Familiengeheimnis mit einem Schatz, das nur sie lüften kann. Zumindest könnten diese Kriminellen so etwas glauben."

„Ich finde das alles zwar sehr merkwürdig, aber auszuschließen ist es wohl nicht. Außerdem könnten wir einen Geldschatz ganz gut gebrauchen. Dann könnten wir uns endlich repräsentativere Büro-Räumlichkeiten suchen."

„Dafür brauchen wir keinen Schatz, sondern zufriedene und gutzahlende Mandanten." Lydia guckte ihn streng an. „Dazu gehört auch, dass Sie sich an den Gedanken gewöhnen müssen, Anzug und Krawatte zu tragen. Das erwartet unsere Klientel."

„Ja, ja, ich habe schon verstanden", beschwichtigte Hektor. „Ich werde ein Ausbund an Spießigkeit sein, wenn eine gutzahlende Mandantschaft unsere Räume betritt." Er wurde wieder ernst. „Es ist zwar verständlich, dass Katharina nach all den Enthüllungen jetzt das Bedürfnis hat, ihre Vergangenheit zu ergründen, aber sie hat keinerlei Polizeischutz in Siena. Sie hat sich strikt geweigert, diesen Hauptkommissar Mangold über ihre Reisepläne zu informieren. Das gefällt mir überhaupt nicht," fügte er düster hinzu.

„Sie haben recht", stimmte ihm Lydia zu. „Aber wie hätte sie ihm die Reise erklären sollen, ohne die Identität von dem verletzten Mann zu offenbaren? Mangold hätte sicherlich sofort Ermittlungen aufgenommen. Der lässt sich bestimmt nicht so einfach abspeisen."

Hektor runzelte die Stirn. „Das mag schon sein. Aber der Preis könnte verdammt hoch sein. Immerhin begibt sich Katharina ohne Rückendeckung an den Ort, wo ihre Eltern ermordet wurden. Und wenn es stimmt, dass sie selbst dort auch in Gefahr ist, besteht ihr einziger Personenschutz in einem alten Dominikanermönch."

13. SIENA

Katharina drehte den Zündschlüssel um und zog die Handbremse an. Sie war an ihrem Ziel.

Es war mittlerweile kurz vor 16.00 Uhr und die Sonne strahlte noch immer von einem wolkenlosen Himmel.

Sie hatte eine phantastische Fahrt durch das Chianti-Gebiet genossen und war mittags auf einem alten Weingut in einem kleinen Ort mit mittelalterlicher Architektur eingekehrt, der auf einem malerischen Hügel lag. Sie hatte auf der Terrasse gesessen und auf ausgedehnte Rebhänge geschaut und in der Ferne sogar ein Kloster erblickt. Katharina hatte das übermächtige Bedürfnis verspürt, diese friedvolle Idylle möglichst lange in sich aufzusaugen. Instinktiv ging sie davon aus, dass dies wohl erst einmal die letzten Momente innerer Ruhe sein würden.

Wie mit Stefano vereinbart, hatte sie auf einem der mit „reservato" gekennzeichneten Parkplätze an der Eckseite des Gebäudes auf einem kleinen Platz namens Piazetta delle Due Porte geparkt. Der Platz war von älteren schlichten Gebäuden umsäumt, die trotz ihrer nicht zu übersehenden Baufälligkeit einen nostalgischen Charme aufwiesen, wie es nur in südlichen Ländern möglich ist. Die Fahrt durch das Randgebiet von Siena hatte Katharina durch unglaublich schmale Gassen geführt, und jetzt war sie heilfroh, den Wagen unfallfrei geparkt zu haben. Falls ihr Aufenthalt länger dauern würde, hatte sie die Möglichkeit, das Fahrzeug in Sienna bzugeben, wo der Mietwagenverleih eine Außenstelle unterhielt.

Das Gebäude der Dominikanermönche war ein schmuckloses

viergeschossiges Backsteinhaus. Alle Fenster waren mit Klappläden versehen, die um diese Tageszeit geschlossen waren, um die Hitze fernzuhalten. Neben der Haustür war das Wappenschild des Dominikanerordens angebracht, das Lilienkreuz, wie Katharina es auch von ihrem Medaillon kannte. Ein eigenes Kloster hatten die Dominikaner-Brüder in Siena nicht. Von den Telefonaten mit Stefano wusste Katharina, dass er und seine vier Ordensbrüder, die hier lebten, dem Dominikanerkloster San Domenico in Florenz angehörten. Sie hatten in Siena so eine Art inoffizielle Zweigstelle des Ordens. Stefano hatte ihr anvertraut, dass er die Abgeschiedenheit von dem offiziellen Klosterleben in Florenz sehr zu schätzen wusste. Er lebte in der kleinen Gemeinschaft ein ruhiges und schlichtes Leben, wie er sich das erwünscht hatte. Das Gebäude hatte einen kleinen Anbau, der für Gästeunterkünfte vorgesehen war. Hier sollte Katharina übernachten.

Jetzt, als sie an ihrem Ziel angekommen war, begann Katharinas Herz heftig zu klopfen. Ihre Knie fühlten sich wie Gummi an. Einen kurzen Moment lang wünschte sie sich zurück an ihren Schreibtisch in Köln. Doch ein Rückzieher kam für sie überhaupt nicht in Frage.

Sie fasste an ihren Hals, an dem das Medaillon hing. Da das Schmuckstück irgendeine Rolle in ihrem Leben zu spielen schien, hatte sie die Kette angelegt, in der Hoffnung, sie würde ihr zum richtigen Zeitpunkt hilfreich sein können. Die Berührung fühlte sich tröstlich an. Sie dachte kurz daran, dass auch Luisa Rossi, ihre leibliche Mutter, das Medaillon getragen hatte. Dann straffte sie die Schultern, nahm ihren Koffer und ging auf die Haustür zu. Sie drückte den Klingelknopf.

Der Klingelton war kaum verklungen, da wurde die Tür schon aufgerissen. Katharina erkannte Stefano sofort. Er war älter und beleibter als auf den Bildern, die sie bei ihrer Mutter angeschaut hatte, aber die gütigen braunen Augen waren unverändert. Zahlreiche kleine Lachfältchen fanden sich in den Augenwinkeln, die davon zeugten, dass Stefano eine Frohnatur war. Er trug eine randlose Brille, die ihn wie einen Gelehrten aussehen ließ.

Einige Sekunden lang standen sich die beiden stumm gegenüber und nahmen das Bild des anderen in sich auf. „Katharina“, sagte Stefano leise, „ich habe so lange auf diesen Moment gewartet.“ Katharina wusste selber nicht genau warum, aber ihr schossen die Tränen in die Augen, als Stefano sie fest in die Arme schloss.

Dann hörte sie ein Räuspern und löste sich aus der Umarmung. Hinter Stefano stand ein attraktiver Italiener, Mitte dreißig, der sie neugierig musterte. „Ah..., das ist Mattheo de Lucca, der beste Freund von Raimund. Die beiden kennen sich schon seit Kindertagen. Und sie sind auch hauptverantwortlich dafür, dass ich kaum noch Haare auf dem Kopf habe“, sagte Stefano lachend. „Die beiden hatten nur Flausen im Kopf, und das hat sich bis heute kaum geändert.“

Katharina streckte Mattheo lächelnd ihre Hand entgegen. Dieser ignorierte sie mit einem Augenzwinkern und zog sie stattdessen schwungvoll an sich und küsste sie rechts und links auf die Wange. „Katharina, wir können es einfach nicht glauben, dass es dich wirklich gibt und du jetzt hier bist. Wir sind ganz außer uns vor Freude.“ Katharina war erstaunt, dass Mattheo nahezu akzentfrei Deutsch sprach. Er bemerkte ihre Verwunderung. „Ich habe einige Jahre in Deutschland gelebt – in Heidelberg.“

„Das ist ja klasse, dann können wir uns ja gut verständigen. Ich spreche nämlich überhaupt kein Italienisch - noch nicht.“ Katharina schaute sich suchend um. „Ist meine Schwester auch hier? Sie weiß doch, dass ich hier bin, oder?“ Erwartungsvoll schaute sie Stefano und Mattheo an.

Beide Männer machten schlagartig betretene Mienen.

Katharina wartete. Mattheo fasste sich als erstes. „Nein, Maria ist nicht hier.“ Seine Stimme klang belegt. „Maria ist vor fünf Jahren tödlich verunglückt. Es tut mir so leid, Katharina.“

Katharina schwankte kurz. „Nein, das kann doch nicht wahr sein!“ Sie war fassungslos und den Tränen schon wieder nahe. „Was ist mit meiner Schwester passiert? Ist etwa meine ganze Familie ausgelöscht? Ich habe sie doch gerade erst wiedergefunden.“

Mit einem Mal wichen alle Kraft und Anspannung aus ihr, und Katharina hatte Mühe aufrecht stehen zu bleiben.

„Mein Kind, jetzt komm erst einmal an. Wir haben noch unglaublich viel zu bereden. Aber das muss ja nicht in den ersten fünf Minuten sein.“ Stefano hatte bemerkt, dass Katharina am Ende ihrer Kräfte war. „Was hälst du davon, wenn Mattheo dir dein Zimmer zeigt und du dich erst einmal frisch machst? Danach müssen wir etwas für unser leibliches Wohl tun. Nur ein paar Fußminuten von hier ist eine gemütliche Osteria. Du wirst sehen, mit einer guten Pasta im Bauch lässt sich die Welt wieder zusammenfügen.“

14. DÜSSELDORF

INDUSTRIEGEBIET

„Hallo?“ Die Stimme klang dunkel und energisch durch die Telefonleitung.

„Si. Ich bin es, Rafael. Ich habe Neuigkeiten. Unser Kontaktmann in Siena hat mir mitgeteilt, dass die Anwältin heute eingetroffen ist.“ Rafael steckte sich eine Zigarette an, inhalierte tief und fuhr dann fort: „Scheinbar hält sie gerade mit dem alten Dominikanermönch und seinem Freund eine Art Familienzusammenführung in einem Restaurant ab. Vermutlich betrauern sie erst einmal den Verlust der lieben Maria, die so früh von uns gegangen ist.“ Seine Stimme war sarkastisch.

Die dunkle Stimme lachte. „Du verstehst nichts von echten Familienbanden, Rafael. Aber das macht nichts. Es ist sogar gut. Das ist einer der Gründe, warum du so nützlich für mich bist. Du lässt dich nicht von sentimentalen Gefühlen leiten.“

Es folgte eine kurze Pause.

„Ich bin sicher, dass sie sich früher oder später aufmachen werden, um das Versteck zu suchen. Vielleicht wissen sie ja sogar schon, wo es ist.“

Rafael war skeptisch. „Das kann ich mir nicht vorstellen. Wir bleiben aber vorsorglich an ihr dran. Ich lasse sie beschatten.“

„Sag unserem Mann vor Ort, dass er vorsichtig sein soll. Es wäre zu ärgerlich, wenn sie uns kurz vor dem Ziel auf die Schliche kommt.“

Rafael lachte. „Das wird nicht passieren. Und wenn doch – finden wir bestimmt ein geeignetes Mittel, um sie zur Zusammenarbeit mit uns zu motivieren. Ich kann sehr überzeugend sein."

Die dunkle Stimme seufzte ungeduldig. „Das ist schon klar, aber es würde die Sache nur unnötig kompliziert machen. Ich möchte an unserem Plan festhalten. Wir verfolgen Katharina und den Mönch unauffällig. Sobald sie das Versteck gefunden haben, überwältigen wir sie. Danach erleiden die beiden einen bedauerlichen Unfall."

„Wie bei Maria?"

„Ja, nur noch viel, viel besser!"

15. SIENA

Katharina seufzte. „Jetzt bin ich aber wirklich satt. Ich bekomme keinen einzigen Bissen mehr runter." Sie saß gemeinsam mit Stefano und Mattheo in der gemütlichen Osteria und hatte einen großen Teller voll köstlicher hausgemachter Lasagne gegessen. Stefano hatte für alle Weißwein bestellt und mit freundlichem Nachdruck darauf bestanden, dass auch Katharina ein Glas trank. Auch die beiden Männer hatten bei Wein und Pasta kräftig zugelangt. Sie waren stillschweigend übereingenkommen, alle schwierigen Themen während des Essens ruhen zu lassen. So hatte sich ein munteres Geplauder über die unterschiedlichen Kulturen und Gepflogenheiten von Italienern und Deutschen entwickelt. Katharina brach mehrfach in lautes Gelächter aus, als Mattheo über die angebliche deutsche Pünktlichkeit und Disziplin überzogen gequält die Nase rümpfte. „Das lässt einem einfach keinen Raum für Kreativität", stöhnte er gespielt.

„Na, dann werde ich bei unserem nächsten Essen zwei Stunden zu spät kommen und auf deine Kreativität gespannt sein, wenn du halb verhungert bist", neckte Katharina ihn. Sie stellte erstaunt fest, dass sich ihre Nerven wirklich beruhigt hatten und sie wieder zu ihrer normalen Gelassenheit zurückgefunden hatte.

Es entstand ein angenehmes Schweigen zwischen den Dreien. Keiner hätte es beschreiben können, doch sie wussten intuitiv, dass die Chemie zwischen ihnen stimmte. Das würde die kommenden Herausforderungen einfacher machen. Stefano bestellte drei Espressi und wandte sich an Katharina. „Mein liebes Kind, ich denke, jetzt haben wir alle die nötige Grundlage im Magen, um deine Familiengeschichte zu ergründen und das große Geheimnis, was deine Familie umgibt." Er machte eine kurze Pause und suchte nach den richtigen Worten.

„Bevor ich dir erzähle, warum dich dein Schicksalsweg nach Deutschland geführt hat und ich deinem Vater und deiner Mutter das unvorstellbare Versprechen abnehmen musste, keiner Menschenseele etwas über deine Identität zu verraten, möchte ich dir von deiner Schwester berichten. Maria war die Erstgeborene von euch. Ihr wart eineiig und ganz bezaubernde Babys. Das einzige offensichtliche Unterscheidungsmerkmal zwischen euch beiden ist das Muttermal, das sich in deiner rechten Kniekehle befindet."

Katharina schluckte. Es kam ihr seltsam vor, dass ein fremder Mensch dieses kleine intime Detail ihres Körpers kannte. Ohne hierauf weiter einzugehen, fuhr Stefano fort: „Holger und Luisa haben zum Glück viele Fotos von euch beiden gemacht, die ich dir bei nächster Gelegenheit alle zeigen kann."

„Gerne. Und was geschah dann mit Maria?"

„Nachdem ich dich in Deutschland untergebracht hatte, habe ich versucht, ebenfalls eine Familie für Maria zu finden."

„Hatte sie denn keine Paten, so wie ich?"

„Doch, das hatte sie wohl." Er lachte traurig. „Holger und Luisa hatten *mich* zu ihrem Paten ernannt. Und ich habe diese Aufgabe weiß Gott nicht gut erledigt." Stefano zögerte.

„Nachdem ich dich gut bei den Marvins untergebracht hatte, stand ich mit diesem kleinen Menschlein da und wusste nicht wohin. Ihr hattet keine Verwandten, zu denen ich sie hätte bringen können, außer vielleicht zu den Eltern von Luisa, also deinen Großeltern. Deine Großmutter war zu diesem Zeitpunkt schon schwer erkrankt und Signor Rossi, der von dem Tod seiner Tochter zutiefst erschüttert war, sah sich außerstande, deine Schwester aufzuziehen. Er hätte wohl auch nicht für ihre Sicherheit sorgen können. Schließlich war es überall bekannt, dass er der Vater der ermordeten Luisa Rossi war.

Eine offizielle Adoption wollte ich aus den bekannten Gründen auch bei Maria vermeiden, so dass ich mich mangels Alternativen entschied, sie in unserem Waisenhaus unterzubringen. Das Waisenhaus gibt es immer noch, und es wird liebevoll von Dominikanerschwestern geführt. Es hatte auch damals schon einen sehr guten Ruf. Ich bekam seinerzeit von meinem Provinzial die Erlaubnis, hier in Siena zu leben, wo ich ein Auge auf Maria haben konnte. Ich habe von dieser Zeit an mein Leben den Kindern in dem Waisenhaus der Dominikanerschwestern gewidmet. Man kann sagen, dass ich in der Arbeit mit den Kindern meine Berufung gefunden habe. In dem Waisenhaus lebten damals 20 Waisen. Es konnte natürlich kein Elternhaus ersetzen, aber die Dominikanerschwestern und ich haben immer alles uns Mögliche getan, um den Kindern ein liebevolles Zuhause zu geben.

Im gleichen Alter von Maria wurde kurze Zeit später ein kleiner Junge im Waisenhaus aufgenommen, dessen Eltern bei einem Unfall tödlich verunglückt waren. Dieser kleine Junge trug einen deuten Vornamen. Er hieß Raimund."

Katharina zog erstaunt die Augenbrauen hoch. „Unser Raimund, der verletzte Mann?"

„Ja, *unser* Raimund. Er wuchs gemeinsam mit deiner Schwester Maria auf. Als die beiden schulpflichtig wurden, kamen sie, wie alle anderen Heimkinder auch, in die städtische Grundschule, die Scuola Primaria. Wir hielten es für wichtig, dass unsere Kinder möglichst früh Kontakte außerhalb des Waisenhauses knüpfen konnten. Wir haben unsere Heimkinder nie abgeschottet, sondern ermutigt, unter unserer Obhut die Welt zu entdecken. Hierzu gehörte auch der Besuch der städtischen Schulen. Als Maria und Raimund im Alter von ungefähr elf Jahren in die Scuola Media wechselten, lernten die beiden dann Mattheo kennen, der die gleiche Klasse besuchte. Die drei freundeten sich an und waren lange Zeit ein unzertrennliches Trio."

Mattheo nickte und schaute Katharina zögerlich an.

„Du bist mit meiner Schwester aufgewachsen? Oh mein Gott, ist sie mir ähnlich gewesen?"

Mattheo legte den Kopf schief. „Ja, ihr seht euch rein äußerlich natürlich unglaublich ähnlich. Auch wenn es schon lange her ist, seit ich Maria das letzte Mal gesehen habe und sie zu dem Zeitpunkt noch jünger war. Ich habe auch andere Gemeinsamkeiten von euch beiden entdeckt. Deine Schwester hatte das gleiche kleine Grübchen am Kinn wie du. Und sie war genauso ungeduldig und voller Tatendrang, wie man es auch bei dir spürt."

„Ja, aber Maria hatte auch eine andere Seite, eine dunkle Seite, die ihr zum Verhängnis werden sollte", unterbrach Stefano ihn energisch. „Mattheo hat recht, wenn er sagt, dass Maria voller Tatendrang gewesen ist. Aber sie hatte eindeutig die falschen Interessen. Schon mit dreizehn Jahren wurde sie das erste Mal bei einem Einbruch ertappt. Als wir sie zur Rede stellten, zeigte sie überhaupt keine Reue, sondern war nur verärgert darüber, dass sie so dumm gewesen war, sich erwischen zu lassen. Das wiederholte sich noch ein paar Mal, es gab Einbrüche und diverse Ladendiebstähle. Die damalige Direktorin des Waisenhauses hat mich damals davon überzeugt, eine Pflegefamilie für Maria zu suchen. Wir hatten die Hoffnung, dass die Stabilität einer Familie sie wieder auf den richtigen Weg bringen würde. Das war vermutlich der verhängnisvollste Irrtum, dem wir erlegen waren."

Mattheo war still geworden und spielte intensiv mit seinem Kaffeelöffel. „Was passierte dann?", fragte Katharina. „Bitte sprich weiter, ich muss doch wissen, was mit meiner Schwester passiert ist."

„Wir haben ein nettes älteres Ehepaar, die Brunettis, gefunden, das schon zwei erwachsene Kinder hatte. Sie waren angetan von der Lebenslust, die Maria ausstrahlte und freuten sich sehr darüber, sie bei sich aufzunehmen. Sie wohnten am Stadtrand von Siena in einem hübschen Einfamilienhaus. Von außen betrachtet wäre die Situation für jedes Heimkind perfekt gewesen. Die Brunettis waren gradlinige und freundliche Menschen. Sie waren nicht reich, hatten es aber zu einem gewissen Wohlstand gebracht. Und sie hatten die Zeit und den festen Willen, sich um Maria zu kümmern. Und Maria betonte selbst immer wieder, wie glücklich sie über ihr neues Zuhause sei.

Doch Maria war viel zu gerissen für die Brunettis. Nach außen spielte sie die Rolle der liebevollen und dankbaren Pflegetochter. Auch ich bin darauf hereingefallen. Vermutlich wollte ich so sehr an ein Happy End glauben, dass ich die Augen vor der Realität verschlossen hatte. Doch die Welt war nicht perfekt, ist es nie gewesen." Stefano verstummte.

„Sprich weiter. Was hat sie getan?" Katharina lehnte sich gespannt vor.

Stefano seufzte. „Wenn man es auf den Punkt bringen sollte, könnte man es so formulieren, dass Maria ihre Jugend damit verbracht hat, hier in Siena einen gut funktionierenden Drogen- und Erpresserring aufzubauen. Die ganze Tragweite haben wir erst viele Jahre später erfahren."

Während Katharina eher verblüfft als entsetzt, nach Luft schnappte, fuhr Stefano fort: „Während sie noch bei den Brunettis wohnte, lebte sie zwei Leben, wie sie unterschiedlicher nicht sein konnten. Sie hatte - zumindest von außen betrachtet – ein ganz normales Teenagerdasein. Sie war gut in der Schule und bei den Mitschülern auch recht beliebt. Sie ging mit Freundinnen aus, liebte Kinobesuche und ging am Wochenende auf die Piazza del Campo. Dabei ist sie wohlweislich nie über das Ziel hinausgeschossen. Für junge Männer interessierte sie sich nicht sonderlich, genauso wenig wie für Drogen und Alkohol. Maria benahm sich einfach mustergültig. Die Brunettis fühlten sich in ihrem Erziehungsstil bestätigt, und wir waren alle überzeugt, dass Maria auf den rechten Weg zurückgefunden hatte. Dabei hätte uns Marias Lebensstil stutzig machen müssen. Kein normaler Teenager benimmt sich so mustergültig. Aber wir wollten damals nichts anderes wahrhaben und klopften uns lieber alle selber auf die Schulter für unsere kluge Entscheidung, sie bei den Brunettis untergebracht zu haben.

Das sollte sich ändern. Kurz vor ihrem 18. Geburtstag kam dann die andere Seite von Maria ans Licht, als sie ihr wahres Gesicht zeigte. Sie verschwand in einer Nacht- und Nebelaktion aus dem Hause der Brunettis. Kein Mensch hatte dies kommen sehen. Dabei nahm sie nicht nur alles an Wertsachen mit, die sich im Hause befanden, sondern sie hatte es auch geschafft, Zugriff auf das Bankkonto der Brunettis zu bekommen und es komplett leerzuräumen. Danach schien sie untergetaucht zu sein, wir hörten sehr lange nichts mehr von ihr.

Ich habe einen guten Freund an hoher Stelle bei unserer Polizia di Stato. Er hat mich einige Monate nach Marias Verschwinden darüber informiert, dass man den dringenden Verdacht habe, dass Maria der Kopf eines Erpresserrings geworden sei. Er sprach von Drogen- und Mädchenhandel. Die Polizei hatte kleinere Drogendealer und Zuhälter geschnappt, die weit unten in der Hierarchie waren. In den Verhören gaben sie an, dass der Kopf ihrer Organisation eine Frau sei. Keiner von ihnen hatte sie allerdings je zu Gesicht bekommen. Das behaupteten sie zumindest. Weitere Einzelheiten über diese Frau gab es ebenfalls nicht. Entweder wussten sie tatsächlich nichts über Maria zu berichten oder aber sie fürchteten sich vor ihrer Rache. Das Bild, das die Polizei in intensiver Ermittlungsarbeit rekonstruiert hat, sah so aus, dass Maria wohl schon während der Zeit bei den Brunettis die Aufbauarbeit für eine kriminelle Organisation geleistet hat. Nachdem sie selbst bei ihren ersten kriminellen Versuchen ertappt worden war, war ihr wohl schon früh bewusst, dass ihre Stärke nicht im operativen Einsatz lag, sondern ihre kriminellen Fähigkeiten eher in der Organisationsarbeit lagen. Und dabei war sie überaus geschickt und kaltblütig. Ihre direkten Kontaktpersonen hat die Polizei nie ermitteln können. Man vermutete, dass es sich um Freunde oder Bekannte aus der Kindheit oder Jugend handeln müsse. Im Rahmen der vielen Befragungen wurden auch Raimund und Mattheo überprüft. Sogar mich hat man intensiv befragt."

Mattheo nickte zu diesen Ausführungen. „Das war ja auch durchaus verständlich. Wir alle haben viel gemeinsame Zeit mit Maria verbracht. Vermutlich kannten Raimund und ich sie besser als jeder andere Mensch. Aber wir hatten keine Ahnung von Marias Machenschaften und konnten der Polizei nicht weiterhelfen."

„Der Polizei gingen in den nächsten Monaten und Jahren nach ihrem Verschwinden nur die kleinen Fische ihres Erpresserrings ins Netz“, fuhr Stefano fort. „Hier hatte Maria gute Arbeit geleistet. Es konnte kein einziges Verbrechen direkt mit ihr in Verbindung gebracht werden. Zudem blieb sie völlig von der Bildfläche verschwunden. Wir wussten nicht einmal mehr, wie sie aussieht. Dabei hat sie es meisterhaft verstanden, eine Aura der Furcht zu verbreiten. Es gab Gerüchte über schlimme Folterungen von Verrätern, die sie angeblich zu verantworten hatte. Auch vor Mord soll sie nicht zurückgeschreckt sein. Bis heute kann ich nicht sagen, ob Maria wirklich ein so kaltblütiges Monster gewesen ist oder ob sie sich diesen Ruf nur durch geschickte Propaganda erarbeitet hat, um ihre Macht zu festigen. Vermutlich glaube ich immer noch an das Gute und will das Schlimmste nicht wahrhaben.“ Stefano seufzte.

Katharina hatte einen Kloß im Hals und schluckte schwer. “Wann hast du sie denn das letzte Mal gesehen?“

„Das letzte Mal…? Das war am 13.September vor fünf Jahren im Leichenschauhaus.“ Stefano starrte gedankenverloren auf die Wand hinter Katharina.

„Maria hatte einen schweren Autounfall, dessen Ursache nie aufgeklärt worden ist. Man fand ihre Leiche in dem ausgebrannten Wrack im Hügelland des Monte Amiata. Keiner weiß, was sie dort gemacht hat, und wann genau sie dort gestorben ist. Wanderer hatten das Autowrack entdeckt. Es war bereits ausgebrannt, aber immer noch warm. Maria war bis zur Unkenntlichkeit verbrannt. Sie konnte nur über ihr Gebiss identifiziert werden. Die Polizei vermutete, dass Maria Opfer ihrer eigenen Organisation oder der Mafia geworden ist. Drogengeschäfte und Menschenhandel sind umkämpfte Märkte – auch hier in Siena. Vielleicht hatte sie sich auch mit den falschen Personen eingelassen. Der Unfall ist nie aufgeklärt worden. Allerdings fand die Polizei in dem verbrannten Auto ein beschädigtes Medaillon.“ Stefano nickte Katharina zu.

„Es war das Gegenstück zu deinem Medaillon, dem Geschenk eurer Eltern. Du kennst das Bild, das Raimund dir überlassen hat. Marias Medaillon war zwar vom Feuer beschädigt, aber die Inschrift war immer noch leserlich. Man hat mir das Medaillon ausgehändigt, nachdem die Ermittlungen eingestellt worden sind."

Katharina saß ganz still da. Ihr war schwindlig von diesen Informationen. Sie konnte das alles nicht glauben. Jetzt hatte sie vermeintlich ihre Schwester gefunden, nur um erfahren zu müssen, dass diese getötet worden war und sie zu Lebzeiten offensichtlich ein krimineller und bösartiger Mensch gewesen war.

Sie räusperte sich. „Was ist aus den Brunettis geworden, und wo ist Maria begraben? Ich möchte gerne das Grab meiner Schwester besuchen", sagte sie leise.

„Der Rest ist schnell erzählt. Es ist aber für keinen Beteiligten ein schönes Ende."

Stefano holte tief Luft und fuhr fort: „Die Brunettis waren gezwungen, ihr Haus zu verkaufen, um über die Runden zu kommen. Ohne die Unterstützung ihrer Kinder hätte es trotzdem kaum zum Überleben gereicht. Maria hatte sie im wahrsten Sinne des Wortes komplett ausgeplündert. Neben dem finanziellen Schaden mussten die beiden mit dem riesigen Vertrauensverlust fertig werden. Sie hatten Maria wie ein eigenes Kind geliebt. Dieser Betrug hat ihnen jede Lebensfreude und auch das Vertrauen in die Mitmenschen genommen. Sie haben sich immer mehr abgekapselt und keine Menschen mehr außerhalb der Familie an sich herangelassen. Sie sind schließlich beide vor einigen Jahren verstorben, aus Gram, wie ihre älteste Tochter behauptet."

„Wie entsetzlich", bemerkte Katharina leise. „Trotzdem möchte ich zum Grab meiner Schwester."

„Marias Grab ist auf dem städtischen Friedhof. Wir haben uns damals dagegen entschieden, sie auf geweihtem Boden zu beerdigen. Katharina, auch wenn es sich hart anhört: Deine Schwester hatte sich zu einem menschlichen Monster entwickelt. Mit ihrem Tod haben wir uns alle von ihr losgesagt. Wir haben nicht um sie getrauert. Die Welt ist ohne sie ein Stückchen besser. Aber natürlich werde ich dich zu dem Grab führen. Ich kann verstehen, dass du es besuchen willst", fügte Stefano schnell hinzu.

„Dann habe ich also gar keine Familie mehr?" Katharina war mit einem Male erschöpft und ausgelaugt.

Stefano lächelte. „Doch einen Menschen gibt es noch. Dein Großvater, Signor Mario Rossi, lebt noch. Er ist mittlerweile über neunzig Jahre alt. Allerdings ist er schon seit gut zehn Jahren dement, aber er macht immer einen zufriedenen Eindruck. Deine Großmutter ist allerdings bereits seit ungefähr zwanzig Jahren tot. Sie war lange Zeit krebskrank und nach einigen Jahren hatte der Krebs sie dann endgültig besiegt. Dein Großvater hingegen hat auch jetzt noch eine unerschütterliche körperliche Konstitution. Ich besuche ihn hin und wieder in seinem Pflegeheim. Manchmal erkennt er mich noch, und er erzählt mir von der vergangenen Zeit. Die Geschehnisse um Maria hat er gar nicht mehr mitbekommen, und das war auch gut so. Ich glaube, diesen Schicksalsschlag hätte er nicht mehr verkraftet. Deine Großeltern haben beide nach der Ermordung deiner Eltern bereits unglaublich gelitten, und es hat viel Zeit gebraucht, bis sie das Geschehene akzeptieren konnten. Aber das Leben geht eben immer weiter. Das galt auch für sie. Vielleicht ist es eine Gnade, dass das Gehirn von Signor Rossi jetzt viele weiße Flecken aufweist. Er führt ein Leben im Hier und Jetzt, ohne düstere Gedanken zu hegen. Er scheint mit sich im Reinen zu sein. Hin und wieder hat er außerdem immer noch helle Momente. Ich könnte mir gut vorstellen, dass dein Anblick etwas in ihm auslöst: Du bist nämlich Luisa, also seiner Tochter, wie aus dem Gesicht geschnitten."

Katharina versuchte zu lächeln. Ganz gelang es ihr nicht. „Na immerhin ein kleiner Lichtblick in dieser Tragödie. Ich möchte ihn auf jeden Fall während meines Aufenthalts hier in Siena besuchen. Er ist ja das letzte Bindeglied zu meiner leiblichen Familie."

Sie stockte. „Deine Erzählung war nur der erste Teil meiner Familiengeschichte. Du hast noch nichts über die Medaillons erzählt und auch nicht, warum du mich damals zu den Marvins gebracht hast. Das war zeitlich viele Jahre früher, also bevor

Marias kriminelle Laufbahn begonnen hat. Mit ihr kann es also nicht zu tun gehabt haben."

Stefano nahm die Brille ab und massierte kurz seine Nasenwurzel. „Ich weiß, Katharina. Ich frage mich nur, ob es nicht für heute reicht. Du wirst ja erst einmal alles verdauen müssen, was ich dir über Maria erzählt habe. Der Rest der Geschichte läuft nicht weg." Er setzte seine Brille wieder auf und schaute sie eindringlich an.

Katharina schüttelte heftig den Kopf. „Nein, auf keinen Fall. Ich habe schon die letzten Nächte kein Auge zu bekommen, weil ich endlich wissen muss, was hier vor sich geht. Die Unwissenheit ist es, die mich schier in den Wahnsinn treibt. Ich muss endlich erfahren, was damals passiert ist und warum ich auch heute noch in Gefahr sein soll. Und das möchte ich genau jetzt erfahren." Sie funkelte Stefano angriffslustig an und lehnte sich mit verschränkten Armen im Stuhl zurück.

Mattheo konnte sich eines Schmunzelns nicht erwehren. „Sie hat recht, Stefano. Erzähle ihr alles. Durch deine Salami-Taktik wird es nicht besser. Es muss ja doch alles raus. Umso schneller können wir das Kapitel vielleicht abschließen."

Stefano schaute beide nacheinander an. „Also gut, dann kommt gleich die Fortsetzung. Dieser Teil der Geschichte ist aber nichts für ein Tischgespräch in der Öffentlichkeit. Um alles zu verstehen, sollten wir in die Basilica di San Dominico gehen. Das ist genau der richtige Ort für das, was ich zu erzählen habe."

Katharina hob erstaunt die Augenbrauen, während Mattheo zustimmend nickte.

„Na schön, wie ihr meint. Mir ist es völlig gleichgültig, an welchem Ort ich die Wahrheit erfahre."

„Das sagst du jetzt. Warte ab, du wirst dich noch wundern", sagte Mattheo. „Außerdem ist die Basilica ein magischer Ort."

16. SIENA

„Ciao, liebste Katharina.“ Sie hatten gerade die Osteria verlassen und Mattheo küsste Katharina zum Abschied auf die Wange.

„Kommst du denn nicht mit?“ Katharina war enttäuscht. Mattheo hatte sich als äußerst charmanter und geistreicher Gesprächspartner erwiesen.

„Leider nein. Ich habe noch einen Termin. Ich werde euch aber morgen Mittag besuchen. Wir werden dann vieles zu besprechen haben.“ Er lächelte Katharina entschuldigend an, klopfte Stefano kurz auf die Schulter und wandte sich zum Gehen.

Die Sonne stand bereits recht tief am Himmel, aber es war immer noch drückend heiß. Katharina klebte das T-Shirt am Rücken, was sie aber kaum bemerkte. Sie war ganz darauf fokussiert, die weiteren Einzelheiten ihres Lebens in Erfahrung zu bringen und schaute Stefano ungeduldig an. „Und jetzt? Wie kommen wir zu dieser Basilica?“

„Wir gehen zu Fuß. Die Kirche ist nur ungefähr einen Kilometer entfernt, und ein kurzer Marsch wird uns guttun.“

Die beiden setzten sich in Bewegung und kamen bereits nach kurzer Zeit über die Via Della Sapienza an der imposanten aber schlichten roten Basilica aus dem 13. Jahrhundert an. Stefano hatte Recht behalten. Der Fußmarsch hatte trotz der Hitze gutgetan. Katharina fühlte eine positive Anspannung, die ihre Nerven vibrieren ließ. Sie kam sich vor wie ein Kind, das an Heiligabend sehnsüchtig auf die Bescherung wartet. Nur dass in ihrem Fall wohl keine Geschenke ausgepackt würden, dachte sie selbstironisch. Aber dafür würde sie das Geheimnis ihrer Herkunft aufklären. Katharina schaute sich um. Der Vorplatz der Kirche war fast menschenleer.

„Hat die Kirche denn um diese Zeit überhaupt noch geöffnet?"

„Nein, und das ist auch gut so. Das, was ich dir zu erzählen habe, ist für keine anderen Ohren bestimmt. Wir werden völlig ungestört sein."

Stefano zog einen Schlüssel aus der Tasche. „Ich kann kommen und gehen, wann immer ich will. Ich habe sozusagen die Schlüsselgewalt." Er lächelte. Dann fuhr er ernster fort: „Für mich ist dieser Ort etwas ganz Besonderes. Ich bin sehr oft hier, um zu beten oder zu meditieren. Man muss kein gläubiger Mensch sein, um die Magie dieses Ortes in sich aufzunehmen. Auch dein Vater war von der Basilica verzaubert. Für ihn war es ein Rückzugsort von der Hektik des Alltags. Er hat mir mal erzählt, dass die Basilica für ihn eine Quelle der Kraft ist."

Stefano schloss das schwere Hauptportal auf und sie betraten die schlichte Backsteinbasilica. Angenehme Kühle und Stille empfing sie. Katharina hielt kurz die Luft an, als sie das beeindruckende Farbenspiel des Lichts betrachtete, das durch die blauen und roten Glasfenster auf den Hauptaltar hereinflutete. Jetzt verstand sie, warum Mattheo diesen Ort als magisch bezeichnet hat.

Stefano beobachtete Katharinas Mienenspiel. Hier im Hauptschiff der Basilica hatte er vor über fünfunddreißig Jahren mit Holger gesessen. Sie hatten ebenfalls das Lichtspiel bewundert und eine unglaubliche Geschichte hatte ihren Anfang genommen. Jetzt, nach so vielen Jahren bestand die Hoffnung, dass die Geschichte weitergeschrieben und vielleicht sogar einem guten Ende entgegengehen würde. Er fragte sich, ob Katharina der Mensch sein würde, der das Rätsel lösen konnte. Bislang waren sie alle daran gescheitert.

Katharina wandte sich Stefano zu. „War es das, was du mir zeigen wolltest – das Lichtspiel?"

Stefano schüttelte den Kopf. „Nein, komm mit." Er führte Katharina in eine Seitenkapelle.

„Hier sind wir angekommen." Er deutete auf eine kleine Holzbank am Eingang der Katharinenkapelle. „Nimm bitte Platz." Katharina setzte sich und schaute sich neugierig um. Sie erblickte die Fresken von Sodoma und stutzte dann. „Was ist das?" Sie deutete auf einen kleinen Schrein, in dem sich der Kopf einer Nonne befand.

Stefano schaute Katharina an. „Was du hier siehst, ist der mumifizierte Kopf von einer der größten Heiligen unserer Stadt, der heiligen Katharina von Siena."

„Der Kopf ist echt? Das ist ja grausig." Katharina schüttelte leicht angeekelt den Kopf.

„Das, was dir vielleicht grausig erscheint, ist für viele Gläubige eine Pilgerstätte. Sie kommen von überall her. Auf diesem Weg wollen sie der Heiligen nahe sein und ihren Segen erhalten. Die sogenannte Reliquienverehrung gab es bereits im frühen Christentum. In der heutigen Kirche wird die Verehrung von Reliquien immer wieder thematisiert." Stefanos Worte klangen leidenschaftlich.

„Die Kirche legt Wert darauf zu betonen, dass Reliquien keine Magie zugesprochen werden darf, wonach der Besitz ein Heil garantiert oder bestimmte Wirkungen erzielt werden. Die Reliquie steht nur als Stellvertreter für den Heiligen. Aber unabhängig davon, wie man zu dieser Thematik steht: Es ist ein Fakt, dass Reliquien die Menschen seit jeher in ihren Bann ziehen. Du ahnst gar nicht, wie viele Menschen hier tagtäglich hinkommen. Sie ist ein wahrer Magnet für unsere Kirche. Dies gilt auch für andere Pilgerstädte. Gerade Italien ist dabei ein Land von Reliquien. In San Crisogono beispielsweise liegt der Körper von Anna Maria Taigi und im Konvent Santa Dorotea in Rom ist der Leichnam der Heiligen Paula Frassinetti in einem gläsernen Sarg zu bestaunen."

„Auch in Deutschland kennt man Reliquien", unterbrach Katharina Stefanos Redefluss. „Wenn ich mich richtig erinnere, gab es im Kölner Dom einen kleinen Stofflappen mit einem Blutstropfen von Papst Johannes Paul II. Diese Reliquie ist vor einigen Jahren gestohlen worden. Ich habe es in der Zeitung gelesen.

Die Sache hat richtig Wirbel verursacht." Katharina schüttelte nachdenklich den Kopf. „Unglaublich, auf was für Ideen die Menschen kommen. Ich finde es einerseits schon arg seltsam, dass man einen blutigen Lappen ausstellt und andererseits noch seltsamer, dass es jemanden gibt, der sich die Mühe macht, so etwas zu stehlen. Es hat ja überhaupt keinen materiellen Wert. Ich kann mich mit so einer Art der Heiligenverehrung überhaupt nicht identifizieren. Außerdem ... ich habe so manches Unverständnis für die katholische Kirche und das ist für mich nur ein weiteres Kuriosum", fügte sie provozierend hinzu. „Stefano, lass uns zum Punkt kommen. Ich möchte jetzt endlich alles über mein Leben erfahren."

„Katharina, nicht so ungeduldig. Wir sind bereits mitten in deiner Geschichte angekommen. Genau hier nahm sie ihren Anfang." Er verstummte, und es sah aus, als suche er nach den richtigen Worten. Katharina konnte ihre Ungeduld nur mühsam zügeln.

„Holger war ein religiöser Mensch", nahm Stefano den Faden wieder auf. „Er hat viel Halt in der Kirche gefunden. Dabei hat ihn die Geschichte der heiligen Katharina besonders fasziniert. Sie war eine sehr beeindruckende Persönlichkeit. Und immerhin der Grund für deine Namensgebung, meine liebe Katharina. Du solltest also nicht zu abfällig über sie sprechen." Stefano schaute sie streng an, und Katharina musste sich bemühen, nicht die Augen zu verdrehen. „Stefano, wenn ich deinen Glauben beleidigt habe, tut es mir leid. Das war nicht meine Absicht. Du solltest nur von Anfang an klar wissen, dass ich nicht besonders religiös bin. Deshalb kann ich mit diesen Dingen einfach nichts anfangen."

„Nun, wir werden noch sehen." Stefano lächelte wieder und der Moment der Spannung verflog.

„Du hast gerade berichtet, dass die Blutreliquie von Papst Johannes Paul II. aus dem Kölner Dom gestohlen wurde. Dies ist nur einer von vielen Vorfällen, die bezeugen, dass es einen schwunghaften Reliquienhandel gibt. Anders als du glauben magst, gibt es einen Schwarzmarkt für Reliquien. Es gibt eine

Zielgruppe, die bereit ist, sehr viel Geld auszugeben, um eine echte Reliquie in ihren Besitz zu bekommen. Es ist vergleichbar mit dem Handel gestohlener Gemälde. Auch diese können nie öffentlich präsentiert werden. Und trotzdem gibt es Menschen, die alles dafür tun würden, sie im Geheimen besitzen zu können.

Weitere Beispiele für Reliquiendiebstähle gab es auch in anderen Ländern, z.B. in Irland. Dort wurde vor einigen Jahren die Herzreliquie des Dubliner Patronatsheiligen St. Laurence O'Toole während der normalen Öffnungszeiten der Kathedrale aus ihrem Metallkäfig gestohlen. Ebenfalls in Irland wurden aus der Abtei Holycross bei Thurles drei Kreuzreliquien entwendet."

„Das ist ja alles schön und gut. Was hat das aber mit meinem Vater zu tun? Wollte er den Kopf der heiligen Katharina stehlen?" Katharina unterbrach Stefanos Redefluss energisch und deutete in Richtung Reliquienschrein.

„Nicht stehlen. Er wollte ihn beschützen."

„Aha. Und wie bitte schön hat er das gemacht?" Katharina war langsam am Ende ihrer Geduld.

„Indem er den Kopf der echten Katharina gegen ein Kunststoffimitat ausgetauscht hat."

„Er hat was...?" Katharina starrte Stefano mit offenem Mund an. „Willst du mir etwa sagen, dass diese...diese Reliquie hier in Wirklichkeit überhaupt nicht echt ist? Ein Imitat, das mein Vater hergestellt hat?" Katharina schaute erst Stefano, danach den Reliquienschrein fassungslos an.

Stefano schwieg einige Sekunden. „Zur Zeit deiner Geburt wurden in Europa recht häufig Kirchen geplündert. Die Banden hatten es dabei aber weniger auf die klassischen wertvollen Gegenstände wie goldene Gefäße oder Kerzenständer abgesehen. Sie zielten auf Reliquien ab. Alle Kirchen, die Reliquien beherbergten, waren in Aufregung und fürchteten Diebstähle. Du hast ja gerade selbst die Blutreliquie angesprochen, die noch vor kurzem aus dem Kölner Dom gestohlen wurde. Und jetzt überlege einmal, welche Bedeutung der Kopf einer Heiligen haben muss, wenn selbst ein kleiner Lappen mit einem Tropfen Blut nicht sicher ist. Es geht hier durchaus auch um finanzielle Interessen.

Die höchsten Vertreter der Kirchengemeinde Siena haben sich damals zusammengesetzt und überlegt, wie der Kopf der heiligen Katharina geschützt werden kann. Sie steht hier ja praktisch auf einem Präsentierteller. Es gab die unterschiedlichsten Vorschläge. Alle hatten jedoch ein großes Manko. Jede Sicherungsmaßnahme der Reliquie hätte zur Folge gehabt, dass die Gläubigen nur noch unter erschwerten Bedingungen die heilige Katharina zu Gesicht bekommen hätten. Wir hätten die Reliquie besonders sichern und wegschließen müssen. Eine andere durchgehende Bewachung hätten wir nicht sicherstellen können. Die damals gebräuchlichen Alarmsysteme hatten ihre Schwachstellen. Profis hätten sich davon kaum abhalten lassen. Deshalb hätten wir auch die Besucherströme reduzieren und ebenfalls überwachen müssen. Damals gab es nicht ansatzweise die technischen Möglichkeiten, wie wir sie heute kennen. Das schien uns allen wenig praktikabel. Und letztendlich wollten wir das auch alles nicht. Es handelte sich immer noch um ein Gotteshaus und nicht um die Nationalbank.

Wir suchten daher verzweifelt nach einer Lösung, die einerseits allen Gläubigen immer noch einen weitgehend freien Zugang zu der heiligen Katharina ermöglichen und andererseits die Reliquie vor Raub bewahren sollte.

Über dieses Dilemma habe ich im Jahr 1988 mit deinem Vater gesprochen. Das war hier in der Basilica. Dein Vater war ein unglaublich kreativer Kopf. Es war eine Herausforderung ganz nach seinem Geschmack. Für ihn lag die Lösung schnell auf der Hand. Er schlug uns vor, die Reliquie gegen ein echt aussehendes Imitat auszutauschen. Die echte Reliquie sollte dann sicher an einem geheimen Ort verwahrt werden. Dieser Ort sollte nur einem kleinen Personenkreis bekannt sein. In dem Schrein würde dann übergangsweise das Imitat ausgestellt werden. Es musste nur täuschend echt aussehen, damit die Pilgerstätte erhalten bleiben konnte. Dein Vater war ein guter Redner. Er hat uns alle sehr schnell von seiner Lösung überzeugt. Es schien so einfach. Und anfangs war es das dann auch.

Dein Vater hatte ein dichtes Netzwerk an Kontakten. Mit einem Modellbauer und einem Unternehmen, das in der Kunststofftechnik tätig war, entwickelten sie das Imitat der Reliquie. Das ging natürlich nicht von heute auf morgen. Anders als heute gab es damals weder 3D-Scanner noch 3D-Drucker. Es waren noch manuelle Fähigkeiten und ganz viel Fingerspitzengefühl erforderlich. Dein Vater und sein Team haben es dann tatsächlich geschafft. Nach ungefähr sechs Monaten präsentierte uns Holger ein täuschend echt aussehendes Reliquien-Imitat.

Wir waren alle sprachlos und begeistert. Aber noch während wir das Imitat bewunderten, zeigte sich die Kehrseite von Holgers Vorschlag. Der Kreis der Mitwisser war zu groß geworden. Die Hauptarbeiten an dem Reliquien-Imitat wurden in der Fabrikhalle des Kunststoffunternehmens vorgenommen, da man hier die diversen Maschinen und Gerätschaften nutzen konnte. Holger hatte zwar alle Beteiligten auf absolute Geheimhaltung verpflichtet, aber letztlich war das Vorhaben zu groß und zu phantastisch, als dass es hätte geheim bleiben können. Es kursierten in der Folge viele Gerüchte um die gefälschte Reliquie, die der Wahrheit sehr nahe kamen, so dass sich die obersten Kirchenvertreter zu einem schnellen Handeln genötigt sahen.

Man kam überein, dass in das weitere Vorhaben nur noch ein ganz kleiner Personenkreis eingeweiht werden sollte. Wir waren nur zu viert, Holger mitgezählt. Ich war Teil dieser Gruppe und der einzige noch Überlebende." Stefano verstummte.

„Oh Gott, sprich weiter, Stefano. Geht es bei der Geschichte um das Imitat? Und wo habt ihr die echte Katharina untergebracht?" Katharina beugte sich voller Ungeduld vor.

„Ach, Katharina. Es ist alles völlig verrückt. Lass mich die Geschichte zu Ende erzählen, dann wirst du alles verstehen." Stefano erhob sich sichtlich nervös und ging vor dem Reliquienschrein auf und ab. Mittlerweile war es dunkel geworden und die Basilica nur von Kerzenlichtern erleuchtet. Stefanos Bewegungen ließen tanzende Schatten auf der Kirchenwand entstehen.

„Da wir damals befürchteten, dass ein Raub der echten Reliquie unmittelbar bevorsteht, haben wir eines Abends, als die Basilica für die Besucher geschlossen war, die echte Reliquie gegen das Imitat hier ausgetauscht." Stefano deutete mit dem Kopf Richtung Schrein. „In der Kürze der Zeit hatten wir allerdings noch keinen passenden Ort für den echten Kopf der heiligen Katharina gefunden. Wir haben uns deshalb darauf verständigt, dass Holger die Mumie an einem geheimen und nur ihm bekannten Ort verstecken sollte. Wir wollten keinen öffentlich bekannten Ort wie einen Bank- oder Kirchentresor. Holger sicherte uns zu, dass er das optimale Versteck für Katharina gefunden habe. Kein anderer Mensch könne wissen, wo es sei."

Katharina schüttelte den Kopf. „Das hört sich für mich ziemlich leichtfertig an. Es musste doch einen Plan für den Fall geben, dass Holger etwas zustößt und er selbst nicht mehr an das Versteck kommt."

„Ja, den hatten wir auch, meine liebe Katharina. Natürlich war uns klar, dass es ebenfalls sehr risikoreich ist, wenn nur ein einziger Mensch den Aufenthaltsort der Mumie kennt. Aber dieses Risiko schien uns tragbar. Holger hatte uns nämlich einen Hinweis zu dem Aufenthaltsort der echten Reliquie gegeben, von dem er überzeugt war, dass wir ihn verstehen würden. Er war sicher, dass wir diesem Fingerzeig folgen und jederzeit das Versteck finden würden.

Das Problem war nur, dass er uns alle überschätzt hatte", fügte Stefano mit düsterer Stimme hinzu.

„Was für ein Hinweis war das? Es hat mit den Medaillons zu tun, oder?" Jetzt sprang auch Katharina auf.

Stefano ließ sich schwerfällig auf die Bank sinken und klopfte mit der Hand darauf. „Setz dich wieder, ich erzähle den Rest."

„Holger war sehr zufrieden mit seiner Mission gewesen. Wir waren heilfroh, dass sich die echte Reliquie in einem sicheren Versteck befand. Das Imitat war so gut gelungen, dass kein Mensch auch nur hätte ahnen können, es mit einer Fälschung zu tun zu haben. Ich bin mir sicher, dass auch der Kreis der ersten

Mitwisser, die über die Herstellung des Imitats informiert war, nicht sicher sein konnten, ob sie vor der echten heiligen Katharina niederknieten und ob der Austausch überhaupt vollzogen war. Keiner hat je ein öffentliches Wort darüber verloren.

Holger hatte unserer kleinen Verschwörungsgruppe, die außer ihm nur aus einem Dominikanerbruder, meinem früheren Provinzial und mir bestand, den Hinweis auf das Versteck hinterlassen. Das war kurz nach deiner und Marias Geburt.

Wir standen wieder einmal hier in der Basilica und Holger teilte uns mit, dass wir im Notfall „*...nur den beiden Medaillons und den Worten der heiligen Katharina folgen müssen*". Dies würde uns direkt zu dem Versteck führen. Dabei hielt er in jeder Hand eine Kette mit einem Medaillon, auf dessen Vorderseite das Lilienkreuz des Dominikanerordens eingraviert war. Ich sehe ihn noch vor mir, wie er uns selbstbewusst und siegessicher die Medaillons vorzeigt."

Katharina griff instinktiv an ihren Hals, an dem die Kette mit ihrem Medaillon hing. Stefano nickte ihr zu, ohne diese Geste aber weiter zu kommentieren.

„Genauere Erklärungen hat er uns nicht gegeben. Die hielten wir auch nicht für erforderlich. Es gab damals einerseits keinen Grund zu glauben, dass Holger etwas zustoßen könnte, und andererseits waren wir sicher, im Ernstfall gemeinsam diesem Hinweis folgen zu können. Schließlich war Holger überzeugt davon, dass wir mühelos das Versteck finden könnten." Stefano stieß einen Seufzer aus. „Das war ein Fehler, wie sich später zeigen sollte. Das nächste einschneidende Ereignis war dann der furchtbare Überfall auf deine Familie, bei dem deine Eltern ermordet worden sind."

„Du denkst, dass der Überfall etwas mit dem Versteck des echten Mumien-Kopfes zu tun hat?" Katharina schüttelte fassungslos den Kopf.

Stefano zuckte mit den Schultern. „Was können die Mörder sonst bezweckt haben? Es ist nichts gestohlen worden, ein Einbruch scheidet damit aus. Auf der anderen Seite sind deine Eltern vor ihrem Tod gefoltert worden. Letztlich kann es wohl nur bedeuten, dass irgendjemand Kenntnis davon hatte, dass Holger die Reliquie vertauscht hat und das wahre Versteck herauspressen wollte."

„Vielleicht haben meine Eltern ihren Mördern ja das Versteck verraten." Katharina räusperte sich. Sie hatte mit einem Male einen Kloß im Hals und ihre Stimme klang wie Schmirgelpapier.

Stefano lächelte traurig. „Das glaube ich kaum. Als wir nach dem entsetzlichen Überfall in eurem Haus angekommen waren, fanden wir dich und Maria in euren Bettchen. Ihr beide wart wohlbehalten und hattet jeder ein Medaillon um euren Hals hängen. Hätte Holger das Versteck verraten, hätten die Mörder euch kaum die Medaillons überlassen. Es scheint hier ja einen Zusammenhang zu geben. Holger hat sicher nichts verraten, und Luisa konnte bestimmt keinen Hinweis geben. Ich kann mir nicht vorstellen, dass Holger sie eingeweiht hatte.

Ich glaube viel eher, dass Holger in letzter Sekunde einen Weg gesucht hat, sein Geheimnis nicht mit ins Grab zu nehmen. Er wusste ja, dass wir die Medaillons benötigen würden, um das Versteck zu finden. Die Mörder schienen dies nicht zu wissen. Als Holger euch die Medaillons umgehängt hat, konnte er sicher sein, dass wir sie erhalten würden. Und so war es ja auch."

Katharina runzelte die Stirn. „Eines verstehe ich dann aber immer noch nicht. Warum habt ihr Maria und mich getrennt und warum die Geheimnistuerei mit der illegalen Adoption durch die Marvins? Uns ist doch gar nichts geschehen."

„Als wir gesehen hatten, was passiert war, waren wir voller Sorge um euch Kinder. Der Überfall hatte ja gezeigt, dass doch irgendetwas von der ganzen Sache durchgesickert sein musste. Diese skrupellose Gewalttat zeugte zudem davon, dass es sich um irgendeine mafiöse Organisation handeln musste. Das waren keine Kleinkriminellen. Wir fürchteten, dass diese Bande vielleicht noch einmal wiederkommen würde. Außerdem hatten wir davor Angst, dass sich der Reliquientausch in anderen kriminellen Kreisen herumgesprochen hatte und früher oder später die nächste Bande einen Versuch unternehmen würde, die echte Reliquie zu finden. Wir fürchteten, dass ihr Kinder entführt und die Kirche erpresst werden könnte. Es konnte ja keiner ahnen, dass nur Holger das Versteck kannte. Wir hätten euch bei einer Entführung noch nicht einmal auslösen können. Holgers Hinweis war uns ein nicht lösbares Rätsel. Wir hatten keinen Schimmer, wo er die Reliquie versteckt hatte. Deshalb hielten wir es für notwendig, sofort zu handeln. So hat dich dein Schicksal zu den Marvins geführt."

Katharina saß stumm auf der Sitzbank und schaute auf die ruhig brennenden Kerzen. „Ich verstehe", sagte sie bedächtig. Dann hob sie den Blick und schaute auf den Schrein. „Dann gehe ich wohl recht in der Annahme, dass ich mir gerade das Imitat anschaue, das mein Vater vor über dreißig Jahren in Auftrag gegeben hat?" Sie schaute Stefano klar und durchdringend an.

„Ähm, ja." Stefano schaute Katharina verunsichert an. Er hatte mit einem emotionalen Ausbruch gerechnet, vielleicht auch mit Tränen oder Wut, allerdings nicht mit so viel Abgeklärtheit.

Katharina schien seine Verwirrung nicht zu bemerken. „Und warum ist das Thema jetzt wieder aktuell geworden?" Sie runzelte die Stirn. „Es hat jetzt so viele Jahre geruht. Warum hat sich Raimund genau jetzt auf den Weg gemacht, um mich zu finden? Und warum ist er fast getötet worden? Da muss es einen Auslöser gegeben haben". Sie schaute Stefano an, und ihr Blick bohrte sich in seine Augen.

„Eigentlich ist doch noch immer alles gut", fuhr sie fort. „Die Gläubigen kommen zum Beten her und keiner ahnt, dass die Reliquie eine Fälschung ist. Damit kann man doch alles beim Alten lassen."

Stefano musterte Katharina. Sie ist so scharfsinnig wie ihr Vater, dachte er.

„Jetzt im Dunklen wirst du es nicht bemerken, Katharina. Aber unser Imitat beginnt sich aufzulösen. Ich bin kein Experte für Kunststoffe. Holger hat uns erklärt, dass das Imitat bei der Herstellung mit irgendeiner metallischen Substanz präpariert worden war. Bei einem möglichen CT- und Röntgen-Test – zumindest nach damaligen Maßstäben – hätte es ausgesehen als ob es sich um einen echten Schädelknochen handeln würde. Jetzt scheint sich diese Substanz langsam abzulösen. Man erkennt seit ungefähr zwei Jahren erste Auflösungserscheinungen am linken Mundwinkel und auch am Kinn. Die Gesichtsstruktur wirkt zunehmend rauer und ungleichmäßiger.

Holger hat uns damals gesagt, dass das Imitat ungefähr zehn Jahre halten würde. Das erschien uns damals sehr lang. Wir hatten ja gehofft, die echte Reliquie sehr viel schneller an ihren richtigen Platz zurückbringen zu können. Das Imitat hat jetzt schon über dreißig Jahre gehalten. Das war ein Glück für uns. Aber lange werden wir den Verfall nicht mehr verbergen können. Und dann wird alles ans Licht kommen.

Ich habe vor ungefähr einem Jahr Raimund, meinen jungen Ordensbruder, ins Vertrauen gezogen. Sein Namenspatron ist Raimund von Capua, der der Wegbegleiter und Beichtvater unserer heiligen Katharina war. Mein junger Ordensbruder hat seinem Namen alle Ehre gemacht. Er verehrt die heilige Katharina und hat hier in der Cappella viel Zeit vor ihrem Antlitz verbracht.

Er sprach mich darauf an, dass er das Gefühl habe, dass sich die mumifizierte Haut der Katharina langsam verändere. Raimund schob es auf die Luftbedingungen in der Kirche und fragte mich, ob wir nicht einen Experten kommen lassen könnten, der sich die Mumie mal anschaut." Stefano lachte bitter. „Mir ist damals das Herz vor Schreck fast stehengeblieben. An diesem Tag hat mich die Vergangenheit eingeholt. Mir war klar, dass ich meinen jungen Mitbruder nicht einfach abwimmeln konnte. Dazu ist er viel zu klug und auch zu hartnäckig. Außerdem hatten – nein *haben* – wir ein echtes Problem. Wenn herauskommt, dass der Kopf unserer Schutzheiligen eine Fälschung ist, würde dies zu einem unglaublichen Vertrauensverlust führen. Mir geht es dabei gar nicht mal nur um die Pilger und die vielen Besucher. Alle Menschen in Siena sind stolz, die heilige Katharina in ihrer Basilica zu haben. Für viele ist sie ein Sinnbild für Stärke und Beharrlichkeit. Sie kommen hierher, um zu ihr zu beten und um Hilfe zu bitten. Die heilige Katharina gehört zu ihrem Leben dazu. Wenn sich herausstellen würde, dass die Reliquie eine Fälschung ist, käme das für sie einem Betrug gleich. Der Schaden wäre kaum auszumalen und sicherlich nicht wiedergutzumachen. Die Kirche steht heutzutage ja ohnehin nicht immer in einem sonderlich guten Licht. Es würde den Menschen hier den Boden unter den Füßen wegziehen.

Also habe ich mich entschieden, das Geheimnis an die nächste Generation weiterzugeben, in der Hoffnung, dass wir gemeinsam einen Ausweg finden werden.

Neben Raimund habe ich noch Mattheo ausgewählt. Die beiden sind seit Kindertagen befreundet, und Mattheo ist ebenfalls ein kluger Kopf, der unserem Orden verbunden ist. Ich habe ihnen alles erzählt, was ich auch dir berichtet habe.

Als Raimund von dir und deinem Namen erfahren hat, sah er hierin einen Wink des Schicksals. Er war gleich Feuer und Flamme und wollte dich aufspüren. Er möchte hier augenscheinlich dem historischen Raimund nacheifern und sieht sich in der Mission, gemeinsam mit dir die Reliquie zu finden. Ich konnte ihn noch eine Zeit lang bremsen und habe darum gebeten, erst einmal selbst der Spur der Medaillons zu folgen. Raimund und Mattheo hatten – wie wir damals auch – die Vorstellung, dass es vielleicht einen geheimen Mechanismus in den Medaillons gibt, der das Versteck offenbart. An Marias beschädigtem Medaillon haben sie nichts finden können. Das hätte mich allerdings auch gewundert. Wir hatten nach dem Tode eurer Eltern beide Medaillons schon ganz genau unter die Lupe genommen. Um es kurz zu machen: auch Raimund und Mattheo sind bislang gescheitert." Stefano biss sich auf die Unterlippe. Leise fuhr er fort: „Raimund war in den letzten Wochen immer mehr davon überzeugt, dass wir nicht nur dein Medaillon, sondern auch deine Unterstützung benötigen. Er wollte Kontakt mit dir aufnehmen. Ich habe mich zunächst gesträubt, doch letztlich habe ich nachgegeben. Das geschah durchaus auch aus egoistischen Motiven. Ich wollte wissen, wie es dir geht und wie sich dein Lebensweg bislang gestaltet hat. Außerdem wollte ich dich einfach wiedersehen und habe nicht ernsthaft damit gerechnet, dass du tatsächlich immer noch in Gefahr sein könntest. Das war wohl ein Irrtum." Stefano schüttelte bekümmert den Kopf.

Katharina betrachtete ihn nachdenklich mit gerunzelter Stirn. „Mal ernsthaft, das kann auch überhaupt nicht sein. Das hieße ja, dass irgendwer trotz aller Vorsicht meine Adoptionsspur aufgedeckt hat und dann geduldig über dreißig Jahre darauf gewartet hat, dass ich den Hinweisen meines Vaters folgen würden. Das hört sich nicht plausibel an. Selbst die Köpfe der damaligen kriminellen Organisationen dürften mittlerweile ein Lebensalter erreicht haben, dass sie von einem ruhigen Altersruhesitz außerhalb von Gefängnismauer träumen lässt."

„Wie erklärst du dir dann den Überfall auf Raimund? Er ist ein Mönch. Warum sonst sollte ihn jemand zu einem Zeitpunkt überfallen, als er gerade auf dem Weg zu dir war?"

Katharina zuckte die Achseln. „Das weiß ich nicht – noch nicht. Aber erst einmal haben wir zwei getrennte Geschichten. Es geht um das Versteck der echten Mumie und es gibt den Überfall auf Raimund. Es muss nicht unbedingt eine Verbindung zwischen den beiden Geschichten bestehen. Außerdem gibt es noch die Polizei. Während sie versucht den Überfall aufzuklären, werde ich ein wenig Zeit darauf verwenden, das Rätsel von meinem Vater zu knacken." Ihre Augen funkelten vor Tatkraft.

Stefano lachte. „Ich erkenne gerade deinen Vater in dir. Trotzdem sollten wir für heute die Sache ruhen lassen. Die heilige Katharina ist nun seit drei Jahrzehnten in ihrem Versteck. Da wird sie es bestimmt noch ein wenig länger aushalten. Lass uns nach Hause gehen und eine Nacht drüber schlafen. Morgen ist ein neuer Tag."

Katharina nickte zustimmend. „Du hast natürlich recht. Eigentlich bin ich auch hundemüde und muss erst einmal alles verdauen, was du mir erzählt hast. Ein bisschen Ruhe und Schlaf kann ich gut gebrauchen."

Sie ergriff Stefanos Hand und beide wandten sich zum Gehen. Katharina warf einen letzten Blick über die Schulter auf den Schrein der heiligen Katharina. „Ich werde dich finden – das verspreche ich dir", flüsterte sie leise.

17. KÖLN

Hektor legte den Telefonhörer auf die Gabel und schüttelte nachdenklich den Kopf, während er aus dem Fenster schaute. Es war noch keine 8:00 Uhr, aber die Sonne stand schon am wolkenlosen Himmel. Er hatte gerade ein langes Telefonat mit Katharina geführt, die wusste, dass er ein Frühaufsteher war und immer als erstes morgens im Büro erschien. Lydia kam selten vor 9:00 Uhr. Sie hatte ihn alleine erwischen wollen.

Während er seinen ersten Kaffee trank, hatte Katharina ihm ihre unglaubliche Lebensgeschichte erzählt, die sie gestern von dem Dominikanermönch erfahren hatte. Und als wenn das nicht schon genug wäre, kam dazu noch die Geschichte mit dem vertauschten Kopf der heiligen Katharina, in die sie bzw. ihre leibliche Familie ebenfalls verstrickt war. Seine Chefin hatte völlig aufgekratzt geklungen. Obwohl die Geschichte wirklich verrückt war, zweifelte Hektor keine Sekunde daran, dass sie stimmte. So etwas konnte man sich einfach nicht ausdenken. Außerdem war Katharina viel zu klug, um auf ein Hirngespinst hereinzufallen. Man konnte es nicht anders sagen, die Puzzleteile der Geschichte sahen stimmig aus.

Hektor fuhr sich mit der Hand durch seine raspelkurze Stoppelfrisur. Er kannte den Schrein, in dem der Kopf der heiligen Katharina aufbewahrt wurde. Während eines Schülerprogramms war er einige Tage in Siena gewesen. Er konnte sich noch gut an die Basilica di San Domenico erinnern und an den morbiden Schauer, der ihn erfasst hatte, als er den vermeintlich echten Kopf der heiligen Katharina angeschaut hatte. Und jetzt erfuhr er nicht nur, dass es sich um eine grandiose Fälschung handelte, sondern seine Chefin beauftragte ausgerechnet ihn damit, ihr zu helfen, das Versteck der „echten" Katharina ausfindig zu machen.

Er wusste nicht so recht, was er davon halten sollte. Er wollte hier im Büro juristische Erfahrung sammeln und nicht Detektiv spielen. Andererseits war es gerade recht ruhig in der Kanzlei. Die heute anstehenden Mandantengespräche könnte Lydia verschieben. Er hatte die Wahl: Er könnte sich in ein spießiges Sakko zwängen und das äußere Klischee eines jungen Karriere-Anwalts erfüllen oder aber dem ausdrücklichen Wunsch seiner Chefin nachkommen, ihr dabei zu helfen, das Geheimnis der Medaillons zu enträtseln. Er schaute auf die dicken juristischen Wälzer, die vor ihm auf dem Schreibtisch lagen. Nach kurzem Zögern schob er sie beiseite und fuhr den Computer hoch. Es konnte schließlich nicht schaden, zumindest mal einen Blick auf den geheimnisvollen Hinweis zu werfen, den Holger Wohlfahrt hinterlassen hatte.

Katharina hatte ihm die Bilder der beiden Medaillons gemailt. Anders als Mattheo und Raimund ging sie nicht davon aus, dass die Medaillons ein mechanisches Geheimfach enthielten, das die Lösung offenbaren könnte. Sie ging davon aus, dass der Inschrift bzw. dem Innenbild ihres Medaillons eine inhaltliche Bedeutung zukam, die ihr den Weg weisen würde.

Hektor betrachtete die Bilder. Marias Medaillon enthielt die Inschrift „Sono sangue e fuoco", während Katharinas Medaillon eine Abbildung des Klosterfelsens „Mont Saint-Michel" enthielt, der sich allerdings nicht in Italien, sondern in der Normandie in Frankreich befand.

„Na, dann legen wir mal los", murmelte Hektor und gab in die Google-Suchmaske „Leben der heiligen Katharina von Siena" ein.

18. KÖLN

Mangold knallte energisch die Autotür zu. Er hatte vor einer Stunde die Nachricht erhalten, dass der mysteriöse Verletzte aus dem Koma erwacht sei und sich sofort auf den Weg zur Uniklinik gemacht. Kurz hatte er mit dem Gedanken gespielt, Rechtsanwältin Dr. Marvin anzurufen. Dann hatte er den Gedanken verworfen – vorerst. Er war sich noch nicht wirklich sicher, ob sie beide in demselben Boot saßen. Er hatte daher entschieden, erst einmal alleine mit dem verletzten Mann zu sprechen.

Als er an der Anmeldung zur Intensivstation ankam, stand eine junge Ärztin am Tresen und füllte Formulare aus. „Guten Morgen", grüßte Mangold freundlich. Er zeigte seinen Dienstausweis. „Ich bin wegen des unbekannten Patienten hier. Sie haben uns wissen lassen, dass er aus dem Koma erwacht ist."

Die Ärztin, deren Namensschild sie als Stationsärztin Frau Dr. Anderlach auswies, runzelte die Stirn. „Sie haben es aber ganz schön eilig. Der Patient ist zwar aufgewacht, aber er ist in keinem Fall vernehmungsfähig. Ich wusste nicht, dass Sie sofort herkommen würden. Er ist noch schwach und wie es scheint, auch verwirrt. Geben Sie ihm noch ein paar Tage Ruhe, bevor Sie mit ihm sprechen."

„Verwirrt? Was meinen Sie damit?"

„Bei unserer ersten Untersuchung murmelte er immer wieder etwas von einem Kopf, der versteckt sei und der einer Katharina gehöre." Die Ärztin legte die Formulare weg und schaute Mangold an. „Diesen Worten sollten wir aber alle nicht zu viel Bedeutung beimessen. Der Mann ist schwer verletzt und es kann einige Zeit dauern, bis sein Verstand wieder richtig funktioniert. Zum jetzigen Zeitpunkt können wir aus medizinischer Sicht nur sagen, dass er voraussichtlich wieder voll genesen wird. Ich wage aber keine Prognose darüber zu treffen, wann er vernehmungsfähig sein wird."

Mangold schaute sie nachdenklich an. „Haben Sie seinen Namen in Erfahrung bringen können?"

Die Ärztin schüttelte den Kopf. „Er hat immer nur von einer Katharina gesprochen. Vielleicht ist das seine Frau."

„Kann ich kurz zu ihm?" Mangold blieb hartnäckig. „Ich habe nicht vor, ihm zuzusetzen. Aber vielleicht finde ich einen Anhaltspunkt, um den Täter zu ermitteln, der ihm das angetan hat."

Frau Dr. Anderlach zögerte. „Na gut, aber nur fünf Minuten. Mehr ist heute nicht drin. Falls er schläft, wecken Sie ihn bitte nicht auf."

Sie reichte Mangold einen Kittel und Überziehschuhe. Er streifte alles rasch über und folgte der Ärztin an ein Patientenbett.

Der Mann lag mit geschlossenen Augen im Bett. Das Beatmungsgerät war entfernt worden. Mangold bemerkte, dass die Gesichtsfarbe des Mannes zwar noch bleich war, aber die gräulichen Schatten weitgehend verschwunden waren. Die Szenerie erschien geradezu friedlich. Er musterte ihn eingehend und räusperte sich dann leicht. Die Augenlider des Mannes begannen zu flattern. Er öffnete sie schließlich. Verwirrt schaute er Mangold an. „Können Sie mich verstehen?" Mangold sprach leise und beruhigend. „Sie sind in einem Krankenhaus. Wir haben Sie schwer verletzt aufgefunden. Können Sie mir Ihren Namen nennen?"

Der Verletzte stöhnte leise und schloss wieder die Augen. „Raimund, Bruder Raimund", murmelte er. „Ich muss den Kopf finden..."

„Sie haben einen Bruder? Sollen wir ihn informieren, wie können wir ihn erreichen?" Mangold sprach etwas energischer und ergriff die Hand des Mannes. Er erhielt aber keine Antwort mehr. Der Mann blieb still und reglos. Mangold ließ seine Hand los und schaute auf ihn herab. Wie es aussah, konnte er hier heute nichts mehr in Erfahrung bringen. Die Ärztin hatte Recht. Er seufzte. Geduld war wirklich nicht seine Stärke. Andererseits war der verletzte Mann sicherlich nicht in der Verfassung, weglaufen zu können. Er musste sich also nur noch ein wenig gedulden.

Mangold ging in den Vorraum und zog dort den Kittel und die Überziehschuhe aus. Ein Mann ging an ihm vorbei und nickte ihm grüßend zu. Die Soutane und das Kollar wiesen ihn als Priester aus. Vermutlich ist er auf dem Weg, einem Patienten die letzte Ölung zu geben, dachte sich Mangold. Dann durchzuckte es ihn wie ein Blitz. Das Gestammel des Patienten, das sich wie „*Bruder Raimund*“ angehört hatte, war womöglich gar nicht der Hinweis auf einen Bruder, sondern der Name des Verletzten selbst. Vielleicht gehörte er ebenfalls einem christlichen Orden an.

„Entschuldigen Sie bitte“, rief er dem Priester hinterher. Der drehte sich erstaunt um. „Ja, bitte?“ „Können Sie mir bitte sagen, ob es einen heiligen Raimund gibt und ob er einem bestimmten Orden angehörte?“ Der Kirchenmann überlegte kurz. „Ja, soweit ich weiß, gibt es sogar mehrere Heilige, die diesen Namen getragen haben. Mir fällt spontan der heilige Raimund von Capua ein. Er war Mentor und Wegbereiter der ebenfalls heiliggesprochenen Katharina von Siena. Soweit ich weiß, gehörte er dem Dominikanerorden an.“

Mangold hob zur nächsten Frage an, aber der Priester bremste ihn mit einer Handbewegung. „Bitte entschuldigen Sie mich jetzt. Ich muss ein Sakrament spenden. Das lässt keinen Aufschub zu. Schauen Sie doch in einer Kirchenbibliothek nach oder vielleicht direkt im Internet. Dort finden Sie sicherlich verlässlichere Aussagen, wenn Sie sich für die Heiligengeschichte interessieren.“ Mit diesen Worten verschwand er hinter einem Vorhang.

Mangold sah ihm nach und nickte. Genau das werde ich tun,

dachte er. Er hatte das Gefühl, endlich einen Hinweis gefunden zu haben. „Raimund und Katharina“, murmelte er leise. Er fragte sich, ob es ein Zufall war, dass es sich bei Katharina um den Vornamen von Frau Dr. Marvin handelte. Er glaubte nicht so recht daran. In seiner Welt gab es selten Zufälle. Die attraktive Anwältin schien irgendwie in die Sache verstrickt zu sein. Er würde noch einmal mir ihr sprechen müssen. Diesmal würde er sich nicht mit Ausflüchten abspeisen lassen, so viel stand fest.

Hektor lehnte sich mit einem zufriedenen Grinsen in seinen Schreibtischstuhl zurück und verschränkte seine breiten Hände hinter dem Kopf. Tante Lucy, die es sich stundenlang auf seiner linken Schulter bequem gemacht hatte, fiepte laut auf und begann an seinem linken Ohrläppchen zu knabbern. „Du hast Hunger, richtig?“ Hektor griff in die Schublade vor sich und fischte einige Käsewürfel heraus, die er der Ratte auf seiner Schulter reichte. Geschickt nahm sie den Käse entgegen und vertilgte ihn. Es war mittlerweile 20:23Uhr. Hektor hatte den ganzen Tag an dem Rätsel gearbeitet und es jetzt endlich geknackt. Er hatte das Internet viele Stunden nach Biographien über die heilige Katharina durchstöbert und so einiges zu Tage gebracht. Die heilige Katharina hatte im 14. Jahrhundert gelebt und war eine beeindruckende Persönlichkeit gewesen. Es gab diverse wissenschaftliche Abhandlungen über ihr Wirken. Katharina hatte beharrlich für ihre Überzeugungen eingestanden und sich von nichts und niemanden unterkriegen lassen. Hektor hatte bei diesen Ausführungen unwillkürlich das Bild seiner eigenen gradlinigen Chefin vor Augen gehabt. Sie machte ihrer Namenspatronin alle Ehre. Dann hatte er gezielt nach dem Satz „Sono sangue e fuoco“ gesucht und rasch herausgefunden, dass es sich um einen berühmten Ausspruch der heiligen Katharina handelte und übersetzt „Ich bin Blut und Feuer“ hieß Eine tiefere Bedeutung des Zitats hatte er noch nicht finden können.

Hektor hatte allerdings keine Verbindung mit dem berühmten Klosterfelsen Mont Saint-Michel herbeiführen können. Alle

Recherchen hatten ergeben, dass sich das Leben der heiligen Katharina in fünf Städten agespielt hatte: Siena, Florenz, der Hafenstadt Pisa, dem päpstlichen Avignon und Rom.

Also hatte er die Blickrichtung gewechselt und losgelöst von den Wirkungsstätten der heiligen Katharina Informationen über den berühmten Klosterfelsen eingeholt.

Der heilige Berg Mont-Saint-Michel mit seiner berühmten Abteikirche stand auf einer Felseninsel im Meer vor der Küste der Normandie, an der Grenze zur Bretagne. Der Berg und die Bucht gehörten zum UNESCO Weltkulturerbe. Die Felseninsel war eng bebaut und es gab nur eine einzige Straße, die Grand Rue, die zur Abtei hinaufführte.

Hektor hatte weiter herausgefunden, dass auch heute noch Benediktinermönche in der Klosteranlage lebten. Auch hier gab es keine Verbindung zu der historischen Katharina. Diese gehörte dem Dominikanerorden an.

Dann kam er schließlich auf die Idee, sich die Felseninsel auf Google Earth anzuschauen. Erfreut hatte er festgestellt, dass das Bildmaterial wirklich gut war. Sein Blick war über die Abtei und die Grand Rue geschweift. Dann hatte er in den Street View-Modus gezoomt und war virtuell die Grand Rue entlanggegangen. Während er sorgfältig die einzelnen Bildausschnitte gesichtet hatte, wurde sein Blick schließlich von einer Stelle magisch angezogen. Sein Puls hatte sich beschleunigt als er den Bildausschnitt vergrößern konnte. Stumm starrte er auf das Bild. Er war sicher, das Rätsel gelöst zu haben.

19. ÜBER DEN WOLKEN

Die Anschnallzeichen erloschen. Katharina drückte den Knopf, der seitlich angebracht war und fuhr ihren Sitz in die Rückenlage. Sie befand sich auf dem Flug von Bologna nach Rennes.

Der Start war angenehm gewesen und das Flugzeug glitt jetzt ruhig durch die Lüfte. Unter sich sah Katharina kleine weiße Wolken. Es kam ihr vor, als sei sie für eine kurze Zeit der Realität entflohen. Ihr kam der Song von Reinhard Mey in den Sinn, und sie musste ihm zustimmen, dass aus der Vogelperspektive heraus einem die eigenen Sorgen unbedeutender erschienen. Endlich hatte sie Zeit, noch einmal durchzuatmen und über einige Dinge nachzudenken. Als ihr Hektor vor zwei Tagen erzählt hatte, wo er das Versteck der heiligen Katharina vermutete, hatte sie nichts mehr in Siena halten können. ihren Großvater würde sie nach ihrer Rückkehr besuchen. Sie hatte noch am selben Abend Stefano darüber informiert, dass sie so schnell wie möglich nach Le Mont Saint Michel reisen werde.

Hektor hatte brillante Arbeit geleistet. Sie war sicher, dass er mit seiner Vermutung richtig lag. Sie lächelte. Auf jeden Fall hatte Hektor wieder einmal eindrucksvoll bewiesen, dass sein Äußeres keine Rückschlüsse auf seine Arbeit zuließ.

Stefano war angesichts ihrer Reisepläne nicht überrascht gewesen. Er hatte viel eher ausgesehen, als habe er damit gerechnet. „Ich war bereits unzählige Male dort", hatte er ihr anvertraut. „Ich habe allerdings keinen Hinweis auf das Versteck gefunden. Ich bin auch in der Abtei gewesen. Dort hätte ich sie versteckt. Es wäre zumindest ein würdiges Zuhause gewesen." Er hatte mit den Schultern gezuckt „Vielleicht hast du ja mehr Glück."

Er hatte ihr einen langen fragenden Blick zugeworfen, den sie aber geflissentlich ignoriert hatte. Katharina hatte sich nicht dazu hinreißen lassen, ihm zu erzählen, an welcher Stelle Hektor das Versteck vermutete. Sie wollte keine falschen Hoffnungen bei ihm schüren. Außerdem hatte sie Hektors sorgenvolle Stimme im Ohr, der sie eindringlich davor gewarnt hatte, auch nur irgendeiner Menschenseele etwas zu verraten. Hektor machte sich ernsthaft Sorgen um ihre Sicherheit. Auch wenn sie seine Befürchtungen abgewiegelt hatte, blieb ein kleiner Stachel der Angst zurück. So sorgenfrei, wie sie Hektor gegenüber den Anschein erweckt hatte, war sie längst nicht. Das Bild des blutüberströmten Raimund hatte sie immer noch vor Augen. Andererseits konnte bei realistischer Betrachtung der Überfall auf ihn kaum mit dem Reliquienversteck zusammenhängen. Sie sah keine Verbindung. Trotzdem hatte ihr Bauchgefühl ihr dazu geraten, den Mund zu halten – auch gegenüber Mattheo.

Mattheo hatte jeden Tag bei ihr vorbeigeschaut. Sie hatten bei Pasta und Wein lange Gespräche geführt, und er hatte sich als unterhaltsamer Stadtführer erwiesen. Er hatte viel von seiner gemeinsamen Kindheit mit Maria und Raimund erzählt. Katharina hatte ihn dabei genau beobachtet und bemerkt, dass Mattheo geradezu schwärmerisch von Maria sprach. Sie wunderte sich ein wenig darüber, fand es letztlich aber tröstlich, dass ihre Schwester anscheinend auch gute Seiten gehabt hatte und immerhin eine angenehme Kindheit verleben durfte. Während sie Mattheos Erzählungen gelauscht hatte, konnte sie sich des Eindrucks nicht verwehren, dass er als Teenager wohl ein wenig verliebt in Maria gewesen war.

Mattheo hatte überrascht reagiert, als sie ihm berichtet hatte, dass sie nach Le Mont-Saint-Michel reisen werde. Interessiert hatte er nachgefragt, ob sie glaube, dass auf der Felseninsel das Versteck sei. Er hatte ihr gestanden, dass Raimund und er einen Besuch auf der Felseninsel verworfen hatten, weil sie überhaupt keine Ahnung hatten, an welcher Stelle sie nach dem Versteck hätten suchen sollen. Er wusste auch von Stefanos erfolglosen Bemühungen.

Katharina hatte sich selbst dabei ertappt, dass sie ihm nur zu gerne erzählt hätte, wo sie das Versteck vermutete. Aber eingedenk Hektors Mahnung, mit keinem Menschen über die Einzelheiten zu sprechen, hatte sie schließlich den Mund gehalten. Mit einigen nebulösen Andeutungen hatte sie ihn abgespeist und dann das Thema erneut auf seine Kindheit und ihre Schwester Maria gebracht. Mattheo hatte sehr feinfühlig auf ihren abrupten Themenwechsel reagiert und nicht weiter nachgebohrt.

Katharina ertappte sich jetzt bei dem Gedanken, dass sie nichts dagegen gehabt hätte, wenn Mattheo sich als Reisebegleiter angeboten hätte. Sie lächelte. Das hatte er zwar nicht getan, aber er hatte es sich nicht nehmen lassen, sie persönlich zum Flughafen nach Bologna zu bringen, von dem es einen Direktflug nach Rennes gab. Von dort wollte sie mit dem Mietwagen weiter bis zu ihrem Zielort fahren. Sie hatte auf der Insel ein Zimmer in einem kleinen Hotel mit dem klangvollen Namen „Le Cheval Blanc“ für eine Übernachtung gebucht.

„Kaffee oder Tee?“ Eine freundliche Flugbegleiterin riss Katharina aus ihren Gedanken. „Äh, Kaffee bitte und ein Wasser.“ Katharina nahm beide Getränke entgegen und musste über sich selbst den Kopf schütteln. Statt sich auf ihre Aufgabe vorzubereiten, verlor sie sich wie ein Teenager in Tagträumen über den charmanten Mattheo. Sie lebte anscheinend schon zu lange als Single, so dass es nur eines attraktiven Mannes bedurfte, um ihr den Kopf zu verdrehen. Energisch strich Katharina ihre Haare zurück und holte ihr Notebook hervor. Hektor hatte ihr Abhandlungen über das Leben der heiligen Katharina zusammengestellt, die sie sich noch einmal anschauen wollte. Auch wenn sie davon ausging, dass sie das Versteck gefunden hatten, konnte es sicherlich nicht schaden, mehr über ihre Namenspatronin herauszufinden. Immerhin würde sie bald ihren Kopf in den Händen halten.

20. MONT SAINT-MICHEL

Katharina lenkte ihren Mietwagen, einen dunkelgrünen Volvo, den sie an der Mietstation des Flughafens in Rennes entgegengenommen hatte, auf den großen Parkplatz. Der Parkplatz befand sich auf dem Küstenstreifen, der unmittelbar der Felseninsel „Mont-Saint-Michel“ vorgelagert war. Katharina hatte einen direkten und atemberaubenden Blick auf die Klosterinsel, die sich in ungefähr zwei Kilometer Entfernung befand.

Es war früher Nachmittag und Wind war aufgezogen. Dunkle Wolken zeigten sich an einem ansonsten grauverhangenen Himmel. Die Wettervorhersage hatte ergiebigen Regen angekündigt, der nach der Hitzeperiode auch dringend nötig war.

Dem grandiosen Anblick des Klosterbergs schadete das trübe Wetter nicht. Das Benediktinerkloster ragte in den düsteren Himmel und erzeugte eine einzigartige ,etwas schwermütige Stimmung.

Katharina stellte den Wagen ab und stieg aus. Sie nahm sich einen Moment Zeit und nahm, an das Heck ihres Wagens gelehnt, einen tiefen Zug aus ihrer Wasserflasche. Ihr kam die jahrtausendalte Geschichte in den Sinn, die der Klosterberg bereits erlebt hatte. Sie hatte im Flugzeug noch kurz in einem Online-Reiseführer geschmökert und sich über ihr Reiseziel informiert. Dem Reiz des Anblicks kann man sich kaum entziehen, dachte sie. Sie hatte gelesen, dass der Berg und seine Bucht dem Weltkulturerbe der UNESCO angehörten. Sie fragte sich jetzt, ob die Magie des Ortes der Grund war, warum Holger die Reliquie hier versteckt hatte. Die heilige Katharina war zu Lebzeiten jedenfalls nicht hier gewesen, wie sie herausgefunden hatte. Der Ort konnte also nur für Holger eine persönliche Rolle gespielt haben. Für Katharina stand es dabei außer Frage, dass sie die Reliquie hier finden würde. Der Hinweis in den Medaillons war für sie eindeutig, ein Irrtum ausgeschlossen. Sie hoffte nur, dass ihr kein anderer zuvorgekommen war. Wenn Hektor innerhalb eines Tages das Versteck finden konnte, gab es sicherlich auch noch andere kluge Köpfe, die hierzu in der Lage waren. Es erschien ohnehin unglaublich, dass in den vergangenen dreißig Jahren keiner dieselben Schlüsse wie Hektor gezogen hatte. Dabei war die Lösung überaus simpel. Holger hatte sie praktisch mit der Nase darauf gestoßen. Aber vielleicht war das gerade der Grund, dachte sie. Manchmal sieht man den Wald vor lauter Bäumen nicht.

Katharina schaute sich um. Der Parkplatz, auf dem sie stand, war eine einzige Blechlawine von Fahrzeugen. Als sie den Blick wieder nach vorn richtete, konnte sie unzählige Touristen erkennen, die zu Fuß über eine lange Stelzenbrücke zu dem Klosterberg hin- oder wieder zurückliefen. Die Stelzenbrücke verband das Festland mit der Klosterinsel. Vom Meer war allerdings zurzeit keine Spur zu sehen. Es musste demnach Ebbe sein. Katharina hatte im Reiseführer Bilder gesehen, auf denen die Klosterinsel vom Meer völlig umspült war. Sie hoffte sehr, dass sie im Laufe des Tages noch das Naturschauspiel sehen würde, wenn die Flut einlief.

Katharina studierte eine Informationstafel. Wer den Fußmarsch nicht auf sich nehmen mochte, konnte sich als Mitfahrgelegenheit zwischen einem Pendelbus oder einer Pferdekutsche entscheiden. Sie schaute unschlüssig zum Himmel. Die Regenfront zog immer mehr auf sie zu. Allerdings ging sie nicht davon aus, dass es schon in der nächsten Stunde regnen würde. Die Tafel enthielt den Hinweis, dass der Fußweg ca. dreißig Minuten in Anspruch nehmen würde. Sie würde es also noch trockenen Fußes bis zum Hotel schaffen. Nach der Anreise verspürte Katharina den Wunsch nach Bewegung. Kurz entschlossen öffnete sie den Kofferraum und zerrte einen monströsen Rollkoffer hervor.

Den Koffer hatte ihr Stefano vor der Abreise besorgt. Sie benötigte eine Transportbox, die groß genug war, um die Reliquie unauffällig darin wegzuschaffen. Stefano ging davon aus, dass sich der Kopf seinerseits in irgendeinem schützenden Gefäß befinden würde, so dass die Ausmaße nicht sicher feststanden. Außerdem musste es ein Behältnis sein, das nicht weiter auffiel. Katharina stellte sich mit Grauen vor, was passieren würde, wenn sie dabei beobachtet würde, wie sie mit einem mumifizierten Kopf auf der Insel herumspazierte.

Der Koffer, den Stefano ihr besorgt hatte, war so groß, dass er für eine mehrmonatige Weltumrundung geeignet erschien. Die Reliquie würde hier sicher reinpassen. Da sie nur wenig Wechselkleidung eingepackt hatte, war der Koffer trotz seiner Größe kinderleicht zu ziehen.

Abenteuerlust machte sich in Katharina breit. Sie war gespannt, was sie auf der Insel erwarten mochte. Sie zog den Koffer heran und machte sich mit energischen Schritten auf den Weg.

Sie bemerkte nicht, dass mehrere Augenpaare jedem ihrer Schritte folgten. Unweit von ihrem Volvo entfernt, saßen vier Männer in einem schmutzig weißen VW Kombi und beobachteten sie. Das Fahrzeug war ihr bereits seit Rennes gefolgt. Katharina war so auf die Fahrt konzentriert gewesen, dass sie nichts bemerkt hatte.

Rafael, der auf dem Fahrersitz saß, holte sein Handy hervor. Nach einem kurzen Gespräch steckte er das Gerät wieder ein. Wie auf ein Kommando stiegen alle Personen aus. Rafael schaute sich um, ob sie beobachtet würden. Seine Männer positionierten sich um den VW und schirmten damit die Sicht zum Fahrzeug ab. Neugierige Blicke von Touristen konnten sie nicht gebrauchen. Nachdem Raffael nichts Auffälliges bemerkt hatte, öffnete er in aller Ruhe den Kofferraum, der sich als Waffenarsenal entpuppte. Als sich seine Kollegen ausgerüstet hatten, nahm er sich selbst einen kleinen handlichen Revolver, der ihm in der Vergangenheit schon häufig gute Dienste geleistet hatte. Er bedauerte ein wenig, dass sie die schöne Anwältin töten mussten. Sie war ein Ebenbild von Maria, der beeindruckendsten Frau, die er je kennengerlernt hatte. Aber so war das Geschäft. Außerdem hatte sie keiner gezwungen, ihre Nase in die Vergangenheit zu stecken. Mit Schwung knallte er den Kofferraumdeckel zu. Alle vier Männer machten sich auf den Weg zur Stelzenbrücke. Eilig hatten sie es nicht. Sie wussten, in welchem Hotel Katharina absteigen würde. Sie konnte ihnen nicht entkommen. Sie ging geradewegs in eine tödliche Falle. Langsam mischten sich die Männer unter die Touristen und schlenderten gemächlich auf die Stegbrücke zu.

Katharina öffnete die Eingangstür zum Hotel „Le Cheval Blanc“. Ein melodisches Klingeln erklang und kündigte sie an.

Das Hotel, das von außen klein und unscheinbar aussah, verriet nichts von dem modernen Ambiente, das den Besucher im Inneren erwartete. Die Lobby war erstaunlich großzügig und hell gestaltet. Der Boden glänzte in hellem Marmor. Die sorgfältig arrangierten Clubsessel in weinroter Farbe sorgten dabei für eine gemütliche Atmosphäre. Die unauffällige Rezeption befand sich auf der linken Seite des Eingangsbereichs und ließ es zu, dass der Betrachter beim Betreten der Lobby zunächst direkt durch eine riesige Glasfront blickte, die sich auf der gegenüberliegenden Seite des Raumes befand und eine phantastische Panoramaaussicht über die Bucht eröffnete.

Katharina blieb überrascht stehen und bemerkte zunächst nicht den kleinen, rundlichen Mann, der aus einer Seitentür, die sich neben der Rezeption befand, schwungvoll die Lobby betrat.

„Bonjour Madame!“ Katharina fuhr herum und blickte in das lächelnde pausbäckige Gesicht ihres Gastgebers. „Ich bin Pierre und freue mich sehr, Sie in unserem Haus begrüßen zu dürfen“, fuhr er vergnügt auf französisch fort. „Hatten sie eine angenehme Anreise?“

„Äh ... oui." Katharina sammelte sich kurz, während sie nach den richtigen Worten suchte. Die franzöische Sprache bereitete ihr keine Schwierigkeiten und sie antwortete ihrem Gastgeber auf franzöisch: „Danke, die Anreise war gut. Marvin ist mein Name. Ich habe für eine Nacht reserviert."

„Lassen Sie mich kurz nachschauen, Madame." Pierre verschwand hinter dem Tresen und tippte etwas in einen PC. „Ah, da haben wir Sie ja ... Frau Dr. Katharina Marvin. Sie bleiben für eine Nacht, korrekt? Sind Sie so nett und füllen kurz den Anmeldebogen aus?" Er reichte ihr ein Formblatt und einen Kugelschreiber. Katharina nahm das Dokument entgegen. Sie strich sich eine Haarsträhne hinter das rechte Ohr und füllte es rasch aus.

„Sie sind in Zimmer 2 auf der ersten Etage untergebracht", fuhr Pierre fort. Er deutete auf eine kleine Treppe, die rechts vom Eingangsbereich in die obere Etage hinaufführte. „Abendessen in unserem Hause gibt es zwischen 19.00 und 22.00 Uhr, Frühstück ab 07:00 Uhr. Wir schließen die vordere Haustür immer abends um 23:.00 Uhr ab. Mit Ihrem Zimmerschlüssel können Sie jederzeit von außen die kleine Nebeneingangstür öffnen, die sich auf der rechten Gebäudeseite befindet. Sie können sie gar nicht verfehlen. Allerdings würde ich Ihnen raten, den heutigen Abend im Hotel zu verbringen."

„Ach ja, wieso denn das?" Katharina schaute ihn fragend an. Pierre seufzte und deutete nach oben. „Wir haben eine Unwetter- und Flutwarnung bekommen. Es wird in dieser Nacht voraussichtlich ganz schön ungemütlich werden. Es kann sogar sein, dass die Stelzenbrücke zeitweise gesperrt werden muss. Wir hatten vor einigen Jahren schon einmal eine Springflut und waren einige Stunden von der Außenwelt abgeschnitten. Das könnte diese Nacht wieder passieren. Dazu sind starke Regenfälle und Sturm gemeldet. Bleiben Sie daher besser im Hotel und genießen Sie das Naturschauspiel vom Fenster aus. Hier sind Sie sicher, das Hotel steht schon seit über einhundertfünfzig Jahren an dieser Stelle. Es trotzt jedem Sturm." Pierre lächelte jetzt wieder.

„Ich werde Ihren Rat beherzigen", log Katharina. „Dann werde ich mich heute Nachmittag umschauen, solange sich das Wetter noch hält."

„Das ist eine gute Idee. Kann ich Ihnen beim Gepäck behilflich sein?" Er schaute schmunzelnd auf ihren überdimensionalen Rollkoffer. „Sie sind wohl auf der Durchreise?"

„So ähnlich. Und wie Sie schon sagen, man weiß ja nie, wie das Wetter wird. Ich bin gerne auf alles vorbereitet. Mit dem Koffer komme ich alleine klar, danke."

Pierre schaute kopfschüttelnd Katharina nach, wie sie den riesigen Koffer die Treppe hinaufwuchtete.

21. KÖLN

„Der Mönch ist endlich ansprechbar." Lydia stand sichtlich aufgeregt in der offenen Tür zu Hektors Büro. „Bruder Stefano hat gerade angerufen. Er konnte bereits ein längeres Telefongespräch mit ihm führen." Unruhig schaute sie Hektor an. Der saß mit einem neongelben Textmarker in der rechten Hand über ein dickes Fachbuch gebeugt und hob jetzt den Blick.

„Das ist ja sehr schön, Lydia, das freut mich." Er lächelte Lydia kurz an und senkte den Blick dann sofort wieder auf das dicke Lehrbuch, das vor ihm lag. Lydia rührte sich nicht von der Stelle, was Hektor nicht zu bemerken schien. Sie räusperte sich nach einigen Sekunden vernehmlich. Hektor blickte mit einem theatralischen Seufzen auf. „Lydia, was gibt es denn noch? Aber egal, was es sein mag, ich muss mich heute dringend auf mein Staatsexamen vorbereiten. Ansonsten werde ich lebenslanger Assistent bleiben und den Rest meiner Tage zum Archivieren von staubigen Akten verdammt sein. Und das wäre echt schade, weil ich mich gerade daran gewöhne, einen Anzug zu tragen."

„Hektor, bitte hören Sie mir zu. Wir haben ein Problem." Lydias Tonfall klang angespannt, was für sie untypisch war. „Stefano hat berichtet, dass Raimund sich fürchterlich aufgeregt hat, als er erfahren hat, dass Katharina alleine zum Le Mont Saint Michel gereist ist. Raimund macht sich Sorgen um ihre Sicherheit."

„Natürlich macht er das." Hektor war wenig verwundert. „Schließlich ist er selbst gerade erst das Opfer eines Gewaltverbrechens geworden. Der Mann wäre fast gestorben. Selbstverständlich sieht er jetzt überall Gefahren. Das ist doch nachvollziehbar. Aber Katharina ist vorsichtig. Wir haben alles genau geplant. Sie hat mit keinem Menschen darüber gesprochen, wo wir das Versteck der Reliquie vermuten. Selbst Bruder Stefano weiß nichts. Es ist also völlig ausgeschlossen, dass irgendwer etwas ausgeplaudert hat."

„Da ist noch etwas." Lydia verschränkte nervös ihre Hände und öffnete sie wieder. „Raimund hat Stefano erzählt, dass er davon ausgeht, dass er bereits in Siena observiert wurde und nicht erst in Köln. Er ist sich absolut sicher, dass der Angriff auf ihn sorgfältig geplant gewesen sein muss und zwar schon in Siena. Die Täter hatten aus irgendeinem Grund Kenntnis davon bekommen, dass er sich mit Stefano erneut auf die Suche nach der Reliquie machen würde. Der Angreifer hat Raimund direkt nach dem Versteck gefragt. Erst als Raimund ihm keine Antwort gegeben hat, hat er versucht, ihn umzubringen. Der Täter wusste genau, warum Raimund sich in Köln aufhielt."

Lydia trat energisch an den Schreibtisch heran uns stützte ihre Hände auf die Tischplatte. „Überlegen Sie doch mal", fuhr sie eindringlich fort, „wenn Raimund recht hat und diese Bande, die ihn überfallen hat, ihm bereits von Siena aus gefolgt ist, dann ist es völlig gleichgültig, ob Katharina mit irgendjemandem über das Versteck gesprochen hat. Die Gangster müssen sich ihr einfach nur an die Fersen heften und ihr bis zum Versteck folgen. Genauso haben sie es vermutlich auch bei Raimund gemacht. Sie sind ihm einfach nachgereist, in der irrigen Annahme, dass sich das Versteck in Köln befindet und er sie direkt hinführen würde. Als sie dann erkannt haben, dass Raimund selbst nicht weiß, wo sich das Versteck befindet, haben sie sich an Katharinas Fersen geheftet. Raimund hatte die Typen ja passenderweise bis in die Kanzlei gelockt. Und unsere liebe Chefin hatte nichts Besseres zu tun als direkt nach Siena, in die Höhle des Löwen, zu reisen. Diese Bande, oder wer immer sich dahinter verbirgt, musste nur in Ruhe abwarten, dass ihr das Rätsel löst. Raimund ist sicher, dass die Gangsterbande Katharina heute zum Le Mont

Saint Michel gefolgt ist."

„Verdammt!" Hektor starrte Lydia an. Ihm wurde heiß vor Schreck. Der Spur der Medaillons zu folgen, hatte ihn gereizt, wie ein Kind, das gerne Schnitzeljagd spielt, aber an die weitergehenden Gefahren hatte er nicht gedacht. Er war völlig naiv gewesen. Lydia hatte völlig recht. Die Bande musste gar nicht wissen, wo das Versteck war. Sie brauchten nur dem Köder zu folgen. Und der Köder hieß Katharina. Hektor war sich sicher, dass Katharina noch gar keinen Gedanken an ihre Sicherheit verschwendet hatte. Sie war vermutlich gerade dabei, das Terrain des Klosterbergs zu erkunden, wie sie es im Vorfeld am Telefon besprochen hatten. Und heute Abend würde sie dann nach Einbruch der Dunkelheit zum Versteck gehen und die Reliquie bergen.

Hektor stöhnte entsetzt auf und griff hastig zu seinem Handy. „Wir müssen sie sofort warnen." Er gab die Kurzwahl von Katharina ein und wartete einige Sekunden. Er landete direkt auf ihrer Mobilbox, ohne dass ein Freizeichen ertönt war. „Verdammt! Wo ist sie?"

Lydia schüttelte den Kopf. „Das können Sie sich sparen. Stefano und auch ich haben es bereits mehrfach versucht. Wir bekommen auch keine Verbindung. Über die Küste der Bretagne und Normandie zieht gerade ein heftiges Sturmtief. Das Mobilfunknetz ist zusammengebrochen. Wir bleiben natürlich dran, aber im Moment haben wir keine Chance, Katharina zu erreichen."

„Wir können sie über das Festnetz im Hotel anrufen." Hektors Stimme klang belegt. „Ich weiß, wo sie abgestiegen ist."

Lydia schüttelte den Kopf. „Daran haben wir natürlich auch schon gedacht. Die Festnetzleitungen in der Region sind ebenfalls alle tot. Stefano hat bereits erfolglos versucht, die örtliche Polizei zu erreichen. Er kommt nicht durch. Und das ist noch nicht alles. In einigen küstennahen Städten der Normandie ist bereits das Stromnetz zusammengebrochen. Das habe ich im Internet gelesen", fügte sie hinzu. „Rund um den Mont -Saint-Michel herrscht völliges Chaos. Und wie es aussieht, haben wir haben keine Chanc, sie zu warnen."

„Wir können nur hoffen, dass sie bei diesem Wetter im Hotel bleibt und das Vorhaben verschiebt." Hektor trommelte unruhig mit den Fingern auf den Schreibtisch.

„Glauben Sie das?"

Hektor schüttelte stumm den Kopf. Er konnte sich viel eher vorstellen, dass Katharina gar nicht so unglücklich über das Sturmwetter war. So konnte sie nahezu sicher sein, nicht von neugierigen Touristen ertappt zu werden. Sie brannte sicherlich darauf, zu später Zeit die Reliquie an sich zu bringen.

Er seufzte. Wie es aussah, war Katharina von der Außenwelt abgeschnitten und auf sich allein gestellt. Er blickte sich verzweifelt in seinem Büro um, in der vergeblichen Hoffnung, irgendetwas zu finden, was Katharina helfen konnte. Aber da war nichts. Und während er erschöpft den Kopf auf die Hände stützte, drang unnachgiebig eine Frage in sein Bewusstsein, die er nicht mehr unterdrücken konnte. Er fragte sich, wie er damit umgehen würde, wenn Katharina etwas zustoßen würde.

22. MONT SAINT-MICHEL

Katharina saß im Schneidersitz auf ihrem Hotelbett. Genervt warf sie ihr Handy auf das Kopfkissen. Sie brannte darauf, mit Hektor zu sprechen und ihm von ihrem ersten Erkundungsgang über die Insel zu berichten, den sie nachmittags absolviert hatte. Unauffällig war sie bereits an dem Versteck entlanggeschlendert. Es sah alles genauso aus, wie auf dem Bildmaterial von Google Earth. Sie hatte sich beherrschen müssen, um nicht sofort nach der Reliquie zu suchen. Der Ort, den sich ihr Vater als Versteck überlegt hatte, war von ihm mit Bedacht gewählt worden. Das musste sie ihm lassen. Hier tummelten sich nicht so viele Touristen wie in der beeindruckenden Klosteranlage. Aber natürlich kam es überhaupt nicht in Frage, bei Tageslicht auf die Suche zu gehen. Es konnte jederzeit ein Tourist vorbeischlendern und sich wundern, was Katharina dort trieb.

Sie schaute aus dem Fenster. Es war jetzt 21:08 Uhr. Sturm und Regen hatten sich noch verstärkt. Sie hörte den Wind heulen.

Pierre hatte beim Abendessen berichtet, dass die Stelzenbrücke sicherheitshalber gesperrt worden war. Alle Touristen, die nicht auf der Insel untergebracht waren, mussten bis 19.00 Uhr auf das Festland zurück. Es waren Sonderbusse eingesetzt worden, um die vielen Menschen zum Festland zu bringen. Pierre wusste weiter zu berichten, dass auf der Insel ungefähr 50 abenteuerlustige Touristen zurückgeblieben waren, die sich das Naturschauspiel von ihren Hotels aus ansehen konnten.

Während des Essens waren dann sämtliche Telefonleitungen zusammengebrochen. Glücklicherweise funktionierte der Strom noch. Katharina hatte sich nicht hungrig gefühlt, doch auf Pierres Empfehlung hin hatte sie sich zu einem erstklassigen Steak mit Thymian-Kartoffeln und Mangoldgemüse überreden lassen. Sie war überrascht gewesen, wie gut es ihr trotz der Anspannung schmeckte. Den Wein hatte sie allerdings abgelehnt und sich mit einer Flasche Wasser begnügt. Auf einen klaren Kopf konnte sie nicht verzichten.

Beim Abräumen des Tisches hatte Pierre mit sichtlicher Genugtuung zur Kenntnis genommen, dass sie ihren Teller bis auf den letzten Bissen aufgegessen hatte. Sie gönnte sich zum Abschluss noch einen doppelten Espresso und schaute sich im Restaurant um.

Außer ihr waren noch die sieben weiteren Gäste des „Le Cheval Blanc" anwesend. In stiller Übereinkunft waren alle Gäste des Hotels im Restaurant zusammengekommen. Keiner schien das Bedürfnis zu haben, den Abend allein auf dem Zimmer zu verbringen. Ein junges Pärchen saß händchenhaltend einander gegenüber. Eine Flasche Rotwein stand zwischen ihnen und war bereits zur Hälfte geleert. Die junge Frau hatte rosige Wangen und es war schwer zu sagen, ob es vom Alkohol herrührte oder von der Anwesenheit ihres Freundes. Die beiden waren so in ein Gespräch vertieft, dass sie für die Naturgewalten überhaupt keinen Blick übrig hatten. Auch die übrigen Gäste schienen sie nicht zu interessieren. Katharinas Blick war weitergeschweift. Ein allein reisender Herr mittleren Alters saß an einem kleinen Tisch mit direktem Blick auf die Bucht. Er aß mit sichtlichem Appetit eine Pizza und war in seine eigene Gedankenwelt versunken. In der rechten Ecke des Raumes saß eine Vierer-Gruppe von Männern unterschiedlichen Alters bei einem Glas Bier. Sie sprachen wenig miteinander und schauten in die regenverhangene Bucht. Katharina fing den Blick des ältesten der Männer auf. Er hatte graue Haare und einen muskulösen Körperbau. Katharina fühlte sich unwohl, wobei sie selbst nicht genau hätte erklären können, woran sie das festmachte. Er war gepflegt und nicht unattraktiv, trotzdem erschauderte Katharina unter seinem Blick. Sie hatte das unbestimmte Gefühl, dass mit diesem Mann etwas nicht stimmte. Er taxierte sie einige Sekunden lang mit harten dunklen Augen, dann hob er lächelnd sein Glas Bier, als wolle er mit ihr anstoßen.

Katharina ließ sich nicht so schnell einschüchtern. Trotzdem hatte es ihrer ganzen Willenskraft bedurft, seinem Blick nicht auszuweichen. Sie hatte ihm äußerlich ungerührt zugenickt und dann ihren Espresso ausgetrunken.

Katharina hatte sich gefragt, was mit ihr los war. Sie war bestimmt kein ängstlicher Typ und hatte sich immer gut behaupten können. Selbst wenn ein Mann zudringlich wurde, hatte sie ihn bislang immer in seine Schranken weisen können. Und dieser Fremde hatte letztlich auch gar nichts weiter gemacht, als sie einige Sekunden zu lang anzuschauen. Sie konnte keinen plausiblen Grund dafür angeben, aber die Härchen auf ihren Armen hatten sich vor Abscheu aufgestellt. Vermutlich war es nur die Anspannung, die ihren Nerven einen Streich spielte. „Jetzt reiß dich zusammen!", murmelte sie zu sich selber. Es gab keinen Grund für irgendeine Nervosität. Alles lief optimal.

Sie hatte das unangenehme Gefühl abgeschüttelt und Pierre gebeten, die Rechnung auf ihr Zimmer zu schreiben. Dann war sie ohne einen Blick zurückzuwerfen, aus dem Restaurant gegangen.

So hatte sie nicht bemerken können, dass vier Augenpaare ihr nachstarrten.

Das Ziffernblatt auf Katharinas Uhr zeigte mittlerweile 21:42 Uhr an. Es war Zeit, sich fertig zu machen. Die örtliche Wettervorhersage hatte gemeldet, dass gegen 22.00 Uhr mit der angekündigten Springflut gerechnet werden müsse. Katharina war sich sicher, dass alle Menschen, die sich auf der Insel aufhielten, dieses seltene Naturereignis anschauen würden. Sie hoffte, dass kein Einziger auf die Idee kam, einen nächtlichen Spaziergang bei Regen und Sturm zu unternehmen. Sie musste also nicht fürchten, überrascht zu werden.

Katharina zog eine schwarze Jeans und ein graues Sweat-Shirt an. Zum Glück hatte sie ihre Windbreaker-Jacke mitgenommen. Diese würde zumindest etwas Schutz gegen Regen und Sturm bieten. Sie steckte ihre Haare zu einem Knoten zusammen und zog sich ihre Turnschuhe an. Dann prüfte sie den Inhalt ihrer Reistasche, die sie in ihrem Koffer mitgenommen hatte und in der sie die Reliquie vom Versteck bis zum Hotel transportieren wollte.

Sie hatte auf Anraten Hektors noch einige nützliche Dinge besorgt und in die Reisetasche gepackt, u.a. einen kleinen Multifunktions-Klappspaten aus Aluminium, der als Schaufel, Spaten und Hacke einsetzbar war. Eine Taschenlampe, Gartenhandschuhe und ein Schweizer Taschenmesser gehörten ebenfalls dazu.

Sie nahm das Taschenmesser aus der Reisetasche und steckte es in ihre Jacke. Nach einem kurzen Blick auf ihr Handy, das noch immer auf dem Kopfkissen lag, nahm sie es an sich und steckte es ebenfalls ein. Ohne Handy fühlte sie sich unvollständig, obwohl es ohne Mobilfunknetznetz völlig nutzlos war.

Katharina hob die Reisetasche auf und hängte sie über ihre Schulter. Als letztes nahm sie den Hotelschlüssel an sich und verstaute ihn in ihrer Jackentasche. Leise schlich sie aus dem Hotel. Die Grande Rue, die einzige Straße auf der Insel, war menschenleer. Wie sie es erwartet hatte, wollten alle Touristen und auch Inselbewohner die Springflut miterleben, und zwar aus der sicheren Geborgenheit ihrer Unterkünfte. Im Licht der Straßenlaternen sah man deutlich, wie heftig es regnete. Windböen ließen den Regen laut gegen die schweren Steinmauern der Gebäude prasseln.

Der Wind pfiff Katharina laut in den Ohren als sie sich nach rechts wandte. Ihr war jetzt schon klar, dass sie trotz des Windbreakers in kurzer Zeit durchnässt sein würde. Im Moment spürte sie allerdings weder Kälte noch Regen. Das Adrenalin strömte durch ihren Körper und ließ sie alles vergessen. Schnellen Schrittes ging sie die Straße entlang. Ihre Taschenlampe brauchte sie noch nicht, die Straßenlaternen leuchteten hell genug. Kurze Zeit später erreichte sie zu ihrer Rechten einen kleinen Pfad, der von der Grande Rue wegführte. Er schlängelte sich zwischen mehreren Steinhäusern hindurch, die vermutlich bereits seit dem Mittelalter hier standen. Der Pfad machte einen Bogen und führte weiter bergauf. Kurze Zeit später stand Katharina am Fuße einer steilen Treppe. Rasch stieg sie die Stufen hinauf. Ein wenig atemlos erreichte sie den Treppenabsatz. Sie war jetzt direkt unterhalb der Klosteranlage und befand sich am Friedhof von Le Mont Saint Michel. Ihrem Ziel.

Der Friedhof war in komplette Dunkelheit gehüllt. Katharina schaltete ihre Taschenlampe an.

Der rechteckige Friedhof war klein und gepflegt. Die Gräber waren in vier Reihen angeordnet. Bei Tageslicht hatte Katharina gesehen, dass die Grabstätten ganz unterschiedlichen Datums waren. Einige Gräber waren schon über hundert Jahre alt. Katharina hatte ein Familiengrab entdeckt, bei dem das erste Familienmitglied 1916 verstorben war und der letzte Nachkomme im Jahr 2008. Viele Gräber bestanden aus dicken, stufenförmigen Marmorplatten, die vom Wohlstand des Verstorbenen oder seiner Hinterbliebenen zeugten. Dann gab es auch einige schlichtere Ruhestädten, die einfache Steinplatten nebst Kreuz aufwiesen. Einige der ganz alten Gräber hatten nicht einmal eine Grabeinfassung, sondern die Kreuze standen auf einer Matte von sorgfältig gestutzten Bodendeckerpflanzen, die die Grabbegrenzung darstellten.

Der Friedhof selbst grenzte im oberen Bereich an eine Mauer, die zur Klosteranlage gehörte. An den Seiten gab es steile Treppenaufgänge, die einen Zugang zur Abteikirche ermöglichten.

Katharina vergewisserte sich flüchtig, dass ihr niemand gefolgt war und ging dann zielstrebig zwischen den Gräbern hindurch zur gegenüberliegenden Friedhofsmauer. Am linken Rand der Mauer fand sich im rechten Winkel zu ihr eine schlichte Grabstätte, die aus einer ungefähr einen Meter langen steinernen Grabplatte bestand, die flach auf dem Boden lag. Am Kopf des Grabes befand sich ein kleiner Steinklotz, auf dem ein schmales Kreuz angebracht war. Die Inschrift auf der Grabplatte war deutlich lesbar:

Katharina - 15.2.1989
„Sono sangue e fuoco“

Darunter befand sich das Lilienkreuz des Dominikanerordens. Hier musste es sein. Die Medaillons hatten sie mit Hektors Hilfe zu diesem Grab geführt. Das Datum, das neben dem Namenszug angebracht war, kennzeichnete vermutlich den Tag, an dem Holger die Reliquie versteckt hatte. Die Grabinschrift war dieselbe, wie sie sich in Marias Medaillon befand. Es war einer der berühmtesten Aussprüche der heiligen Katharina und lautete übersetzt:

„Ich bin Blut und Feuer“.

Katharina war immer noch verblüfft, wie einfach das Rätsel zu lösen war. Holger war bei der Auswahl des Verstecks völlig logisch vorgegangen. Er hatte eine neue Ruhestätte für den Kopf der heiligen Katharina gesucht. Dafür kam naturgemäß ein Friedhof in Betracht. Aus irgendeinem Grund hatte er sich für diese kleine Klosterinsel entschieden. Der Hinweis hierauf fand sich in Katharinas Medaillon. Es enthielt ein Bild des Klosterbergs und war damit ein klarer Fingerzeig.

Die Inschrift in Marias Medaillon enthielt keinen Geheimcode, den es zu enträtseln galt. Diesbezüglich waren Stefano und seine Verbündeten jahrelang auf der falschen Fährte gewesen. Die Inschrift diente nur als Erkennungsmerkmal für die Auswahl der richtigen Grabstätte.

Holger musste davon ausgegangen sein, dass seine Freunde den berühmten Ausspruch Katharinas mit einer Grabinschrift assoziieren würden. So war es allerdings nicht gekommen. Alle hatten viel zu kompliziert gedacht. Erst Hektor hatte die Gedankengänge von Holger durchschaut. Über Google Earth war es ihm gelungen, einzelne Bilder des Friedhofs anzusehen. So war er auf das Grab gestoßen. Die Bildqualität war dabei so gut gewesen, dass Hektor die Inschrift des Grabes entziffern konnte. Katharina war sehr stolz auf ihren Assistenten. Er hatte etwas geschafft, woran viele vor ihm gescheitert waren. Sie hatte immer gewusst, dass er ein kluger Kopf war. Wenn sie ehrlich zu sich war, musste sie eingestehen, dass sie das Grab alleine nie gefunden hätte.

Dabei hatte Holger einen weiteren Hinweis hinterlassen. Den Grabstein schmückte das Lilienkreuz. Das war nicht nur das Wappen des Dominikanerordens, sondern fand sich zudem noch auf beiden Medaillons. Deutlicher konnten die Hinweise kaum sein, dachte Katharina.

Jetzt kam allerdings der schwierige Teil. Hektor und sie hatten keine Ahnung, wo genau die Reliquie versteckt war. Sie gingen davon aus, dass sie sich direkt unter der Steinplatte befand. Sie wussten allerdings nicht, wie schwer es sein würde, die Grabplatte zu verschieben. Katharina hatte Zweifel, ob sie sie überhaupt alleine anheben könnte. Hektor hatte sie beruhigt. Er ging davon aus, dass Holger einen Weg gefunden hatte, an die Reliquie zu gelangen, der keine allzu große Muskelkraft erforderte. Vorsorglich hatte Katharina den Klappspaten besorgt, um die Platte leichter aus dem Boden hebeln zu können.

Katharina stellte die Taschenlampe auf einen kleinen Vorsprung, der sich in der Mitte der Mauer schräg über der Grabstätte befand. Damit konnte sie das Grab gut ausleuchten. Sie ging in die Hocke und strich mit den Fingern über den Rand der Grabplatte. Die Platte schien fest in den Boden eingelassen zu sein. Sie zog sich die Handschuhe an und klappte den Spaten auf. Dann tastete sie erneut den Rand der Grabplatte ab. Sie suchte einen Spalt am Boden, um den Spaten ansetzen zu können. Da war aber nichts. Die Platte lag fest auf dem Untergrund. Dieser bestand aus gepresstem Split. Ungeduldig stand sie auf und rammte den Spaten in die untere Seite der Grabplatte, die am Boden auflag. Nichts passierte. Sie unternahm einen neuen Versuch auf der anderen Seite der Grabplatte. Wieder nichts. Sie ging erneut in die Knie und versuchte die Grabplatte mit den Händen zu verrücken. Die Platte bewegte sich keinen Millimeter.

„So eine Scheiße!“ Katharina fluchte vor Enttäuschung. Jetzt war sie kurz vor dem Ziel und kam nicht weiter. Mit dem Spaten konnte sie nichts ausrichten. Er war so nutzlos wie ein Zündholz. Sie würde einen Pickel oder ähnliches brauchen, um den Boden am Rand der Steinplatte abtragen zu können. Erschöpft setzte sich Katharina auf die Grabplatte. Die Anspannung der vergangenen Stunden verpuffte. Sie war auf einmal hundemüde. Ihr fehlte einfach die Kraft, um die Platte anzuheben. Da hatte diesmal auch Hektor vollkommen danebengelegen. Um die Grabplatte anzuheben, bedurfte es des richtigen Werkzeugs und vermutlich auch eines starken Mannes. Sie würde mit Unterstützung wiederkommen müssen.

Als sie sich seufzend aufrappelte, wurde sie von einer Windböe erwischt. Sie stolperte und stürzte hin. „Autsch!“, fluchte sie. Sie war mit dem Schienbein gegen den Steinklotz geknallt, der die kopfseitige Begrenzung des Grabes darstellte. Auf dem Steinklotz war das schmale Kreuz angebracht. Sie stutzte. Das Kreuz sah aus nächster Nähe erstaunlich stabil aus und passte von seinem äußeren Erscheinungsbild nicht so recht zu dem schlichten Steingrab. Sie zog die Handschuhe aus und strich mit dem Finger über das Kreuz. Das Kreuz schien aus Eisen zu sein. Katharina schaute genauer hin. Der Steinklotz schien aus einem anderen Stein gefertigt zu sein als die Grabplatte. Bei flüchtiger Betrachtung fiel das nicht auf. Katharina kniete sich vor das Kreuz und zog mit beiden Händen daran. Der Steinklotz bewegte sich leicht. Katharina ruckelte jetzt etwas heftiger an dem Kreuz und sie fühlte, wie der Steinklotz immer mehr Spielraum bekam. Aufgeregt stand sie auf.

Sie ergriff erneut mit beiden Händen das Kreuz und zog mit aller Kraft daran. Sie merkte, wie der Stein sich löste und nach einem erneuten Ruck ließ sich der Betonklotz mit einem leisen Klock, das bei den Windgeräuschen kaum zu hören war, aus dem Boden ziehen. Von der plötzlichen Leichtigkeit überrascht, taumelte Katharina rückwärts und versuchte das Gleichgewicht zu halten. Dabei ließ sie das Kreuz fallen.

„Guten Abend, Katharina! Wie schön dich wiederzusehen!“

Katharina fuhr herum. Ungefähr drei Meter von ihr entfernt stand der Hotelgast, der sie zuvor im Restaurant angestarrt hatte. Er trat langsam in den Lichtkegel, der von ihrer Taschenlampe ausging. Fassungslos registrierte sie, dass er einen Revolver auf sie richtete. Sie erstarrte vor Schreck.

„Es scheint mir, dass du überrascht bist“, fuhr Rafael mit freundlicher Stimme fort. „Wobei ich sagen muss, dass du dir kein gutes Wetter für dein Abenteuer ausgesucht hast. Ich fürchte, ich werde mich bei unserem kleinen Ausflug erkälten.“

„Was wollen Sie?“ Katharinas Gehirn lief auf Hochtouren.

„Kannst du dir das nicht denken? Du enttäuschst mich.“ Rafael lächelte spöttisch. „Wir sind uns vor vielen Jahren schon einmal begegnet. Da hast du schlafend in deinem Bettchen gelegen, als wir im Wohnzimmer deine Eltern gefoltert und umgebracht haben. Irgendwie hatte ich damals schon das Gefühl, dass wir uns wieder begegnen werden. Und dann hatte ich dich aus den Augen verloren.“ Er schüttelte bedauernd den Kopf. „Aber mein Dank gilt Bruder Raimund. Er hat mich freundlicherweise direkt zu dir geführt. Und wie ich sehe, bist du äußerst erfolgreich gewesen. Du hast unsere Katharina also gefunden. Nur leider werden deine Freunde niemals von deiner großartigen Leistung erfahren.“ Er schüttelte bedauernd den Kopf. „Es könnte sein, dass du bei diesem scheußlichen Sturm verunglückst.“

„Nein!“ Katharina schrie auf. Ihr war schlagartig klar, dass dieser Mann sie nicht leben lassen würde. „Nehmen Sie die Reliquie und lassen mich gehen. Wenn Sie mich umbringen, kommen Sie doch nie ungeschoren von der Insel.“

Rafael lächelte breit. „Der erste Teil stimmt. Ich werde die Reliquie an mich nehmen. Beim zweiten Teil irrst du dich. Ich werde dich töten, und ich werde die Insel unbehelligt verlassen. Glaub mir, ich weiß, wie das geht. So etwas habe ich schon öfter gemacht“, fügte er mit einem Augenzwinkern hinzu. „Es gibt so viele Möglichkeiten, eine Leiche verschwinden zu lassen. Ich könnte mir vorstellen, den Kopf der heiligen Katharina direkt gegen deinen auszutauschen.“ Rafael lachte. „Sogar die Grabinschrift passt. Nur das Datum müsste ich erneuern lassen.“

„Aber warum?“ Katharina versuchte verzweifelt, Zeit zu schinden.

„Du bist Anwältin. Es wird dir klar sein, dass es keine Mitwisser geben darf." Rafael zuckte scheinbar entschuldigend mit den Schultern.

Katharina schaute Rafael an und wich langsam vor ihm zurück. Die Mauer hatte sie jetzt direkt in ihrem Rücken. Rafael kniff die Augen zusammen. Der Lichtstrahl von Katharinas Taschenlampe blendete ihn.

„Tu mir nur den Gefallen und stürze beim Sterben nicht auf die Reliquie. Sie soll doch jetzt nicht noch beschädigt werden." Rafael hatte sichtlich Vergnügen an der makabren Situation.

Katharina konnte ihn nur bewegungslos anstarren. Sie spürte ihr Herz gegen ihre Brust hämmern, und ihre Knie drohten nachzugeben. Sie wusste, dass sie dringend ihre Panik abschütteln musste. Das jahrelange KRAV -Training hatte sie zwar in der Theorie auf eine derartige Situation vorbereitet, eine echte tödliche Bedrohung war aber etwas ganz anders. Sie stellte fest, dass Rafael sie immer noch amüsiert anschaute. Und auf einmal regte sich in ihr die Wut. Sie spürte, wie die Panik langsam schwand. So leicht würde sie es diesem Typen nicht machen. Der Leitsatz ihres Trainers kam ihr in den Sinn. „Egal was passiert, Aufgeben ist niemals eine Option!"

Katharina gelang es, ihren Atem zu beruhigen. Ihre Muskeln gehorchten ihr langsam wieder. Sie blendete alle Geräusche aus und fokussierte sich auf den Mann, der sie töten wollte.

Rafael grinste sie noch einmal überheblich an und hob dann im Schein ihrer Taschenlampe die rechte Hand, in der er den Revolver hielt.

Mit einem lauten Schrei wirbelte Katharina unvermittelt zur Mauer herum und trat mit einem gezielten Fußtritt die Taschenlampe aus, die sich noch auf dem schmalen Vorsprung der Mauer befand. Sofort fiel der Friedhof in absolute Dunkelheit. Katharina registrierte am Rande, dass auch von den Gebäuden und Straßenlaternen kein Lichtschein mehr auf den Friedhof fiel. Offenbar war das Stromnetz doch noch zusammengebrochen. Es fiel ein Schuss, der sie verfehlte. Rafael hatte auf gut Glück in die Richtung geschossen, in der er Katharina zuletzt gesehen hatte. Katharina war jedoch längst abgetaucht und zu dem Eisenkreuz gehechtet, das immer noch in dem Steinblock steckte und sich rechts von der Grabplatte befand. Das Austreten der Taschenlampe und das Ergreifen des Kreuzes hatten nur wenige Sekunden gedauert.

Sie musste einen Überraschungsangriff starten, bevor der Mann Zeit fand, seine eigene Taschenlampe einzuschalten und erneut auf sie zu schießen. Sie versuchte verzweifelt, irgendetwas in der undurchdringlichen Dunkelheit zu erkennen. Ihr Herz hämmerte in ihrer Brust. Unvermittelt hörte sie zu ihrer Rechten ein Geräusch, das klang, als würde ein Reißverschluss aufgezogen. Jetzt wusste sie immerhin, wo sich der Mann befand. Sie konnte nur hoffen, dass kein Kreuz oder Grabstein im Weg war. Mit dem Mut der Verzweiflung sprang sie auf und bewegte sich zu der Stelle, an der sie Rafael vermutete. Mit einer fließenden drehenden Bewegung schwang sie mit ausgestreckten Armen lautlos den Steinklotz, den sie fest am Kreuz gepackt hatte. Der Klotz knallte unvermittelt gegen etwas Weiches. Rafael gab einen erstickten Laut von sich und Katharina fühlte, wie der Mann zu ihren Füßen zusammensackte. Sie war sich nicht sicher, wo sie ihn getroffen hatte und wie schwer er verletzt war. Sie konnte nicht ausschließen, dass er immer noch imstande war, seinen Revolver zu ziehen. Das würde sie verhindern. Katharina hob erneut den Steinklotz und ließ ihn mit Schwung auf den Mann zu ihren Füßen krachen. Er gab keinen Laut von sich, aber sie hörte, wie Knochen brach.

Katharina taumelte rückwärts und griff in ihre Jackentasche. Zum Glück hatte sie das Handy dabei. Sie schaltete die Taschenlampenfunktion ein und leuchtete die düstere Szene aus. Rafael lag zusammengekrümmt am Boden und war bewusstlos. Sein Kopf schien nicht verletzt, aber sein abgewinkeltes rechtes Bein verriet, dass Katharina seinen Oberschenkelknochen zertrümmert hatte. Auch der erste Schlag dürfte nicht folgenlos gewesen sein. Vermutlich hatte sie ihm ein paar Rippen gebrochen, als sie sich auf ihn gestürzt hatte. Der Revolver war ihm aus der Hand gerutscht und lag neben ihm. Schnell ergriff Katharina die Waffe. Ihre Hand zitterte. Sie starrte immer noch fassungslos auf den bewusstlosen Mann. Sie wusste, dass sie schnell von hier wegmusste. Aber ihre Beine wollten ihr nicht gehorchen. Ihr ansonsten so klarer Kopf war zu keinem vernünftigen Gedankengang mehr fähig.

„Katharina! Frau Dr. Marvin!" Eine dunkle Gestalt stürzte auf Katharina zu und entriss ihr den Revolver. Katharina schrie auf, doch der Schrei verlor sich im Windgeheul. Sie setzte sich zur Wehr und schlug wild um sich. Der Mann hielt sie fest umklammert. „Frau Dr. Marvin, ganz ruhig, ich bin hier, um Ihnen beizustehen. So beruhigen Sie sich doch!"

Das Handy war Katharina aus der Hand gefallen und lag auf dem Boden. Die Taschenlampenfunktion war noch aktiviert, und so konnte sie in das Gesicht ihres Angreifers schauen. Sie hörte auf, um sich zu schlagen und blickte erstaunt in ein Paar blauer Augen, das sie sorgenvoll anschaute. „Mangold ...? Sie...? Was machen Sie denn hier?"

„Dafür sorgen, dass Sie überleben. Kommen Sie, alles Weitere erkläre ich später. Seine Freunde werden bald hier erscheinen und nach ihrem Chef suchen."

Mangold ließ sie abrupt los und beugte sich über Rafael. Er fühlte seinen Puls. „Er lebt noch. Sehr gut, ich warte schon lange darauf, Herrn Rafael Soprano vor Gericht zu stellen. Er hat einiges auf dem Kerbholz. Jetzt ist seine Zeit wohl gekommen."

Katharina konnte sich immer noch nicht rühren. Sie starrte Mangold fassungslos an und stellte fest, dass er trotz des Unwetters einen Anzug trug. Sein Schädel glänzte im Schein der Taschenlampe. Er war gekleidet ,als wäre er zu einem Staatsbankett eingeladen. Ob der Mann keine Jeans in seinem Kleiderschrank hatte?

„Jetzt kommen Sie schon, wir müssen weg."

„Die Reliquie!" Katharina erwachte aus ihrer Erstarrung. „Kommen Sie, ich glaube, ich habe sie gefunden."

Katharina stürzte zu dem Loch, das der Betonklotz beim Herausreißen hinterlassen hatte.

„Verdammt, nun machen Sie schon." Mangold legte ihr eine Hand auf die Schulter, die Katharina abschüttelte. „Lassen Sie mich nur kurz nachschauen, bitte!"

Katharina beugte sich über das Erdloch, in der Gewissheit das Aufbewahrungsgefäß zu finden, in dem sich der Kopf der heiligen Katharina befand.

Sie kniete jetzt direkt auf der Grabplatte und stutzte. Das Loch erschien ihr bei näherem Hinsehen als viel zu klein, um dort einen menschlichen Kopf zu verbergen. Sie steckte ihre Hand hinein und ertastete einen kleinen schmalen Kasten aus Metall, der nicht größer als eine Männerhand war. Ansonsten war das Erdloch leer.

Katharina leuchtete hektisch mit ihrem Handy in das Loch hinein. Das konnte doch nicht alles sein! Die Reliquie musste einfach hier sein.

Sie spürte, wie sie am Arm hochgerissen wurde. „Ich höre Stimmen, beeilen Sie sich."

Schnell ergriff Katharina die kleine Box und verstaute sie in der Jackentasche. Was immer es war, sie würde es sich später anschauen.

Mangold hatte den Klappspaten aufgehoben und drückte ihn ihr in die Hand. „Halten Sie ihn fest, den brauchen wir vielleicht noch." Er packte ihren Arm und zerrte sie hinter sich her. Mangold hatte eine kleine, aber effektive Taschenlampe eingeschaltet und leuchtete ihnen den Weg.

Er steuerte zielstrebig auf eine der steilen Treppen zu, die zur Abtei hochführten. „Schalten Sie Ihr Handy aus. Wir müssen den Akku schonen." Katharina hatte ihr Handy bereits verstaut und versuchte mit Mangold Schritt zu halten.

„Was wollen Sie denn in der Abtei? Das Hotel liegt unterhalb des Friedhofes."

„Wir können nicht in das Hotel zurück. Da wird man als erstes nach Ihnen suchen."

„Dann lassen Sie uns zur Brücke gehen. Wenn Sie Ihren Ausweis zeigen, wird man uns sicherlich den Weg freigeben oder am besten direkt die Polizei anfordern. Wir sind in wenigen Minuten auf dem Festland."

Mangold schnaufte. „Bei Ihrer kleinen Rangelei mit einem der gefährlichsten Kriminellen Europas ist Ihnen vermutlich entgangen, dass die Brücke vor einer guten Stunde in der Mitte gebrochen ist. Die Flut war so stark, dass die Stelzen an einer Stelle einfach weggeknickt sind. Die Brücke ist buchstäblich in zwei Teile gerissen worden. Sie ist heute Nacht unpassierbar. Vermutlich ist die Insel auch morgen noch vom Festland abgeschnitten."

„Aber wir können uns doch nicht zwei Tage in dem Kloster verstecken. Was machen wir denn jetzt? Wir müssen doch irgendwie Verstärkung anfordern." Katharinas Stimme war vor Panik ganz schrill.

Mangold hielt kurz an. Er hatte die Augenbrauen hochgezogen und musterte sie eingehend. „Werden Sie jetzt bloß nicht hysterisch. Es gibt einen Weg von der Insel. Wir gehen nicht in die Abtei. Bewahren Sie die Nerven und kommen Sie einfach mit. Für Erklärungen haben wir später noch Zeit."

Katharina schluckte die Worte hinunter, die ihr auf der Zunge lagen. Am liebsten hätte sie ihn aus Verzweiflung und Angst angeschrien und ihm ins Gesicht geschlagen. Ihre Nerven vibrierten. Stattdessen sammelte sie sich, holte mehrmals tief Luft und nickte dann. „Alles klar – wo geht's hin?"

Mangold streckte seine Hand aus. „Nehmen Sie meine Hand!" Katharina ergriff sie und ließ sich von ihm mitziehen. Sie rannten die Treppe der Klosterbefestigung hinauf und bogen dann nach links ab. Es ging Treppen hinauf und hinunter, gekreuzt von kurzen Wegen. Der Schein der Taschenlampe reichte kaum drei Meter weit. Aber Mangold schien das nichts aus zu machen. Mit festem Tritt zog er Katharina hinter sich her, die in der Dunkelheit längst die Orientierung verloren hatte.

Nach ungefähr fünf Minuten erreichten sie die nächste Treppe. Sie rannten die Stufen abwärts auf einen Platz, der an drei Seiten von einer Mauer eingegrenzt war. Die offene Seite war zur Bucht gerichtet. Normalerweise hatte man hier einen phantastischen Ausblick auf den gegenüberliegenden Landstrich. Aufgrund des Stromausfalls gab es jetzt allerdings nur tiefste Schwärze. Auch vom Festland drang kein einziger Lichtschein herüber. Die dort liegenden Gebäude schienen ebenfalls vom Stromausfall betroffen zu sein.

In der Mitte des Platzes befand sich ein großer ausladender Baum mit einem dichten Blätterdach. Steinerne Sitzbänke waren so arrangiert, dass sie dem Besucher Schutz vor Sonne und Regen boten.

Während Katharina unschlüssig stehen blieb, wandte sich Mangold der kopfseitigen Mauerbegrenzung zu. Die Mauer war ungefähr drei Meter hoch. Links am Mauerwerk, direkt am Treppenabsatz befand sich ein großer Busch, der breit an der Mauer hochwuchs. Mangold kniete sich jetzt an den Treppenabsatz, halb von dem Busch verdeckt. Katharina konnte in der Dunkelheit nicht erkennen, was er machte.

„Mangold, was tun Sie denn da?"

„Kommen Sie, ich brauche Ihre Hilfe." Mangold keuchte vor Anstrengung. „Halten Sie die Taschenlampe, ich brauche mehr Licht."

Katharina eilte herbei und sah, dass Mangold sich abmühte, den ersten Stein, der direkt an den Treppenabsatz grenzte, aus der untersten Reihe der Mauer zu lösen. Sie nahm ihm die Taschenlampe ab. „Was soll das denn werden?"

Mangold hielt ein spitzes flaches Werkzeug in der Hand und mühte sich vergeblich ab, den Stein zu lockern. „Wir müssen diesen Stein herausbekommen."

„Lassen Sie mich mal." Katharina drückte ihm die Lampe in die Hand und zog ihr Schweizer Taschenmesser hervor. Sie klappte es auf und versuchte mit der schmalen, stabilen Messerklinge in die Fugen der Mauer einzudringen. Sie musste ein paar Mal neu ansetzen, dann hatte sie Erfolg. Sorgfältig schnitt sie mehrmals um den Stein herum. Das Messer drang dabei immer tiefer in die Fuge. Sie spürte, dass der Stein mittlerweile locker im Erdboden lag. Jetzt mussten sie nur noch einen Weg finden, ihn herauszuziehen. Die Fugen waren viel zu schmal, um mit den Fingern den Stein greifen zu können. Katharina versuchte, mit der Messerklinge den Stein nach vorne zu bewegen. Als dies nicht funktionierte, streckte sie die Hand nach dem spachtelförmigen Werkzeug aus, das Mangold noch in den Händen hielt.

Er reichte es ihr kommentarlos. Sie setzte das Werkzeug nacheinander an allen vier Seiten des Steins an. Durch vorsichtige Bewegungen gelang es ihr, dass er sich nach und nach einige Millimeter nach vorne bewegte. Endlich stand er so weit vor, dass Katharina ihn mit den Händen packen und herausziehen konnte.

„Gut gemacht. Jetzt drücken Sie uns die Daumen." Mangold schob sie sanft zur Seite. Er legte den Kopf auf den nassen Boden und leuchtete mit der Taschenlampe in den offengelegten Hohlraum. Nach wenigen Sekunden richtete er sich auf und griff mit der Hand in das Loch. „Nun mach schon", murmelte er.

Katharina stand neben ihm und schaute auf ihn herab, als habe er den Verstand verloren. „Jetzt sagen Sie mir um Himmels Willen, was Sie vorhaben."

„Das werden Sie hoffentlich gleich sehen", ächzte er mit zusammengekniffenen Zähnen.

Ein Knirschen drang irgendwo aus dem Mauerwerk. Katharina konnte es nicht richtig orten. Es kam irgendwo aus dem Inneren der Steintreppe. Das Knirschen wurde lauter und hörte dann abrupt auf.

„Ich glaube, wir haben es geschafft". Mangold stand auf und drehte sich zur Vorderseite der Treppe und stieß einen gedämpften Freudenschrei aus. „Schauen Sie." Katharina erhob sich ebenfalls und blieb verblüfft am Treppenaufgang stehen. Die obersten Stufen der Treppe waren verschwunden. Sie sah einen klaffenden Spalt, der ungefähr einen Meter breit war.

„Da müssen wir hinunter." Mangold nahm sie wieder an die Hand und rannte mit ihr die Treppe hoch, bis sie an das Loch kamen, das sich jetzt vor ihnen auftat. Mangold leuchtete mit der Taschenlampe hinein. Das Licht traf auf einen Steinfußboden, der ungefähr zwei Meter unter ihnen lag. Im Schein der Lampe konnte sie erkennen, dass der Boden abschüssig in den Berg hineinführte.

„Da kriegen mich keine zehn Pferde rein!" Katharina verschränkte die Arme vor der Brust. „Ich lasse mich doch nicht lebendig begraben."

„Katharina, schauen Sie mich an!" Mangold fasste sie an den Schultern und drehte sie zu sich.

„Eine ganz üble Bande hat es auf Sie abgesehen. Sie nennt sich „die FIRMA" und gehört der organisierten Kriminalität an. Die werden alles daran setzen, Sie aufzuspüren. Und Sie haben ja bereits am eigenen Leibe mitbekommen, dass Ihr Leben für diese Gangster nichts wert ist. Wir haben auf der Insel keine realistische Möglichkeit, uns längere Zeit zu verstecken. Ich weiß nicht, wann die Brücke wieder passierbar sein wird."

„Aber Sie haben doch den Revolver von diesem Rafael an sich genommen. Damit können Sie uns verteidigen. Und Sie haben doch bestimmt noch Ihre eigene Dienstwaffe."

Mangold stieß ein bitteres Lachen aus. „Glauben Sie mir, bei den Jungs, mit denen wir es hier zu tun haben, ist der Revolver nicht viel wert. Meine Dienstwaffe konnte ich außerdem nicht mitnehmen. Die übrigen drei Männer sind vermutlich bis an die Zähne bewaffnet. Und die können mit ihren Waffen umgehen – vermutlich weitaus besser als ich."

„Was ist mit Ihren Kollegen? Wissen die nicht, wo Sie sind? Die werden doch Hilfe holen, wenn sie nichts mehr von Ihnen hören." Katharina klang jetzt verzweifelt.

„Ich bin privat hier, Katharina." Mangold war nun verärgert. „Glauben Sie wirklich, dass die Kölner Polizei Zeit und Mittel dafür aufwendet, einer völlig leichtsinnigen abenteuerlustigen Anwältin Personenschutz zu gewähren, die offensichtlich zu viele Kriminalromane gelesen hat?"

Katharina starrte Mangold einige Sekunden an. In ihrem Kopf arbeitete es fieberhaft. „Und woher wussten Sie dann überhaupt, dass ich hier auf der Insel nach der Reliquie suche?" Katharinas Stimme war eisig. Unauffällig griff sie nach dem Schweizer Messer und verfluchte sich im Stillen dafür, dass sie den Klappspaten abgelegt hatte.

Mangold schien zu spüren, was in ihr vorging. „Hey, jetzt werden Sie bloß nicht paranoid. Ich werde Ihnen bestimmt nichts tun." Er hob beschwichtigend seine Hände.

„Als vor einigen Tagen der Mönch aus dem Koma aufgewacht war, wollte ich ihn direkt befragen und habe ihn im Krankenhaus aufgesucht. Er war allerdings noch nicht richtig ansprechbar und hat nur immer wieder Ihren Namen gemurmelt. Ich bin daraufhin zu Ihnen in die Kanzlei gegangen, weil mir klar war, dass Sie mir noch nicht die ganze Wahrheit gesagt hatten. Ich wollte mich noch einmal mit Ihnen unterhalten, um endlich Licht in die Sache zu bringen. Dort habe ich nur Ihren Assistenten angetroffen, weil Sie ja bereits still und heimlich nach Italien abgereist waren." Er machte eine bedeutungsvolle Pause. Katharinas Blick war ausdruckslos. Wenn er darauf gehofft hatte, Schuldbewusstsein bei ihr zu sehen, so tat sie ihm den Gefallen nicht.

„Zum Ihrem Glück ist Herr Arens weitaus vernünftiger und vorausschauender als Sie es sind", fuhr er fort. „Er hat zwar einen eigenwilligen Geschmack, was sein Äußeres angeht, aber ansonsten scheint sein Kopf sehr gut zu funktionieren. Wir haben uns an diesem Tag lange und offen unterhalten. Er hat mir schließlich so weit vertraut, dass er mir Ihre Familiengeschichte und auch die Hintergründe über die Reliquiensuche erzählt hat."

Katharina zog scharf die Luft ein.

„Dafür sollten Sie ihm dankbar sein", fuhr Mangold sie an. „Ansonsten wären Sie jetzt mausetot. Er war es, der mir berichtet hat, dass Sie sich bei Bruder Stefano in Siena aufhalten und sich in Kürze zum Mont-Saint-Michel aufmachen würden. Ich habe noch versucht, Sie in Siena telefonisch zu erreichen und zum Bleiben zu bewegen. Aber sie waren gerade abgereist. Daraufhin habe ich kurz entschlossen für eine Woche Urlaub eingereicht und habe mich ebenfalls auf den Weg gemacht. Ich bin kurz vor Ihnen hier auf der Insel angekommen."

„Sie wussten also, wo sich das Grab befindet? Hat Hektor Ihnen wirklich alles erzählt?" Katharina hatte das Gefühl, dass sie den Boden unter den Füßen verlor.

„Nein, einige Informationen hat er ausgelassen. Ihr Hektor ist ein kluger Mann. Er hat mir nur gesagt, in welchem Hotel Sie absteigen würden. Den genauen Ort des Verstecks hat er vorsorglich für sich behalten. Ich hatte mich allerdings heute Nachmittag schon an Ihre Fersen geheftet, als Sie auf Erkundungstour waren. Da war mir dann klar, dass sich das Versteck auf dem Friedhof befinden muss. Das Grab mit der Inschrift habe ich dann auch entdeckt.

Am frühen Abend habe ich Rafael Soprano und seine Helfer aufgespürt, die bei Ihnen im Hotel abgestiegen sind. Herr Soprano befindet sich seit vielen Jahren auf unserer Fahndungsliste. Auch Europol sucht ihn. Ihm werden viele üble Verbrechen aus dem Bereich der Organisierten Kriminalität zur Last gelegt. Dass er sich zur selben Zeit im selben Hotel wie Sie aufhält, konnte kein Zufall sein. Da war mir klar, dass die Bande hinter Ihnen her ist und Sie sich in Lebensgefahr befinden. Zu dieser Zeit war bereits das Telefonnetz zusammengebrochen. Ich konnte also keine Hilfe mehr holen. Die einzige Chance war, mich an Ihre Fersen zu heften und notfalls einzugreifen. Den Rest der Geschichte kennen Sie.“ Er zuckte mit den Schultern.

Katharina, die mittlerweile doch recht schuldbewusst wirkte, setzte zu einer Antwort an, als entfernte Stimmen zu ihnen drangen.

„Schnell“, flüsterte Mangold. „Wir haben später noch genügend Zeit für Erklärungen.“ Ohne weiter nachzudenken, setzte sich Katharina an den Rand des Lochs und sprang in die Tiefe.

23. KÖLN

„Avanti... äh herein!“ Hektor öffnete leise die Tür und trat ein. Er fand sich in einem kargen Krankenzimmer wieder. Ein schwarzhaariger Mann mit einem schmalen bleichen Gesicht lag in dem einzigen Bett, das in diesem Raum stand und in die Nähe des Fensters gestellt worden war. Der Mann hatte das Rückenteil in eine fast aufrechte Position gefahren, so dass er im Bett sitzen konnte. Er hielt eine Zeitschrift in den Händen. „Si?“ Er schaute seinen Besucher, der raspelkurzes weißes Haar und einen dicken goldenen Ohrring trug, neugierig an und musterte ihn erstaunt. „Hat man Sie zu meinem Personenschutz engagiert oder gehören Sie zu den Bösen?“ Er lächelte. „Ist das etwa eine Schlange, die Sie da auf Ihrem Hals tätowiert haben, oder leide ich jetzt an Sinnestäuschungen...?“

Hektor blieb unschlüssig in der Tür stehen und räusperte sich. „Guten Tag. Ja...nein..., also ich meine, ja - es ist eine Schlange, aber ich gehöre nicht zu den Bösen, ...also zumindest nicht zu den ganz Bösen...“

Er grinste angesichts des eigenen Gestammels. „Nochmals von vorn. Ich bin Hektor, der Assistent von Katharina.“ Er betrat das Zimmer und streckte Raimund seine riesige Hand hin, die dieser mit erstaunlich festem Händedruck ergriff.

Der dunkelhaarige Mann lächelte freundlich. „Kommen Sie doch herein. Ich bin froh über jeden Besuch, der meine trüben Gedanken verscheucht. Ich bin Raimund. Aber das wissen Sie ja bereits.“

„Ich habe Ihnen eine Flasche Traubensaft mitgebracht", sagte Hektor ein wenig verlegen und reichte Raimund die Flasche.

„Danke schön. Es ist nett, dass Sie mich besuchen. Vermutlich sind Sie sehr wütend auf mich, dass ich Ihre Chefin in Gefahr gebracht habe." Raimund schaute ihn jetzt ernst an.

„Aber nicht doch." Hektor war ehrlich verblüfft. „Sie hätten Katharina doch niemals von ihren Plänen abhalten können. Ich allein bin derjenige, der sie vermutlich in Teufels Küche gebracht hat." Hektor verstummte.

Er hatte ursprünglich gar nicht vorgehabt, dem fremden Mann seine Sorgen mitzuteilen – schon gar nicht innerhalb der ersten Gesprächsminute. Es war seine innere Unruhe und Hilflosigkeit, die ihn dazu bewogen hatte, den Krankenbesuch zu machen. Er hatte es in der Kanzlei einfach nicht mehr ausgehalten. Der Mönch, der dem Tod noch einmal knapp von der Schippe gesprungen war, strahlte eine herzliche Offenheit aus, die es einem leicht machte, Vertrauen zu fassen.

Raimund schaute Hektor jetzt einige Sekunden prüfend an. Er hatte genügend Menschenkenntnis, um zu sehen, dass sein Besucher verzweifelt war.

„Was halten Sie davon, wenn Sie uns einen richtig guten Kaffee besorgen? Das Gebräu hier auf der Station ist fürchterlich. Es soll unten im Erdgeschoss ein Café geben, das einen ganz guten Espresso hinbekommt. Ich könnte einen doppelten gebrauchen. Wie sieht es mit Ihnen aus?"

Hektor nickte erleichtert. „Ja, ich glaube, der würde mir auch guttun." Er zögerte kurz. „Raimund, könnte ich etwas bei Ihnen lassen?"

Der Angesprochene schaute fragend. „Si?"

Hektor öffnete sein Sweatshirt und die kleine zuckende Nase von Tante Lucy erschien. Sie piepste freudig und sprang geschickt zu Raimunds Füßen auf das Krankenbett.

Raimunds einzige Reaktion bestand darin, eine Augenbraue hochzuziehen. Stoisch betrachtete er das Tier.

„Darf ich vorstellen", begann Hektor schnell, „das ist Tante Lucy. Sie ist gerade wach geworden und braucht jetzt ein bisschen Bewegungsfreiheit. Ich würde sie gerne kurz bei Ihnen lassen. Es wäre mir unangenehmen, wenn Sie mir im Café entwischt."

Raimund grinste. „Und ich habe jetzt wirklich gedacht, ich hätte Wahnvorstellungen und würde eine weiße Ratte mit rosafarbenen Augen sehen. Da bin ich doch froh, dass Tante Lucy echt ist."

Als Hektor zehn Minuten später mit einem Tablett in der Hand zurückkehrte, auf dem sich zwei doppelte Espressi, eine Flasche Wasser und eine Tüte Schokokekse befanden, sah er, wie Raimund tief in seine eigenen Gedanken versunken, aus dem Fenster starrte. Er hatte seine Rückkehr gar nicht bemerkt.

Hektor räusperte sich. „Gefällt Ihnen die Aussicht?" Er kam herein und stellte das Tablett auf dem kleinen Tisch ab, der an der Längswand des Zimmers stand.

Raimund wandte sich ihm zu. „Ich würde lieber von außen hereinschauen, als hier drin zu sitzen und rausschauen zu müssen." Er gab sich einen sichtlichen Ruck. „Aber daran lässt sich wohl die nächsten Tage und Wochen wenig ändern. Immerhin gibt es endlich einen richtigen Espresso." Mit einem wohligen Seufzen streckte er die Hand aus.

Hektor drückte ihm den Pappbecher nebst Zuckertütchen und Plastiklöffel in die Hand. Beide Männer verrührten den Zucker in ihrem Kaffee und nippten daran. Sie tranken ihren Kaffee schweigend aus. Die Stille hatte nichts Unangenehmes und zeugte davon, dass sie auf derselben Seite standen.

Raimund legte als erstes seinen Becher zur Seite. „Dann berichte mal, warum du glaubst, deine Chefin in Gefahr gebracht zu haben." Unbewusst war Raimund zum „Du" übergegangen. „Ich finde außerdem, wir sollten uns duzen" fügte er erklärend hinzu, nachdem er seinen Fehler bemerkt hatte. Hektor nickte zustimmend. „Gern." Er knetete den Pappbecher in seinen Händen und begann zu erzählen. Als er geendet hatte, schwiegen beide Männer.

Raimund schaute ihn bedächtig an. „Du hast also tatsächlich

herausgefunden, wo die Reliquie ist. Und Katharina ist dorthin gereist, um alleine das Versteck zu öffnen?“

Hektor nickte verzweifelt. „Es erschien uns so einfach. Wir haben gar nicht daran gedacht, dass die Ganoven sie beobachten und ihr folgen könnten. Jetzt ist sie nicht erreichbar, weil die Insel komplett von der Außenwelt abgeschnitten ist. Das Mobilfunknetz und auch das Stromnetz sind in der Region zusammengebrochen. Wir können keine Hilfe organisieren. Sie ist also auf sich alleine gestellt.“ Er sank erschöpft auf seinem Stuhl zusammen. „Vermutlich ahnt sie noch gar nichts von der Gefahr. Hast du irgendeine Idee, wie wir ihr helfen können?“

Raimund blickte wieder starr aus dem Fenster. Als er sich umdrehte, sah Hektor seinen bekümmerten Gesichtsausdruck. „Wenn keine menschlichen Kräfte Katharina helfen können, müssen wir uns einer höheren Macht bedienen.“ Er nahm Hektors riesige Hand in seine und begann zu beten.

24. MONT SAINT-MICHEL

„Katharina, alles klar bei Ihnen? Mangolds Kopf tauchte über ihr auf. „Ich glaub schon." Katharina versuchte sich zu orientieren. Der unterirdische Gang lag in absoluter Finsternis. Sie streckte vorsichtig ihre Hände zu beiden Seiten aus und berührte direkt mit jeder Hand eine kalte steinerne Wand. Ihr Arme waren dabei immer noch angewinkelt. Sie schätzte daher, dass der Gang kaum einen Meter breit war. Tatsächlich wie ein Grab! Sie fühlte Panik in sich aufsteigen. Ihr Herz klopfte wild. Sie zwang sich, ruhig zu atmen. „Hier, nehmen Sie die Taschenlampe und den Spaten. Vielleicht können wir ihn noch gebrauchen." Mangold war wieder über der Öffnung erschienen und reichte ihr beide Gegenstände. Katharina nahm sie dankbar entgegen und schaltete sofort die Taschenlampe ein.

Die Lampe erhellte einen schmalen steinernen Gang, der leicht abschüssig war und geradeaus führte. Es schien, als sei der Tunnel direkt in den Felsstein gehauen worden. Der Gang war so schmal, dass er kaum für Menschen gemacht schien. Katharina drehte sich zu dem Loch, das soeben von Mangolds Körper verdeckt wurde. Schnaufend ließ er sich zu Katharina hinabgleiten. Beide standen jetzt eng aneinandergepresst und Katharina kämpfte ihre Platzangst mühsam nieder. „Wir müssen den Gang entlang, oder?"

Mangold, der sich auch nicht sonderlich wohl in seiner Haut fühlte, nickte zögerlich. Mit seinen breiten Schultern füllte er den Gang praktisch aus. Sein Kopf kam der Decke gefährlich nahe.

„Nach meinen Recherchen verbindet dieser Gang die Insel unterirdisch mit dem Festland. Dies ist unsere Chance, unerkannt zu entkommen und Hilfe zu holen."

„Was ist das für ein Gang, und wer hat ihn erbaut?" Katharina zögerte immer noch. Ihr war der unterirdische Gang überhaupt nicht geheuer.

„Diesen Gang ließ Napoleon III. mit Hilfe von Häftlingen bauen." Als Katharina ihn fragend anschaute, fuhr Mangold fort: „Während der Französischen Revolution war das Kloster zum Gefängnis umfunktioniert worden. Über einen Zeitraum von mehr als siebzig Jahren saßen hier Regimegegner unter wechselnden Herrschern ein. Bevor Kaiser Napoleon III. das Gefängnis 1863 schließen ließ, hat er den geheimen Gang bauen lassen. Die Insel ist unterirdisch von dicken Felsschichten umgeben, die bis an das Festland grenzen. Der Geheimgang wurde direkt in den Felsen geschlagen und reicht bis zum Festland. Was Napoleon mit diesem Geheimgang bezweckte, lässt sich nicht mehr genau rekonstruieren. Bekannt ist nur, dass er von der Insel fasziniert war. Während seiner Herrschaftszeit kam er recht oft hierher. Es gibt Vermutungen darüber, dass er auf der Insel eine geheime Machtzentrale aufbauen wollte. Durch den Geheimgang konnte er unerkannt auf die Insel gelangen und sie auch wieder verlassen. Ein optimaler Fluchtweg." Mangold zuckte mit den Schultern.

„Und das hat kein Mensch mitbekommen? Hierüber müsste es doch Aufzeichnungen geben." Katharina zog zweifelnd die Augenbrauen hoch. „Ein Bauprojekt zur damaligen Zeit von so einem Ausmaß war aufwendig. Die Häftlinge dürften wohl kaum Bagger und anderes schweres Gerät gehabt haben, um sich durch das Felsgestein zu graben. Es müssen also viele Menschen Hand angelegt haben. Ein solches Projekt lässt sich doch nicht über Jahrhunderte geheimhalten. Das war ja praktisch Sklavenarbeit." Katharina schüttelte immer noch zweifelnd ihren Kopf.

„Oh doch, das geht schon. Zumindest dann, wenn alle Mitwisser umgebracht werden", sagte Mangold mit sarkastischem Unterton.

Katharina schaute ihn zweifelnd an. „Wie das?"

„Als Napoleon III. die Schließung des Gefängnisses veranlasst hat, gab es nur wenige Häftlinge, die tatsächlich lebend in die Freiheit entlassen worden sind. Die Aufzeichnungen über die Inhaftierten waren sehr lückenhaft. Aber in den Jahren vor der Schließung hat es nachweislich zahlreiche Todesfälle gegeben. Die Ursache ist bis heute unklar. Es gibt wissenschaftlich ernstzunehmende Forschungsergebnisse, die davon ausgehen, dass Napoleon III. bei den Todesfällen nachgeholfen hat. Zum eigenen Schutz musste er nach dem Bau des Geheimgangs sicherstellen, dass kein hieran beteiligter Häftling die Insel lebend verlassen konnte. So konnte das Geheimnis bewahrt werden. Nachdem der Gang dann fertiggestellt und alle Mitwisser beseitigt waren, ließ Kaiser Napoleon III. das Gefängnis 1863 schließen. Damit konnte er es für seine Interessen nutzen. Ob er aber wirklich irgendetwas hier auf der Insel gemacht hat, ist bis heute unklar. Wie Sie vielleicht wissen, starb Napoleon III. im Jahre 1873. In den folgenden Jahren wurden das Kloster, die Befestigungsanlagen und der mittelalterliche Ort umfassend restauriert. Von diesen Restaurierungsarbeiten gibt es noch Aufzeichnungen des ersten Architekten namens Edouard Corroyer. Es findet sich hierin kein einziger Hinweis auf den unterirdischen Geheimgang. Dieses Geheimnis ist der Öffentlichkeit komplett verborgen geblieben."

Katharina schaute ihn sprachlos an. Mangold war ja ein wandelndes Lexikon. Wer hätte das von diesem James-Bond-Verschnitt mit seinen piekfeinen Klamotten gedacht. Sie war wider Willen beeindruckt. „Und woher wissen Sie das alles? Glauben Sie ja nicht, dass ich Ihnen blindlings ins Verderben folge. Ich lasse mich lieber erschießen, als hier unten lebendig begraben zu werden."

„Ich interessiere mich für unterirdische Geheimgänge und habe vor einiger Zeit ein wissenschaftliches Buch darüber gelesen", wiegelte Mangold ihre Frage ungeduldig ab. „Ich werde Ihnen später gerne alles erzählen. Aber jetzt ist keine Zeit für langes Reden. Und ich bin der Meinung, dass wir uns nicht erschießen lassen sollten. Der Geheimgang ist unsere beste Option hier unbeschadet rauszukommen. Ich für meinen Teil möchte überleben und die Bande hinter Schloss und Riegel bringen."

Katharina nickte zögernd. „Wenn das unser einziger Fluchtweg ist, bleibt uns ja nichts anderes übrig. Begeistert bin ich aber trotzdem nicht."

„Denken Sie daran, dass wir sozusagen auf den Spuren eines bedeutenden Kaisers gehen. Und wenn er hier rausgekommen ist, werden wir das auch." Mangold grinste sie aufmunternd an.

Katharina wollte gerade zu einer Entgegnung ansetzen, als ein Ruf das Windgeheul durchbrach.

„Kommen Sie, bevor wir entdeckt werden!" Mangold drückte Katharina nach vorne. „Sie nehmen die Taschenlampe und gehen voran. Falls die Bande uns folgt und mich verletzt oder tötet, rennen Sie, was das Zeug hält. Verstanden?"

Katharina schluckte schwer. „So weit wird es nicht kommen. Wir werden gemeinsam aus diesem gottverfluchten Tunnel herausfinden." Sie drehte sich nach vorn und leuchtete den Gang aus. Resolut schritt sie voran.

Mangold folgte ihr in gebückter Haltung. Der Gang verlief stark abschüssig, aber schnurgerade. Vermutlich führte er sie tief hinab bis unter den Meeresboden und dann in gerader Linie direkt bis ans Festland. Der Felsstein war nicht sauber abgetragen und gefährliche Spitzen ragten von allen Seiten in den Gang. Er musste höllisch aufpassen, dass ihm die zackigen Felsspitzen kein Loch in die Schädeldecke rammten. Seine Oberarme waren bereits nach wenigen Minuten aufgescheuert. Teilweise war der Gang so schmal, dass er seitlich hindurchging, um nicht steckenzubleiben. Er musste sich konzentrieren, um mit Katharinas Geschwindigkeit mithalten zu können. Leichtfüßig lief sie den Gang hinab und wich geschickt allen spitzen Ecken aus, die sich vor ihnen auftaten. Der unebene Boden schien ihr nicht zuzusetzen. Mangold fühlte sich wie ein schwerfälliger Bulldozer, der hinter einer Gazelle herstolperte.

Der Weg führte sie immer tiefer in den Felsen hinein. Sie gingen einige Minuten schweigend hintereinander her. „Jetzt sind wir unten angekommen. Das scheint die tiefste Stelle zu sein.“ Katharinas Stimme klang merkwürdig hohl und fremd. Sie wartete, bis Mangold zu ihr aufgeschlossen hatte, bevor sie den vor ihr liegenden Gang ausleuchtete. Er führte jetzt horizontal weiter. „Es scheint jetzt einfacher zu werden“, sagte sie erleichtert. „Der Gang wird deutlich breiter.“

Mangold gab ihr Recht. Sie konnten bequem nebeneinander stehen. Auch die Felswände schienen nicht mehr so gezackt zu sein wie bei dem steilen Abstieg. „Das Felsgestein scheint hier unten eine andere Qualität zu haben. Der Gang ist viel ebenmäßiger.“ Mangold seufzte erleichtert und streckte sich.

Ein Ruf, der aus der Richtung des Eingangs kam, zerriss jäh die Stille. Mangold und Katharina schauten sich entsetzt an. „Sie haben den Gang entdeckt.“

25. MONT-SAINT-MICHEL

GEHEIMGANG

Katharina fasste sich als erste wieder. „Scheiße! Wir müssen raus hier." Bei den letzten Worten rannte sie bereits den Gang entlang. Mangold hastete stumm hinter ihr her. Er konnte nur hoffen, dass ihr Vorsprung groß genug war. In dem schnurgeraden Gang boten sie ein kaum zu verfehlendes Ziel. Katharina rannte vor ihm her, als würde der Teufel persönlich sie verfolgen. Es war bemerkenswert, wie gut sie sich in dieser Situation hielt. Wenn sie nicht beide die Nerven bewahren würden, konnte die Nacht für sie tödlich enden. „Autsch!" Mangold war gedankenversunken mit vollem Schwung gegen Katharina geknallt. Sie rieb sich die Schulter. „Vorsicht!" Der Gang machte vor ihnen einen scharfen Rechtsknick, so dass Katharina abgebremst hatte. Mangold, der dies zu spät gesehen hatte, war gegen sie geprallt. „Besser ein kleiner Rempler von mir als eine tödliche Kugel. Die Abbiegung verschafft uns etwas Luft vor dem Kugelhagel. Damit gewinnen wir noch etwas Vorsprung."

Katharina leuchtete in den vor ihnen liegenden Gang. „Wir befinden uns immer noch unter dem Meeresspiegel. Wenn mich meine Orientierung nicht völlig im Stich gelassen hat, müssten wir eigentlich längst am Festland angekommen sein. Ich verstehe nicht, warum der Weg nicht wieder ansteigt." Sie verstummte.

„Nun, wir werden es herausfinden. Allerdings nur, wenn wir hier nicht stehenbleiben. Kommen Sie! Irgendwo führt der Weg uns schon hin."

Nach ungefähr zwei weiteren Minuten blieb Katharina verblüfft stehen. „Wo sind wir denn hier gelandet?" Der Gang hatte sich zu einer raumgroßen Höhle verbreitert. Die Deckenhöhe betrug ungefähr drei Meter. „Verdammt, wo geht es jetzt weiter?" Katharina drehte sich um ihre eigene Achse und leuchtete mit der Taschenlampe rundherum. Die Felsen verschluckten den Lichtschein. „Verflucht, wir sind in einer Sackgasse gelandet!" Sie drehte sich wild auf dem Absatz und leuchtete hektisch in alle Richtungen.

„Geben Sie mir mal die Taschenlampe." Ruhig streckte Mangold seine Hand aus. Katharina drückte ihm die Lampe in die Hand und lehnte sich erschöpft an einen Felsen.

Mangold begann an der Frontseite der Höhle das Felsgestein auszuleuchten. Er ließ den Lichtstrahl am Boden beginnen und führte ihn hinauf, bis er sich an der Felswand verlor. Dann führte er das Licht langsam und um einen halben Meter nach rechts versetzt wieder nach unten. Unten angekommen ließ er den Lichtstrahl wieder nach oben wandern. Systematisch erkundete er so die Felswand.

In der Stille hörten sie den Hall von Fußgetrappel und entfernte Stimmen. Katharina stöhnte.

„Mangold, nun machen Sie schon. Die Typen sind nicht mehr weit weg. Wir sitzen in der Falle."

Mangold stand mittlerweile mit dem Rücken zu ihr und leuchtete den Felsen an, der direkt neben dem Gang lag, der in diese Höhle geführt hatte.

„Ein paar Minuten Vorsprung haben wir noch. Verhalten Sie sich still!"

„Was genau erwarten Sie denn zu finden? Vielleicht einen eingebauten Aufzug?", fügte Katharina sarkastisch hinzu.

„Nein, aber etwas Ähnliches." Mangold klang triumphierend. „Kommen Sie zu mir. Ich habe den Aufstieg entdeckt."

Beim Näherkommen entdeckte Katharina, dass in den Felsen, den Mangold ausleuchtete, Stufen eingehauen waren. Er leuchtete nach oben. Die Stufen führten an der steilen Felswand nach oben, wo sie sich im Schein des Lichtstrahls verloren.

„Gut, dass ich halbwegs schwindelfrei bin“, murmelte Katharina. „Die Stufen führen ganz schön steil nach oben, und wir haben nichts, um uns abzusichern. Wenn wir ausrutschen, war's das.“

„Wir werden aber nicht ausrutschen“, sagte Mangold bestimmt. Wir gehen auf allen Vieren hintereinander diese verfluchte Felsentreppe hinauf. Gehen Sie voran?“

Katharina straffte die Schultern und nickte. „Was machen wir mit dem Klappspaten?“

Jetzt erst wurde Mangold bewusst, dass Katharina den ganzen Weg den Spaten mit sich geschleppt hatte. „Daran habe ich gar nicht mehr gedacht. Ich trage ihn, und Sie nehmen die Taschenlampe.“

Mangold drückte ihr die Lampe in ihre ausgestreckte Hand, während er den Spaten entgegennahm. Sie leuchtete die ersten Stufen aus. Sie schienen breit genug für Hand- und Fußflächen zu sein. Kurz entschlossen steckte sich Katharina die Taschenlampe in den Mund und legte den Kopf in den Nacken, um die Stufen über ihr auszuleuchten. Ihre Hände erfassten eine Stufe in Kopfhöhe, während ihre Füße etwa kniehoch den ersten Absatz fanden. Langsam machte sich Katharina an den Aufstieg. Ihre Hände griffen nach einer eingelassenen Stufe und sobald sie sicheren Halt gefunden hatte, zog sie das rechte Bein kniehoch an und ertastete mit dem Fuß die nächste Stufe, auf die sie sich dann mit Hilfe der Hände hochziehen konnte. Sobald sie einen sicheren Stand hatte, streckte sie ihre Hände nach der nächsten Stufe aus. Schnell hatte sie ihren Rhythmus gefunden. Gleichmäßigen Schrittes erklomm sie die Felswand.

Mangold war direkt hinter ihr. Seine Hände berührten häufig ihre Fersen, was ihr zeigte, dass er trotz der Behinderung durch den Spaten durchaus mit ihrem Tempo mithalten konnte. Sie fand es tröstlich, ihn direkt hinter sich zu spüren. Dabei hatte er es schwerer als sie. Ihr Körper verdeckte praktisch den Lichtschein der Taschenlampe, so dass Mangold sich beim Aufstieg nur auf seinen Tastsinn verlassen konnte. Katharina konzentrierte sich ausschließlich auf ihre Atmung und das Klettern. Wie eine Maschine stieg sie den Felsen hinauf. Eine Pause kam ihr überhaupt nicht in den Sinn.

Sie hatte jegliches Zeitgefühl verloren, als der Lichtschein auf einen breiten Vorsprung fiel, an dem die Treppe endete. Immer noch leichtfüßig zog sich Katharina hierauf.

Sie schaute auf Mangold herab, der mittlerweile doch einige Meter zurückgefallen war. Er näherte sich keuchend. Kurz bevor er die Plattform erreichte, rutschte sein linker Fuß von einer Stufe ab. Geröll rieselte leise in die Tiefe. Durch den Fehltritt verlor er sein Gleichgewicht, so dass er auch mit dem anderen Fuß strauchelte. Mangold ließ den Spaten fallen und griff blitzschnell nach dem rettenden Vorsprung. Beide Beine baumelten über den Abgrund. Der Spaten fiel laut klappernd in die Tiefe.

„Mangold, verdammt!" Katharina ließ die Taschenlampe fallen und ergriff mit beiden Händen seine linke Hand. Sie ließ sich auf den Boden fallen, stemmte ihre Beine mit aller Kraft in den Boden und zog an seiner Hand. Mangold fand mit den rechten Zehen eine rettende Stufe und wälzte sich mit Katharinas Hilfe auf die Plattform. „Verflucht! Ich habe nicht aufgepasst." Mangold setzte sich vorsichtig auf und streckte die Beine.

„Vorsicht!" Katharina schrie auf. Aber es zu spät. Mangold war mit seinem rechten Fuß gegen die Taschenlampe gestoßen, die Katharina fallengelassen hatte. Er stürzte sich vor und versuchte vergeblich, sie noch zu erwischen. Die Lampe rollte jedoch für ihn unerreichbar auf den Abgrund zu und fiel in die Tiefe. Katharina und Mangold schauten entsetzt dem Lichtschein nach, bis die Lampe mit einem leisen Klirren auf einem Felsen auftraf. Dann war es dunkel.

Katharina wollte gerade etwas sagen, als ein überraschter Aufschrei aus der Tiefe drang. „Sopranos Männer haben wohl den Spaten gefunden. Jetzt ist es nur noch eine Frage der Zeit, bis sie den Aufstieg entdecken", murmelte Mangold. „Scheiße!" Sie waren dicht vor dem Ziel. Hier irgendwo musste der Ausgang sein. Er war sich sicher, dass sie sich wieder oberirdisch befanden. Was für eine Ironie, wenn sie so kurz vor dem Ziel von

Sopranos Männern gestellt würden. Er hörte, wie Katharina wortlos einen Reißverschluss aufzog. Er hielt ihr zugute, dass sie scheinbar keine Lust verspürte, ihn mit Vorwürfen zu überziehen. Er hatte sich benommen wie ein verfluchter Anfänger und nicht wie ein Mann, der eine Polizeiausbildung genossen hatte. Innerhalb weniger Sekunden hatte er ihr wichtigstes Notfallequipment verloren und dem Gegner damit praktisch noch eine Hinweistafel hinterlassen, wie man sie am besten finden konnte. Er hörte Katharina hantieren und drehte sich im Dunkeln in ihre Richtung. „Was machen Sie da?"

„Plan-B aktivieren. Ich habe doch noch mein Handy. Damit kann ich leuchten." Sie tippte die PIN ein, und das Display ging an. Er sah, dass sie unzufrieden die Stirn runzelte. „Die Akku-Leistung beträgt nur noch 15%. Wie sieht es bei Ihnen aus?"

Mangold schlug sich mit der Hand gegen die Stirn. An sein Smartphone hatte er gar nicht mehr gedacht. Er griff in seine Jackentasche und holte es heraus. Kurz darauf leuchtete sein Display auf. „30% - das sollte erst einmal reichen. Schonen Sie Ihren Akku, wir nehmen mein Handy."

Während Katharina ihr Handy ausschaltete, war Mangold bereits wieder auf den Beinen und leuchtete das Plateau aus, auf dem sie standen. Es war halbkreisförmig und maß ungefähr drei mal drei Meter. Es ragte über den Abgrund und war nur an seiner hintersten Seite von einer Felswand begrenzt. Hier stand Mangold jetzt und ließ den Schein seiner Taschenlampe systematisch über den Felsen gleiten.

„Leuchten Sie mal bitte ganz in die rechte Ecke des Plateaus! Es scheint, als habe der Felsen dort einen kleinen Vorsprung."

Mangold tat, was sie wollte. Beide sahen es gleichzeitig. „Da ist ein Spalt!", rief Katharina und lief bereits darauf zu. Mangold eilte ihr nach, und der Schein der Taschenlampe fiel auf einen schmalen Felsspalt, der ins Innere des Felsens zu führen schien. Der Spalt war so eng, dass Mangold daran zweifelte, dass er durchpassen würde. „Lassen Sie mich zuerst gehen, ich bin schmaler." Katharina steckte die Hand nach seinem Handy aus. Mangold reichte es ihr zögernd.

Katharina nahm die Hände vor ihren Körper und betrat den Felsspalt. Der Spalte war so eng, dass ihre Schultern an beiden Seiten an den Felswänden scheuerten. „Wir gehen seitlich durch, halten Sie sich an mir fest!“ Katharina drehte sich nach links und nahm das Handy in die rechte Hand. Sie hatte den Arm ausgestreckt und leuchtete den schmalen engen Naturgang aus. „Scheiße, hoffentlich ist dieser Weg richtig. Ich sehe noch keinen Ausgang.“

Mangold stand jetzt seitlich neben ihr und drückte ihre linke Hand. „Lassen Sie uns unser Glück versuchen.“

Langsam schoben sie sich schweigend mehrere Minuten an den Händen haltend durch den engen Felsen. Dabei war eine Felswand in ihren Rücken und die andere beängstigend dicht vor ihren Nasen. Katharina stellte für sich fest, dass sie in den letzten Stunden entscheidend an ihrer Platzangst gearbeitet hatte. Noch gestern wäre es für sie völlig undenkbar gewesen, durch eine enge Felsspalte zu gehen, zumal das Ziel immer noch nicht bekannt war. Sie blickte in die Richtung des Lichtstrahls und hoffte einmal mehr, dass die Ladeleistung des Akkus ausreichen würde.

Noch bevor ihre Sinne die Änderung wahrnehmen und an ihr Gehirn weitergeben konnten, fühlte sie ihr Herz aufgeregt in ihrer Brust hämmern.

„Schauen Sie, da vorne wird der Spalt breiter.“ Katharina leuchtete mit dem Handy nach vorn. Sie packte Mangold fester an der Hand und gemeinsam stolperten sie eilig weiter. Katharina fühlte plötzlich mehr als sie es sah eine angenehme Weite. Die Enge war verschwunden, sie konnte durchatmen.

„Wo zum Teufel sind wir hier?“ Mangold blieb verdutzt stehen. Der Lichtstrahl hatte einen alten Fußball erfasst sowie mehrere zerbeulte Cola-Dosen und eine beachtliche Ansammlung von Zigarettenkippen.

Katharina lachte befreit auf. „Da haben wir wohl einen geheimen Teenager-Treffpunkt entdeckt.“ Sie leuchtete mit dem Handy eine kleine ungefähr vier Quadratmeter große Naturhöhle aus.

„Was ist das für ein Rauschen, hören Sie das auch?" Instinktiv hielt sie die Luft an.

„Und ob." Jetzt war es an Mangold, freudig aufzulachen. „Kommen Sie mit, ich zeig's Ihnen." Er nahm ihr das Handy aus der Hand und leuchtete in eine undurchdringliche Dunkelheit. „Wir müssen genau auf dieses Geräusch zu gehen." Er packte sie an der Hand und zog sie einige Schritte mit sich.

Katharinas Protest blieb ihr in der Kehle stecken, als sie dicke große Tropfen auf der Haut spürte. Es dauerte einige Sekunden, bis ihr klar wurde, dass es Regentropfen waren, die auf sie hinabprasselten.

„Wir haben es geschafft!" Lachend standen sie in der Dunkelheit. Noch nie war ihr Regen so willkommen gewesen, wie in diesem Moment. Sie fühlte eine berauschende Freiheit. In der Ferne waren Lichter zu erkennen. „Schauen Sie, der Strom funktioniert wieder." Katharina deutete auf die Lichter. „Wo sind wir hier überhaupt?" Der Lichtstrahl erhellte den mit dornigen Ranken teilweise überwucherten Eingang zu der Höhle, aus der sie soeben gekommen waren. Rund herum sahen sie weitere Felsen, ansonsten nur Brachland. Eine einzelne Pinie stand nicht weit von ihnen entfernt.

„Wir scheinen hier im Nirgendwo gelandet zu sein. Haben Sie eine Idee, wo wir sind?" Katharina wandte sich Mangold zu.

Mangold grinste. „Keine Ahnung. Aber ich weiß, wie wir es herausfinden. Lassen Sie uns nur etwas Abstand zur Höhle gewinnen. Es wäre doch zu ärgerlich, wenn unsere Verfolger uns jetzt noch erwischen würden, wo wir gerade die Freiheit erreicht haben." Er packte Katharinas Hand, und gemeinsam schritten sie zügig los.

Bereits nach wenigen Minuten erreichten sie dichtes Buschwerk, das einen guten Sichtschutz zu der Höhle bot. Hier würden sie zumindest eine Zeitlang sicher sein. Mangold prüfte kurz, ob das Mobilfunknetz wieder funktionierte und wählte dann mit einem zufriedenen Seufzen eine Telefonnummer.

Nach einem kurzen Austausch in französischer Sprache beendete er das Gespräch. Katharina schaute ihn fragend an.

„Ich habe einen befreundeten Kollegen bei der hiesigen Polizei. Den hatte ich im Vorfeld bereits informiert, dass ich vielleicht seine Hilfe brauchen könnte. Er lässt jetzt mein Handy orten und wird in wenigen Minuten bei uns sein." Katharina seufzte erleichtert. Alle Kraft und Anspannung waren aus ihr gewichen. Mangold nahm sie in den Arm. Gemeinsam blieben sie im Schutz der dornigen Büsche stehen und horchten auf den tosenden Wind, während der Regen unvermindert auf sie herabprasselte.

26. PONTORSON

Verkehrslärm drang an ihr Ohr. Katharina öffnete schlaftrunken die Augen und blickte sich einen Moment verwirrt um. Ihr Blick fiel auf einen überdimensionierten Kunstdruck von Van Goghs Sonnenblumen an der gegenüberliegenden Wand. Ihre Armbanduhr zeigte 09:53 Uhr an. Sie setzte sich rasch auf, und Schmerz fuhr durch ihren Körper. Katharina stöhnte und ließ sich zurücksinken. Sie fühlte sich, als sei ein Bus über sie hinweggerollt. Außerdem hatte sie einen schalen Geschmack im Mund. Erst langsam kehrten die Erinnerungen an die vergangene Nacht zurück, um dann mit voller Wucht in ihr Bewusstsein zu dringen.

Sie riss die Augen weit auf. Mein Gott, sie wäre fast ermordet worden. Sie setzte sich erneut auf – langsamer diesmal - und rieb sich durch das Gesicht. Ihr Blick schweifte durch das Zimmer. Sonnenschein fiel durch das Fenster zu ihrer rechten Seite. Anscheinend hatte es aufgehört zu regnen. Sie befand sich in einem geschmackvoll eingerichteten Zimmer eines kleinen Bed & Breakfast namens Villa Saint Pierre, zu dem die Polizei sie in der vergangenen Nacht gebracht hatte. Nachdem sie auf ihrem Zimmer angekommen war, hatte sie Hektor und auch Stefano noch eine kurze SMS geschrieben, dass es ihr gut ging und sie sich kurzfristig melden würde. Dann hatte sie das Handy ausgeschaltet, sich mühsam die Klamotten vom Leibe gestreift und war ins Bett gefallen. Sie hatte tatsächlich tief und traumlos geschlafen. Jetzt bei Tageslicht kamen ihr die Erlebnisse der Nacht ganz unwirklich vor, fast, als wäre alles nur ein furchtbarer

Albtraum gewesen. Doch ihre schmerzenden Muskeln zeugten davon, dass die vergangene Nacht real gewesen war.

Nachdem Mangold seinen Kollegen bei der hiesigen Polizei angerufen hatte, dauerte es noch eine halbe Stunde bis der rettende Polizeiwagen endlich bei ihnen ankam. Sie hatten stumm und durchnässt hinter dem Busch ausgeharrt und gebetet, dass die Polizei eintreffen würde, bevor Sopranos Männer den Höhlenausgang und damit auch zwangsläufig sie finden würden.

Das Schicksal hatte es gut mit ihnen gemeint. Sie war noch nie so glücklich gewesen, wie in dem Moment, als ein kleiner rundlicher Polizist aus dem Polizei-Jeep sprang, zu ihnen eilte und ihr eine Decke um die Schultern legte, bevor er sie behutsam auf den Rücksitz des Wagens verfrachtete.

Mangold hatte tatsächlich noch die Kraft gehabt, der Polizei alles über den Mordversuch auf dem Friedhof sowie ihre gemeinsame Flucht zu schildern. Er hatte sich nicht die Zeit genommen, das Gespräch in der Wärme des Wagens zu führen. Er war einfach im Regen stehen geblieben. Katharina hatte Antoine, den kleinen Polizisten dabei durch das Fenster beobachtet und gesehen, wie dieser wiederholt mit dem Kopf nickte. Mangolds Autorität und sein Status in der Hierarchie standen offensichtlich nicht zur Debatte.

Während Antoine schließlich aufgeregt gestikulierend in sein Funkgerät sprach und vermutlich weitere Verstärkung anforderte, war Mangold endlich zufrieden zu ihr auf den Rücksitz geklettert. Er hatte alles ihm Mögliche getan, für den Rest war die französische Polizei zuständig. Katharina hatte sich müde und wie selbstverständlich an ihn gelehnt, während ein junger Polizist sie zu ihrer Unterkunft im nahegelegenen Pontorson chauffierte.

Katharina schreckte aus ihren Gedanken auf, als es an der Tür klopfte. „Katharina, sind Sie wach...? Es wird Zeit für ein ordentliches Frühstück." Sie lächelte, als sie die energische Stimme erkannte. Mangold. Der Mann war wirklich ein Phänomen.

„Geben Sie mir noch ein paar Minuten!“, rief sie zurück. „Ich brauche eine Dusche, dann treffen wir uns im Frühstücksraum.“ Sie hörte Mangold noch brummeln, dass er schon mal einen Kaffee trinken werde, dann war es still.

Katharina schwang die Beine aus dem Bett und stand auf. Ihr Blick fiel auf ihre achtlos hingeworfene Kleidung. Sie seufzte bei dem Gedanken, die schmutzigen Sachen vom Vortag anziehen zu müssen. Dann fiel ihr Blick auf die Jacke, die sie über den Schreibtischstuhl gehangen hatte. Es durchfuhr sie wie ein Blitz – das Kästchen. Sie hatte gar nicht mehr dran gedacht, dass sie das Metallkästchen aus dem Grab mitgenommen hatte. Schnell stürzte sie zu ihrer Jacke und riss ungeduldig an dem Seitenreißverschluss und zog das kleine schmucklose Metallkästchen hervor. Auch bei Tageslicht sah es nicht anders aus, als sie es in Erinnerung hatte. Es war nicht größer als eine Männerhand und ohne jegliche Verzierung. Katharina wollte es gerade öffnen, als der Gedanke an Mangold sie innehalten ließ. Sie ließ ihre Hand sinken. Es erschien ihr nicht richtig, nach dem gemeinsam überstandenen Abenteuer im Alleingang das Kästchen zu öffnen. Die Befriedigung ihrer Neugierde würde noch warten müssen.

27. UNBEKANNTER ORT

„Weißt du was Näheres?" Die dunkle, raue Stimme klang unheilvoll.

Der italienische Kontaktmann zwang sich zur Ruhe. „Wir haben gestern Nacht den Kontakt zu Rafael und seinen Leuten verloren. Da scheint etwas schiefgegangen zu sein."

Er ließ einen Wortschwall an Flüchen aus diversen Sprachen über sich ergehen. Er hatte solche Situationen mit seinem Gesprächspartner schon öfter erlebt und wusste, dass er die Wogen an sich vorüberziehen lassen musste. „Jetzt beruhige dich wieder. Noch ist gar nichts verloren. Ich habe einen neuen Mann zum Le Mont Saint Michel geschickt. Der wird herausfinden, was genau passiert ist. Entweder sind Rafael und seine Männer tot oder verhaftet."

Die dunkle Stimme schwieg.

Der Italiener ignorierte die unheilvolle Stille und fuhr fort: „Die Anwältin hat sich schon mit Bruder Stefano inVerbindung gesetzt und ihm mitgeteilt, dass es ihr gut geht. Mehr weiß ich noch nicht. Ich glaube allerdings nicht, dass sie die Reliquie schon an sich genommen hat. Sonst hätte sie das erzählt. Entweder ist der Kopf noch auf der Insel oder das Versteck befindet sich doch woanders. Wie auch immer es aussieht, wir sind noch im Spiel. Wir können eine andere Truppe schicken und auf Frau Marvin ansetzen. Genug Leute haben wir ja. Die Anwältin ist clever, unsere Leute aber auch."

Die Stimme brummte jetzt zustimmend. Der Zorn schien fürs erste verraucht zu sein. Der italienische Kontaktmann atmete auf.

„Du hast recht", stimmte ihm die dunkle Stimme zu. Sie klang jetzt nachdenklich. „Es kann nicht so schwer sein, die Anwältin weiter zu beschatten. Ich rechne auch damit, dass sie die Reliquie entweder bereits in ihrem Besitz hat oder weiter nach ihr suchen wird. Stell ein neues Team zusammen, das sich an ihre Fersen heften soll. Und mach den Leuten klar, dass ich keine Versager dulde."

Nach einer kurzen Pause fuhr die Stimme rau fort: „Kann Rafael zum Problem für uns werden?"

Der Kontaktmann zögerte kurz. „Du weißt ja am besten, in wie viele Projekte er involviert war. Seine Leute wissen nicht viel, aber Rafael hat Wissen und Netzwerke wie kaum ein anderer von uns. Er hat einen tiefen Einblick in unsere Strukturen und kennt viele Namen. Allerdings weiß er auch, was ihm blühen wird, wenn er sein Wissen mit der Polizei teilt."

Die Stimme schwieg einige Sekunden. „Loyalität ist ein wankelmütiges Gut. Ich habe vor langer Zeit gelernt, mich nicht darauf zu verlassen. Rafael war immer ein guter Mann. Aber jetzt ist er für uns unbrauchbar. Wenn sie ihn tatsächlich erwischt haben, wird ihn eine lebenslange Haftstrafe erwarten. Das ist sicher. Er steht auf unzähligen Fahndungslisten. Ein Menschenleben reicht nicht aus, um all die Strafen zu verbüßen, die man gegen ihn verhängen wird."

Der Italiener hörte, wie sein Gesprächspartner ein Feuerzeug aufschnappen ließ. Er sah das Bild vor seinem geistigen Auge, die langen, fast eleganten Finger, die ein goldenes Feuerzeug festhielten und es auf- und zuschnappen ließen. Immer wieder und wieder. Diese Finger, die so gar nicht zu der Stimme passten. Er riss sich aus seinen Gedanken und konzentrierte sich auf das Gespräch.

„Du glaubst, dass Rafael uns verraten wird?"

„Man weiß nie, auf welche Ideen ein Mann kommt, wenn er viel Zeit zum Nachdenken hat. Mir gefällt der Gedanke nicht, erpressbar zu sein. Er könnte uns ernsthaften Schaden zu ügen."

„Soll ich mich um ihn kümmern?" Der italienische Kontakt-

mann sprach ohne erkennbare emotionale Regung.
„Das dürfte das Beste für alle sein. Mach es kurz und schmerzlos, das sind wir ihm schuldig."
Die dunkle Stimme klang jetzt ebenfalls emotionslos und beinahe gelangweilt.

28. PONTORSON

Katharina betrat den hellen Frühstücksraum, in dem sie der Duft von Kaffee und frischen Croissants empfing. Kleine Tische mit Stühlen, auf denen sich buntgemusterte Sitzkissen befanden, waren locker im Raum arrangiert. Auf jedem Tisch stand eine Vase mit einer einzelnen Blume. Sie zog tief die Luft ein. Ihre Lebensgeister waren zurückgekehrt. Das, was sie jetzt als erstes brauchte, war ein starker Kaffee.

Mangold hatte ihr Eintreten noch nicht bemerkt. Er saß an einem Ecktisch und tippte gedankenversunken auf seinem Handy. Er sah erstaunlich frisch aus, wenn man davon absah, dass seine Kleidung, wie die ihre, einen eher ramponierten Eindruck machte. Er war rasiert und wirkte entspannt. Und auf den Kopf gefallen, war er auch nicht. Ein Glück – sonst wäre die Nacht für sie beide wohl tödlich verlaufen.

Sie räusperte sich, und Mangold schaute auf. „Frau Dr. Marvin, Sie sehen ja wie ein neuer Mensch aus." Er lächelte. „Setzen Sie sich." Er deutete auf den freien Platz und Katharina ließ sich nieder. Ohne sie zu fragen, bestellte er in fließendem Französisch Rührei, Speck, Croissants und starken Kaffee. Mangold wandte sich ihr wieder zu. „Ich hoffe, das ist Ihnen recht...? Also, ich habe einen Bärenhunger."

Katharina lachte. „Ich komme mir auch ganz ausgehungert vor." Sie machte eine Pause und wurde ernst. „Mangold, bevor wir uns über die gestrigen Erlebnisse unterhalten, möchte ich mich als erstes bei Ihnen bedanken und auch dafür entschuldigen, dass ich Ihnen nicht vertraut habe. Mein Alleingang war dumm und naiv. Ich darf gar nicht darüber nachdenken, was geschehen wäre, wenn Sie nicht eingegriffen hätten. Das ist mir eine Lehre gewesen. Das verspreche ich." Sie strich sich eine Haarsträhne hinter das Ohr und schaute Mangold offen an. „Also, nehmen Sie meine Entschuldigung an?"

Mangold erwiderte ihren Blick. „Natürlich. Es hat mich ja außerdem auch keiner gezwungen, den Helden zu spielen. Ich bin nur froh, dass wir es beide geschafft haben."

Er streckte ihr die Hand hin. „Künftig keine Geheimnisse mehr?"

Sie schlug ein. „Keine Geheimnisse mehr!" bestätigte sie. „Außerdem sollten wir uns duzen. Also ... ich bin Katharina." Er nickte lächelnd. „Sehr gern. Und ich heiße Peter."

Der Kellner brachte ihnen Kaffee und Rührei. Die nächsten Minuten genossen sie in einträchtigem Schweigen ihr Frühstück.

Katharina tupfte sich die Lippen mit einer Serviette ab und legte sie vor sich auf den Teller. „So, jetzt bin ich bereit."

„Bereit? Wozu?" Mangold stellte seine Kaffeetasse ab und schaute sie verständnislos an.

„Bereit, mir deinen Bericht anzuhören." Katharina lachte. „Hast du geglaubt, ich lasse dich ohne Information davonkommen?" Spielerisch drohte sie ihm mit dem Finger. „Keine Geheimnisse mehr. Das hast du gerade selber gesagt."

Mangold stöhnte übertrieben auf. „Anwälte – das ist doch immer das Gleiche. Da werden einem die Worte im Mund rumgedreht. Also, was genau willst du von mir hören?", stellte er sich unwissend.

„Du hast doch bestimmt schon Informationen über Rafael Soprano und seine Männer bekommen. Also raus mit der Sprache! Sitzen alle hinter Schloss und Riegel?"

Mangold grinste sie zufrieden an. „Stimmt, da habe ich doch was gehört."

„Jetzt sag schon!"

„Es ist zum Glück alles gut gelaufen, Katharina." Mangold wurde ernst. „Die Polizei hat unsere drei Verfolger direkt am Höhlenausgang in Empfang genommen. Ich habe heute Morgen mit Antoine telefoniert, der mir berichtet hat, dass die drei keine Gegenwehr geleistet haben. Sie waren völlig überrascht, als sie von meinen französischen Kollegen überrumpelt wurden. Die Handschellen sind schneller zugeschnappt, als sie auch nur gucken konnten. Die drei befinden sich jetzt zum Verhör in polizeilichem Gewahrsam. Sie haben übrigens sehr viel länger gebraucht, den Ausgang aus dem Tunnel zu finden, als wir", fügte er mit einigem Stolz hinzu.

Katharina, die vor Anspannung die Luft angehalten hatte, atmete aus. „Ein Glück, dass diese Kerle aus dem Verkehr gezogen sind. Ich hoffe, sie werden sehr lange in einem Knast vor sich hin schmoren." Sie stockte kurz. „Und was ist mit Soprano?"

„Antoines Kollegen sind in den frühen Morgenstunden mit dem Boot zur Insel gefahren. Die Stelzenbrücke ist nach wie vor unpassierbar. Sie haben Rafael Soprano mehr tot als lebendig auf dem Friedhof gefunden, wo er die ganze Nacht im Regen gelegen hat. Man hat ihn direkt ins Krankenhaus geschafft. Er lebt, ist aber ohne Bewusstsein. Die Ärzte wissen nicht, ob er es schaffen wird."

Mangold schaute Katharina düster an.

„Mir ist es völlig egal, ob dieser Typ verreckt", sagte Katharina mit kalter Stimme. „Er wollte mich umbringen. Und nicht nur das. Wenn es stimmt, was er mir gesagt hat, dann war er dabei, als meine Eltern umgebracht worden sind. Er hat meine Hilflosigkeit genossen. Glaub mir, die Welt ist ohne diesen Typen besser dran."

„Das verstehe ich persönlich nur zu gut", beschwichtigte Mangold. „Für uns ist Soprano allerdings eine Schlüsselfigur im Bereich der organisierten Kriminalität. Viele Polizeibehörden in den unterschiedlichsten Ländern erhoffen sich Informationen von ihm. Seine Festnahme könnte für viele Ermittlungen einen entscheidenden Durchbruch darstellen. Einzelheiten darf ich nicht nennen", fügte Mangold entschuldigend hinzu. „Aus diesem Grund hoffe ich sehr, dass er überleben wird. Viele Opfer und auch ihre Angehörigen brauchen Klarheit."

„Du hast recht, daran habe ich nicht gedacht", räumte Katharina zerknirscht ein. „Wenn das so ist, hoffe ich natürlich auch, dass man alles aus ihm herausquetschen wird, was er jemals getan hat.“ Sie runzelte nachdenklich die Stirn. „Wenn er so viel weiß, wie du sagst, dann haben doch vermutlich gerade die Leute seiner Organisation ein echtes Interesse daran, ihn tot zu sehen. Sie werden ihn am Sprechen hindern wollen.“

Mangold nickte grimmig. „Da gehen wir alle von aus. Soprano wird unter Dauerbewachung gestellt. An ihn kommt keiner ran – hoffentlich.“ Nachdem Mangold nichts weiter zu sagen hatte und mit gerunzelter Stirn düster in seine Tasse starrte, nahm sich Katharina ein Herz.

„Dann bin ich jetzt dran.“ Äußerlich gelassen griff sie in ihre Jackentasche und zog das Metallkästchen hervor. Sie legte es vor sich auf den Tisch.

Mangold zog die Augenbrauen hoch. „Da habe ich ja gar nicht mehr dran gedacht“, murmelte er. „Was ist denn drin?“

„Das werden wir jetzt gemeinsam herausfinden.“

Mangold blickte sie überrascht an.

„Ich finde, wir sollten gemeinsam nachschauen. Ein Kopf ist es offensichtlich nicht. Dafür ist die Schachtel zu klein.“

Mangold griff nach dem Kästchen und wog es prüfend in der Hand. „Es fühlt sich leicht an. Ob überhaupt was drin ist?“

„Schau einfach rein!“ Katharina beugte sich in gespannter Erwartung nach vorne.

„So, so, du lässt mir also den Vortritt…? Das kann nur bedeuten, dass du entweder immer noch ein schlechtes Gewissen hast oder aber davon ausgehst, dass etwas Gefährliches hier drin ist, was lieber mich als dich erwischen soll.“

Katharina schaute betroffen. „Mangold - also wirklich. Ich würde dich niemals bewusst in Gefahr bringen.“

Mangold lächelte beschwichtigend. „Ich weiß, das war auch nicht wirklich ernst gemeint. Entschuldigung. Na, dann wollen wir mal.“

Mit spitzen Fingern griff Mangold unter den Deckel. Er ruckelte daran und mit einem leichten „Plopp“ öffnete er sich.

„Was ist das?“ Katharina beugte sich erstaunt vor und griff in das Kästchen. „Ein Schlüssel!"

Sie nahm ihn heraus und betrachtete ihn. „Es ist ein ganz normaler Schlüssel, wie für ein Türschloss."

Mangold streckte die Hand aus und Katharina übergab ihm den Schlüssel. Er betrachtete ihn gründlich. „Nicht ganz – schau, da ist etwas eingraviert." Er deutete auf den Schlüsselkopf.

„Es ist kaum leserlich. Ich kann es nicht entziffern. Er hielt den Schlüssel auf Armlänge vor sich und runzelte vor Anstrengung die Stirn. „Lass mich mal." Katharina nahm den Schlüssel und kniff die Augen zusammen. „Ich hab's!", rief sie triumphierend.

„Sono sangue e fuoco."

Stolz schaute sie Mangold an.

„Und das bedeutet…?"

„Das ist ein berühmter Ausspruch der heiligen Katharina. Er bedeutet übersetzt: Ich bin Blut und Feuer. Es ist der gleiche Spruch, der auch auf dem Grabstein stand."

„Ein Schlüssel mit einem Sinnspruch?" Mangold runzelte die Stirn. „Was das wohl zu bedeuten hat…?

„Vermutlich hatte mein Vater Angst, dass die Medaillons in die falschen Hände geraten. Also hat er uns eine weitere Botschaft hinterlassen. Ist noch mehr in dem Kästchen?"

Mangold tastete die Innenseite des kleinen Kastens ab und schüttelte den Kopf. „Da ist nichts weiter drin. Einen Hohlraum als Geheimversteck enthält dieser Kasten auch nicht. Dafür sind die Seitenwände zu dünn. Es geht also ausschließlich um den Schlüssel. Wie es scheint, hatte dein Vater seine Freude an Schnitzeljagden." Mangold schüttelte resigniert den Kopf. „Hast du eine Idee, für welches Schloss er sein könnte?"

„Im Moment habe ich keine Ahnung. Der Schlüssel könnte in einen Safe oder ein Schließfach passen. Ein Haustürschlüssel ist es auf keinen Fall. Dafür scheint er mir zu klein zu sein. Ich werde mit Stefano sprechen. Er kannte meinen Vater ja am besten. Vielleich kann er etwas mit diesem Hinweis anfangen."

Mangold schaute sie an und zog stumm die Augenbrauen hoch.

„Immerhin sind wir auf der richtigen Spur. Wir haben das erste Rätselteil gelöst, dann werden wir auch noch herausbekommen, wozu der Schlüssel gehört“, sagte Katharina kämpferisch.

„Katharina, immer langsam! Hast du denn aus der vergangenen Nacht nichts gelernt?“ Mangold hatte seine Stimme erhoben, so dass der Kellner, der geschäftig das schmutzige Geschirr von den Tischen räumte, erstaunt aufsah. Er beugte sich vor und ergriff ihre Hände. „Katharina“, fuhr er leiser fort. „Wir wissen noch nicht, ob Soprano weitere Helfer hat. Es kann gut sein, dass nach wie vor Leute auf dich angesetzt sind.“

Katharina schaute vor sich auf den Tisch. Mangold hielt immer noch ihre Hände. Sie betrachtete seine großen Hände, die wie Schaufeln auf ihren lagen. „Du hast natürlich recht, Mangold.“ Katharina sprach ruhig und gelassen. „Ich habe auch keineswegs vor, noch einmal so kopflos in ein Abenteuer zu rennen, die gestrige Nacht hat mir völlig gereicht.“

Sie entzog ihm ihre Hände. „Was denkst du eigentlich von mir? Ich bin doch kein unmündiges Kind, das sich immer wieder den Kopf an derselben Wand anstößt.“

Mangold zuckte die Schultern. „Na ja, du hast selbst gesagt, dass du herausfinden willst, wohin der Schlüssel führt.“

„Das werde ich auch versuchen. Aber das heißt bestimmt nicht, dass ich mich noch einmal mit Schaufel und Taschenlampe alleine auf den Weg machen werde. Wenn wir das Rätsel lösen sollten, werde ich direkt die Polizei informieren. Die können dann anrücken und die Reliquie bergen.“

Mangold atmete erleichtert auf. „Ich hatte schon befürchtet, dass du ein unverbesserlicher Hitzkopf bist. Nimm mir meine Belehrung nicht übel. Ich möchte nur nicht, dass du etwas Dummes machst. Du hast wirklich unglaubliches Glück gehabt. Das nächste Mal bin ich vielleicht nicht zur Stelle.“

„Ich weiß.“ Jetzt ergriff Katharina Mangolds Hände und drückte sie.

„Falls du irgendetwas herausfindest, kannst du mich jederzeit anrufen. Ich werde dir dann die entsprechenden Polizeikontakte vermitteln.“ Er machte eine Pause. „Du kannst dich auch melden, wenn du jemanden für ein Brainstorming brauchst.“

„Danke Mangold, das weiß ich zu schätzen. Katharina lächelte

ihn an.
„Und übrigens, ich heiße Peter. *Mangold* ist mein Nachname."
„Auch das weiß ich. Ich finde aber, Mangold passt viel besser zu dir. Ich würde dich gerne weiter so nennen, wenn es für dich okay ist."
Mangold schaute überrascht. „Auf die Idee ist noch keiner gekommen. Aber, wenn du meinst. Mir soll es recht sein." Er warf einen Blick auf seine Armbanduhr. „Und jetzt muss ich los."
„Aber wohin denn?" Katharina schaute ihn verständnislos an.
„Die Arbeit ruft. Mein Chef hat mich gebeten, mit den hiesigen Behörden zusammenzuarbeiten und Soprano nach Möglichkeit selbst zu vernehmen. Er ist ein dicker Fisch für uns. Meine Urlaubszeit ist also hier und jetzt beendet."
Er erhob sich. „Ach ja, bevor ich es vergesse, ich habe die französischen Kollegen gebeten, deinen Koffer im *Cheval Blanc* abzuholen und hierher zu bringen. Sie werden bestimmt gleich hier sein. Dann musst du nicht noch einmal auf die Insel zurück. Im Moment ist sie für den Tourismus ohnehin gesperrt. Die Stelzenbrücke muss erst repariert werden. Ein Taxi kann dich dann zu deinem Mietwagen bringen."
„Danke, Mangold. An den Koffer habe ich gar nicht mehr gedacht." Katharina lachte erleichtert. „Dann habe ich ja wieder alles beisammen und kann mich direkt auf den Rückweg nach Siena machen. Mein Auto steht noch auf dem Besucherparkplatz vor der Insel."
„Wir hören voneinander." Mangold streckte ihr seine rechte Hand hin und Katharina schlug ein.
Nach einem letzten freundlichen Blickkontakt, ließ er ihre Hand los, erhob sich und marschierte zügigen Schrittes Richtung Ausgang.
„Mangold?"
„Ja?" Mangold drehte sich ihr noch einmal zu ihr um.
„Wann erzählst du mir eigentlich, woher du von dem Tunnel gewusst hast?" Katharina war mittlerweile auch aufgestanden und schaute Mangold erwartungsvoll an.
Mangold grinste sie breit an. „Da wird sich schon noch eine

Gelegenheit finden. Wenn du zurück in der Heimat bist, lade ich dich gerne zu einem Glas Wein ein und erzähle dir von meinem Hobby - meiner Leidenschaft für das Mittelalter. Ich beschäftige mich in meiner Freizeit mit historischen Mythen. Scheinbar habe ich bei der Auswahl der Lektüre eine gute Wahl getroffen. Wer hätte geahnt, dass eine nahezu unbekannte wissenschaftliche Abhandlung über den Mont-Saint-Michel mal lebensrettend werden würde. Ich fürchte nur, dass mein Hobby dich langweilen wird. Mit James-Bond-Märchen hat meine Leseleidenschaft normalerweise nur wenig zu tun." Er hob die Hand zu einem letzten Gruß und verschwand durch die Restauranttür.

Katharina schaute ihm nach. Sie kam sich mit einem Mal seltsam verloren vor.

29. BOLOGNA

FLUGHAFEN BOLOGNA

„Katharina! Hier!“

Katharina stand mit ihrem Rollkoffer in der Ankunftshalle im Flughafen von Bologna und blickte sich suchend um. Direkt neben ihr feierte eine Großfamilie lautstark das Wiedersehen mit einer jungen dunkelhaarigen Frau, die mit Küssen von Familienmitgliedern verschiedener Generationen überhäuft wurde. Auf der anderen Seite schrie ein Säugling, der offenbar von dem ganzen Rummel genug hatte. Seine Eltern waren hiervon gänzlich unbeeindruckt und schauten starr auf die ankommenden Fluggäste.

Dann sah sie ihn. Er stand verdeckt von der Großfamilie nur wenige Meter entfernt vor ihr, und ihr Herz machte einen kleinen Sprung. „Mattheo!“ Sie hob die Hand und winkte.

Mit raschen Schritten lief sie auf ihn zu. Ohne ein weiteres Wort nahm er sie fest in die Arme und wirbelte sie herum. „Katharina, ich bin so froh, dass du heil wieder hier bist.“ Er stellte sie wieder auf ihre Füße und schaute sie prüfend an. „Geht es dir gut?“

Katharina lachte. Es war ein schönes Gefühl, dass sich jemand um sie gesorgt hatte. „Ja, mir geht es wieder gut. Aber es war schon ein verrücktes Abenteuer. Ich bin sehr froh wieder hier zu sein.“

Mattheo strahlte sie mit blitzenden Augen an: „Das sind wir auch. Stefano war ganz außer sich vor Sorgen. An seinen Fingern sind mittlerweile Schwielen vom unermüdlichen Rosenkranzbeten." Er lachte und wurde direkt wieder ernst.

„Katharina, wir hatten eine Höllenangst um dich. Stefano hat sich schlimme Vorwürfe gemacht. Erst wäre Raimund fast ums Leben gekommen und dann auch noch du."

„Ich kann es mir denken." Katharina seufzte. „Ich werde nie wieder so leichtsinnig sein. Das musste ich schon Mangold versprechen."

„Mangold – wer ist das denn?" Mattheo schaute abrupt auf und eine kurze unangenehme Stille entstand. „Muss ich etwa eifersüchtig sein?" Er zwinkerte ihr zu und milderte damit seine harschen Worte ab.

Katharina schmunzelte. „Mangold ist ein Polizist oder vielmehr ein Freund. Vielleicht ein bisschen was von beidem. Auf jeden Fall ist er der Mann, der mein Leben gerettet hat."

„Wenn das so ist, dann bin ich ihm ganz besonders dankbar." Mattheo schaute sie unergründlich an. Katharina konnte seinen Blick nicht so recht deuten. „Gibt es sonst noch etwas?" Sie fühlte sich mit einem Mal verunsichert. Mattheo schüttelte den Kopf. Er gab sich einen Ruck. „Jetzt sollten wir aber los. Wir haben während der Autofahrt genügend Zeit für die ganze Geschichte. Und die möchte ich in allen Einzelheiten hören. Das kannst du mir glauben." Mit diesen Worten packte er mit der einen Hand den Rollkoffer und ergriff mit der anderen Katharinas Hand. Gemeinsam gingen sie Richtung Ausgang.

30. SIENA UND KÖLN

Das Handy klingelte. Hektor schaute auf die Anruferkennung und nahm noch vor dem zweiten Klingelton ab. „Katharina – endlich!" Seine Stimme klang atemlos.

„Hallo Hektor, ich bin so froh, dich zu hören!" Katharina seufzte erleichtert und streckte sich auf ihrem Bett aus. Sie befand sich wieder sicher bei Stefano im Dominikanerhaus.

Mattheo und sie waren nach mehrstündiger Fahrt in Siena angekommen. Bruder Stefano hatte sie rührend in Empfang genommen und wollte Katharina gar nicht mehr loslassen. Er hatte über das ganze Gesicht gestrahlt und sie immer wieder an sich gedrückt, so als müsse er sich vergewissern, dass sie nicht bloß ein Trugbild war. Erst nachdem Mattheo sanft aber nachdrücklich darauf hingewiesen hatte, dass Katharina ein wenig Ruhe bräuchte, hatte Stefano sie zu ihrem Gästezimmer geleitet.

Anders als Mattheo, der sie während der Autofahrt mit Fragen nach dem Reliquienversteck gelöchert hatte, schien sich Stefano gar nicht mehr für das Thema zu interessieren. Sie hatte ihn nur murmeln hören: „Das war es alles nicht wert." Er hatte dabei Tränen in den Augen gehabt. Die grauen Schatten unter seinen Augen hatten ihr verraten, dass er in den vergangenen Tagen wenig Schlaf bekommen hatte. Katharina musste ihm recht geben. Die Suche nach der Reliquie war es nicht wert, sich selbst oder andere in Lebensgefahr zu bringen. Sie hatte sich dafür entschieden, zunächst einmal nichts von dem Schlüssel zu erzählen. Auch gegenüber Mattheo hatte sie den Mund gehalten. Sie wollte in Ruhe darüber nachdenken, ob sie die Sache weiterverfolgen würde.

Als sie jetzt Hektors Stimme am anderen Ende hörte, brach es aus ihr heraus: „Du glaubst nicht, was ich erlebt habe!“ Und dann erzählte sie ihm alles.

Nachdem sie geendet hatte, herrschte Stille am anderen Ende. „Hektor, bist du noch da?“ Katharinas Stimme klang verunsichert.

Sie hörte, wie Hektor tief Luft holte. „Natürlich bin ich noch da. Ich bin nur völlig fassungslos, was wir mit unserer Schatzsuche angerichtet haben. Ich danke dem Schicksal und vor allem Herrn Mangold, dass er dich gerettet hat. Ich wäre meines Lebens nicht mehr froh geworden, wenn dir etwas zugestoßen wäre.“ Er schwieg kurz. „Aber wie geht es jetzt weiter? Du willst doch bestimmt herausfinden, wofür der Schlüssel ist.“

Katharina dachte kurz nach. Und auf einmal kam ihr die ganze Suche völlig unbedeutend vor. Ihre Antwort kam wie von selbst. „Nein. Das Einzige, was ich möchte, ist möglichst schnell zurück in mein normales Leben, in meine Kanzlei und zu meinen Mandanten.“

Sie hörte Hektor skeptisch schnauben. „Ich meine es ernst, wirklich. Ich habe alles über meine Herkunft herausgefunden. Und das hätte mir fast den Tod gebracht. Ich bin dankbar, dass ich noch lebe und nette Menschen kennengelernt habe, die mich vielleicht auch weiter im Leben begleiten werden. Damit muss es dann auch gut sein. Der Kopf der heiligen Katharina ist definitiv nicht mein Problem. Ich werde das Kästchen mit dem Schlüssel Stefano überlassen. Er kann dann entscheiden, wie er damit umgehen will.“

„Du meinst es ernst, du willst zu uns zurück?“ Sie hörte die Freude in Hektors Stimme, und ihr wurde warm ums Herz. Auf einmal konnte sie es kaum abwarten, wieder in ihr altes Leben zurückzukommen. „Ja, möglichst schnell. Ich hoffe, dass die Kanzlei noch steht.“

Hektor lachte. „Na, da solltest du dir selber ein Bild von machen. Ich sag nur eines: Wenn ich wider Erwarten, ohne genügend gelernt zu haben, mein Staatsexamen bestehen sollte, wirst du tief in die Tasche greifen müssen, um mich angemessen bezahlen zu können."

„Hektor, du bist mir jeden Euro wert. Ich werde dich ganz sicher nicht kampflos einer anderen Kanzlei überlassen. Die würden dich vielleicht noch zwingen, täglich einen Anzug mit Krawatte zu tragen. Das kann ich doch nicht zulassen."

Hektor lachte. „Und dabei habe ich gerade begonnen, mich an diese *Anwalts-Kostümierung* zu gewöhnen."

Katharina schmunzelte. Sie spürte, dass Hektor stolz war.

Er räusperte sich. „Und bis wann müssen wir den Welcome-Schampus gekühlt haben, damit er bei deiner Ankunft wohl temperiert ist?"

„Morgen. Ich bin morgen Abend wieder zurück", sagte Katharina energisch. „Vormittags möchte ich noch meinem leiblichen Großvater einen Besuch abstatten. Er ist dement und wird vermutlich nicht ansprechbar sein. Es ist mir trotzdem wichtig. Er ist der einzig noch Lebende meiner Familie. Diesem Puzzleteil meiner Vergangenheit muss ich mich noch stellen. Danach setze ich mich in den nächsten Flieger nach Köln. Ich freue mich auf euch."

Hektor grinste breit. „Wir auch, Chefin!" „Dann bis morgen." Katharina trennte die Verbindung und ließ sich auf das Bett fallen. Sie wusste nun, wohin sie gehörte. Tiefe Erschöpfung machte sich jetzt bei ihr bemerkbar, und sie schlummerte ein.

Sie bemerkte nicht, dass sich leise Schritte im Flur entfernten. Eine Person hatte mit dem Ohr an ihrer Zimmertür gelauscht und jedes Wort der Unterhaltung mitbekommen. Eilig verließ die dunkel gekleidete Person das Dominikanergebäude und verschwand rasch in den engen Gassen von Siena.

31. SIENA UND UMGEBUNG

„Mach es gut, Katharina. Wir werden dich vermissen.“ Mattheo zog sie zum wiederholten Male an sich und umarmte sie. Bedauern stand in seinen Augen.

Es war kurz vor 10:00 Uhr am Vormittag. Die Sonne schien auch heute angenehm warm von einem wolkenlosen Himmel. Es versprach erneut ein schöner Spätsommertag zu werden. Die Luft roch und fühlte sich genauso an, wie bei Katharinas ersten Ankunft in Bologna, als sie aus Köln angereist war. Es waren erst wenige Tage vergangen und doch kam es ihr vor, als seien seit ihrer Ankunft Jahre ins Land gezogen. Sie hatte in den letzten Tagen praktisch ihre ganze Lebensgeschichte neu geschrieben. Aber heute würde sich für sie der Kreis schließen. Ein wichtiger Besuch stand noch aus, dann würde sie ihrer Geburtsstadt vorerst den Rücken kehren.

Katharina hatte noch am Vorabend das Ticket für ihren heutigen Rückflug nach Köln gekauft. Ihrer Mutter, die zum Glück nichts von den Geschehnissen am Le Mont Saint Michel wusste, hatte sie ihre Heimkehr per SMS mitgeteilt und prompt auf gleichem Wege eine Antwort von ihr erhalten, die mit einer Reihe von lachenden Smileys endete. Katharina lächelte. Normalerweise ignorierte ihre Mutter jede neuere Technologie und weigerte sich daher auch hartnäckig, mit einem Handy etwas anderes zu machen als zu telefonieren. Die SMS war ein deutlicher Beweis dafür, wie sehr ihre Mutter sie vermisst hatte.

Katharina hatte abends noch lange mit Mattheo und Stefano in der ihr schon vertrauten Osteria zusammengesessen. Ohne sich abgesprochen zu haben, hatten alle drei vermieden über die Reliquie zu sprechen. Katharina hatte ihr Abenteuer geschildert, aber einige Details für sich behalten. Den Kampf mit Rafael hatte sie bewusst heruntergespielt, und sie hatte den beiden auch nichts von dem Schlüssel erzählt, den sie im Grab auf der Insel gefunden hatte. Sie wusste selbst nicht warum, aber sie hatte das unbestimmte Gefühl, das Wissen um die Existenz des Schlüssels für sich behalten zu müssen. Zumindest vorerst. Allerdings schien Mattheo zu ahnen, dass Katharina etwas vor ihnen verbarg. Sie hatte den Eindruck, dass Mattheo nur auf eine günstige Gelegenheit wartete, genaues über die Vorkommnisse auf dem Mont-Saint-Michel in Erfahrung zu bringen. Aber wie auf einen unsichtbaren Befehl von Stefano hin, hatte er den Mund gehalten.

Stefano hatte muntere Geschichten aus seinem Klosteralltag erzählt, und Katharina gewann den Eindruck, dass er ein rundum zufriedenes Leben führte. Auf ihre Nachfragen hin hatte auch Mattheo von seiner Arbeit in einem ortsansässigen Technologieunternehmen erzählt. Mattheo war ein amüsanter Erzähler und die Zeit verging wie im Flug. Katharina stellte fest, dass sie gerne Zeit mit ihm verbrachte – sehr sogar.

„Guten Morgen, mein Kind." Stefano trat vor die Tür und riss Katharina aus ihren Gedanken. Er warf ihr und Mattheo einen tiefgründigen Blick zu. „Wie ich sehe, seid ihr schon dabei, euch zu verabschieden. Bist du dir wirklich sicher, dass du heute abreisen willst?" Er betonte dabei das Wörtchen „wirklich".

Katharina schaute noch einmal in die braunen Augen von Mattheo und wandte sich dann Stefano zu. Sie straffte ihren Rücken. „Ja, ich muss zurück in mein altes Leben. Ich werde dort gebraucht." Katharina ergriff Stefanos und Mattheos Hand und drückte beide fest. „Aber ich werde euch ganz sicher häufig besuchen. Ihr seid für mich die Verbindung zu meiner Herkunft.

Und das bedeutet mir sehr, sehr viel."
„Ich zähle die Tage, bist du zurückkommst", murmelte Mattheo leise und drückte auch noch einmal ihre Hand.
Stefano, der so tat, als habe er nichts mitbekommen, lächelte. „Du bist uns jederzeit willkommen. Und ich bin unendlich froh, dass wir wieder Kontakt haben. Und vielleicht bringst du das nächste Mal ja auch deine Mutter mit nach Siena. Dann hat uns die heilige Katharina doch etwas Gutes gebracht: Sie hat dich zurück nach Hause geholt. Möge sie ruhen, wo auch immer sich jetzt ihr Kopf befindet."
Mattheo hob an, um etwas zu sagen, aber ein strenger Blick von Stefano ließ ihn verstummen.
„Wenn wir deinem Großvater noch einen Besuch abstatten wollen, müssen wir jetzt los." Stefano schaute auf seine Uhr. „Wir werden eine gute Stunde unterwegs sein. Es wird Zeit." Katharina nickte entschlossen und ergriff ihren Rollkoffer. Sie folgte Stefano zur nächsten Straßenkreuzung.
Das kleine Dienstfahrzeug der Dominikaner parkte etwas abseits am Straßenrand. Es entpuppte sich als schmutzig blauer VW Polo, der die besten Zeiten längst hinter sich hatte.
Katharina beäugte das Gefährt kritisch. Stefano lachte, als er ihren Gesichtsausdruck sah. „Eine Staatskarosse ist es zwar nicht gerade, aber dafür ist er sehr verlässlich und hat mich und meine Brüder noch nie im Stich gelassen. Du wirst schon sehen. Es ist das perfekte Auto für unsere kleine Tour." Katharina hob immer noch zweifelnd ihr Gepäck in den Kofferraum und nahm dann auf dem zerschlissenen Beifahrersitz Platz. Kritisch nahm sie den Innenraum in Augenschein. Immerhin sah das Auto von innen sauber und gepflegt aus. Sie hoffte, dass es auch fahrtüchtig war. Entschlossen schnallte sie sich an.
Stefano startete den Motor und ließ per Knopfdruck das Seitenfenster herab. „Die Klimaanlage ist leider schon seit einiger Zeit kaputt", sagte er entschuldigend. „Aber sonst funktioniert noch alles."
„Ich habe nichts anderes erwartet", murmelte Katharina mehr zu sich selbst und setzte ihre Sonnenbrille auf. „Dann mal los!"

Mit sicherer Hand lenkte Stefano das Auto aus Siena heraus. Schon nach wenige Minuten hatten sie die Stadt hinter sich gelassen. Eine kleine Landstraße führte östlich Richtung Arezzo durch einen malerischen Zypressenwald. Etwas später durchquerten sie Wiesen und Felder, auf denen der Klatschmohn blühte. Katharina konnte sich gar nicht satt sehen. „Habt ihr es schön hier", seufzte sie sehnsüchtig. „Ich mag die Schnellstraßen nicht", erklärte ihr Stefano. „Diese Strecke dauert zwar länger, ist aber jede Reiseminute wert. Wir werden gleich durch die ersten Weinanbaugebiete in dieser Region fahren."

Katharina lehnte sich zurück in den Sitz. Irgendwie passte sogar der kleine nostalgisch anmutende Polo ohne Klimaanlage perfekt in diese Umgebung. Er schien wie für diesen Ausflug gemacht. Versonnen hing sie ihren Gedanken nach, während kleine Gebirgsbäche sich langsam vorbeischlängelten.

Kurz darauf tauchte in der Ferne ein Hügel auf, auf dessen Anhöhe sich Bebauung befand. Katharina konnte nicht erkennen, ob es sich um ein altes Kloster oder vielleicht sogar um ein Bergdorf handelte.

Stefano deutete auf den Hügel. „Genau da müssen wir hinauf. Das Pflegeheim deines Großvaters liegt in einem kleinen Bergdorf. Es führt allerdings nur eine steile Serpentinenstraße hin. Ich hoffe, dein Magen ist reisefest." Katharina war sich da nicht so sicher. „Erzähl mir mehr von meinem Großvater, Stefano", bat sie, um sich abzulenken.

Sie blickte den Pater von der Seite an und bemerkte, wie sein Blick weich wurde, als er sich räusperte. „Signor Mario Rossi, also dein Großvater, war ein beeindruckender Mann. Er ist jetzt einundneunzig Jahre alt. Er war über vierzig Jahre Bürgermeister in einer kleinen Stadt in der Nähe von Siena. Gar nicht weit von hier entfernt, besaß er auch einen kleinen Rebhang, der wirklich erlesenen Wein hervorbrachte. Der Weinanbau war seine große Leidenschaft. Er hatte direkt an seinem Hang ein kleines Steinhaus erbauen lassen, das sogar über einen eigenen Weinkeller verfügte. Er verbrachte dort sehr viel Zeit.

Als Holger, dein Vater, zum ersten Mal dort war, hatte es

auch ihn direkt gepackt. Senior Rossi musste ihm alles über den Weinanbau erklären, was er wusste. Holger war fasziniert. Schon sehr schnell entwickelte er eigene Ideen zur Verfeinerung des Weins. Die beiden verbrachten viel Zeit miteinander in den Weinreben und auch in dem Steinhaus. Sie nannten es ihre „Casa Vino". Hier versuchten die beiden neue feine Geschmacksnoten des Chiantis zu kreieren. Sie experimentierten mit neuen Flaschenabfüllungen und Lagerungsmöglichkeiten.

Rossi war begeistert von seinem Schwiegersohn, der die Leidenschaft für guten Wein mit ihm teilte. Immer, wenn die beiden der Überzeugung waren, dass sie einen besonders guten Wein hervorgebracht hatten, luden sie ihre Freunde direkt in die Casa Vino zur Verkostung ein." Stefano seufzte. „Wir haben hier schöne Stunden verlebt."

Katharina lauschte seinen Erzählungen, ohne ihn zu unterbrechen.

„Signor Rossi erkannte aber auch sehr schnell Holgers betriebswirtschaftliches Talent und ermutigte ihn dazu, neue Vermarktungskonzepte zu entwickeln. Bei diesem Thema war Holger in seinem Element. Das kleine Weinanbaugebiet deines Großvaters war nur ein gemeinsames Hobby, der Auslöser für den späteren Erfolg von Holgers Unternehmen. Mit dem kleinen Rebhang konnte man nicht reich werden. Also überlegte er sich einen anderen Ansatz.

Er nahm Kontakt mit verschiedenen Winzern aus der Umgebung auf und überzeugte sie von einer Zusammenarbeit. Die Winzer konnten zwar phantastische Weine herstellen, doch scheiterte der wirtschaftliche Erfolg zum großen Teil an den fehlenden betriebswirtschaftlichen Fähigkeiten. Genau die besaß aber dein Vater. Mit seinem Sachverstand baute er einen Weinexport auf, von dem alle guten Winzer in der Umgebung profitierten. Einige Familien haben ihren Wohlstand dem Geschäftssinn deines Vaters zu verdanken. Holger vermarktete den Wein dieser Region unter der Marke „Rossi", weil er damit deinen Großvater ehren wollte."

„Was für eine schöne Geschichte", sagte Katharina nachdenklich. Ein Gedankenblitz schoss in ihr Gehirn. Er verschwand aber, bevor sie ihn fassen konnte.

„Was ist aus der Casa Vino geworden?", hakte Katharina jetzt nach und schaute Stefano von der Seite an. Der runzelte die Stirn und zuckte mit den Schultern. „Ehrlich gesagt, weiß ich das gar nicht. Sie dürfte immer noch im Besitz von Signor Rossi sein. Ich glaube allerdings nicht, dass er nach dem Unglück deiner Eltern noch häufig hierhergekommen ist. Das Land hier ist nicht viel wert, und das Anbaugebiet ist viel zu klein, als dass es für jemanden von wirtschaftlichem Nutzen wäre. Vermutlich ist es jetzt Brachland und die Casa verfallen."

„Mhm." Katharina schwieg nachdenklich. Wieder hatte sie das Gefühl, dass sich ein Gedanke in ihr Bewusstsein drängen wollte. Sie konnte ihn auch diesmal nicht festhalten.

Der Weg vor ihnen wurde immer steiler und kurviger. Katharina hielt instinktiv die Luft an. Sie schaute Stefano von der Seite an. Dieser schaltete gelassen in den ersten Gang und der Polo fuhr auf der Serpentinenstrecke zwar langsam, dafür aber sicher wie auf Schienen. Katharina ließ sich beruhigt in ihren Sitz zurücksinken und musterte Stefanos Profil. Sie sah die winzigen Lachfältchen an den Augen, die gerade Nase und das immer noch energische Kinn. Ohne Eile fuhr er die kurvenreiche Strecke entlang. Sie fühlte sich sicher bei ihm und fasste einen Entschluss.

„Stefano, ich muss mir dir sprechen." Stefano schaute sie kurz an und wendete dann den Blick wieder auf die Straße. Ohne ihm Zeit für eine Antwort zu lassen, fuhr sie fort: „Ich habe etwas in dem Grab auf dem Mont-Saint-Michel gefunden. Mein Vater hat uns einen weiteren Hinweis hinterlassen." Sie stockte.

Stefano legte ihr kurz seine Hand auf den Oberschenkel. „Mein liebes Kind. Ich bin gerührt, dass du mir vertraust." Er klang, als habe er das schon gewusst, als er sie lächelnd anschaute. „Deine Geschichte wird allerdings warten müssen." Er deutete auf die nächste steile Rechtskurve: „Wir sind jetzt da." Katharina wollte gerade zu einer Entgegnung ansetzen, verstummte aber vor Verblüffung als sie nach der Kurve einen freien Blick hatte.

Unmittelbar von der Landstraße bog linker Hand eine breite zypressenumsäumte Zufahrt ab, auf die Stefano jetzt einbog. Die asphaltierte Zufahrtsstraße mündete nach ungefähr einhundert Metern auf einer gepflegten im Halbkreis angelegten großflächigen Kiesebene, an deren hinterem Ende sich ein repräsentatives Gebäude in strahlendem Weiß erhob. Mit einem Pflegeheim hatte dieses Gebäude wenig gemeinsam. Katharina sah geschmackvoll bepflanzte Blumenkübel im Eingangsbereich und auch auf den Balkonen, die zur Vorderseite ausgerichtet waren. Aber selbst die Zimmer, die über keine Balkone verfügten, ließen einen weiten Blick auf den direkt anliegenden Olivenhain und die angrenzenden Felder mit rotem Klatschmohn zu. „Wo um Himmels Willen sind wir hier?", rief sie verblüfft aus. „Das Anwesen sieht eher nach einem exklusiven Hotel oder einer Entzugsklinik für Hollywood-Stars aus."

Schmunzelnd fuhr Stefano auf einen kleinen Parkplatz, der sich seitlich am Gebäude befand. Er war fast leer, nur zwei weitere PKW und ein modern aussehender Notarztwagen befanden sich dort. „Nun ja, dein Großvater war ein wohlhabender Mann. Sein Vermögen reicht immer noch aus, um ihm einen angenehmen Lebensabend zu ermöglichen. Du siehst hier das beste Pflegeheim, das die Region zu bieten hat. Es sieht nicht nur malerisch aus, sondern bietet erstklassige medizinische Betreuung. Umso tragischer ist es, dass Signor Rossi von alldem nicht mehr viel mitbekommt. Er befindet sich seit vielen Jahren in seiner eigenen Welt. Die Demenzerkrankung ist so weit fortgeschritten, dass er praktisch nichts mehr von seiner Umgebung mitbekommt. Aber sein Herz ist stark wie das eines Bären. Und er kann noch einige Jahre leben."

„Ich bin wirklich gespannt darauf, ihn kennenzulernen. Immerhin ist er mein einzig noch lebender Blutsverwandter." Katharina strich sich gedankenverloren eine Haarsträhne hinter das Ohr. „Vielleicht hat er heute ja einen guten Tag." Hoffnungsvoll blickte sie Stefano an. „Hoffen wir das Beste", bestätigte Stefano und zog den Autoschlüssel ab. Sie schälten sich aus den Autositzen, was bei Stefano aufgrund seiner Leibesfülle einige Zeit in Anspruch nahm. Katharina sah ihm schmunzelnd zu, wie er sich ächzend aus dem Auto hievte. „Ahhh", Stefano streckte sich „vielleicht wird es doch langsam Zeit für einen neuen Dienstwagen." Stefano streckte sich noch einmal ausgiebig, bevor er die Türverriegelung zuschnappen ließ. Dann gingen beide zielstrebig auf den Eingang der „Casa di riposo" zu.

32. NORMANDIE

STÄDTISCHES KRANKENHAUS IN DER NORMANDIE

Die schmale Gestalt, die den blauen Kittel des Pflegepersonals trug, näherte sich dem Krankenzimmer. Es war 22:00 Uhr. Zwei Polizeiwachen saßen gelangweilt vor dem Patientenzimmer und unterhielten sich leise. Sie waren mit Maschinenpistolen bewaffnet, die sie locker auf dem Schoß hielten. In dem Zimmer, das sie bewachten, lag einer der meistgesuchten Schwerverbrecher Europas. Er war immer noch bewusstlos, und es stand noch keineswegs fest, ob er jemals wieder aufwachen würde. Fluchtgefahr bestand daher nicht. Die Polizisten sollten nur dafür zu sorgen, dass sich kein Unbefugter dem Zimmer näherte. „Nicht, dass er den Tod nicht verdient hätte“, sagte einer der Polizeibeamten gerade zu seinem Kollegen, als der Pfleger um die Ecke bog und auf das Zimmer zukam. Er trug einen Mundschutz und schob einen typischen Rollwagen vor sich her, wie es sie in jedem Krankenhaus gab. Auf der Ablage befanden sich Medikamente, Handtücher und medizinische Utensilien.

Beide Polizisten schauten auf, als sich der Pfleger mit ruhigem Gang näherte. „Sie dürfen hier nicht rein“, erklärte einer der Polizisten streng. „Für dieses Zimmer gilt eine besondere Sicherheitsstufe. Nur autorisiertes Pflegepersonal ist zugelassen.“

Der Pfleger blieb stehen und murmelte eine Entschuldigung. Wie aus dem Nichts und ohne auch nur mit der Wimper zu zucken, zog er mit einer schnellen, fließenden Bewegung eine Pistole mit Schalldämpferaufsatz unter den Handtüchern hervor und erschoss beide Polizisten mit einem gezielten Schuss in die Stirn. Es war zweimal ein leises *Plopp* zu hören und die beiden Wachmänner sackten in sich zusammen. Sie waren tot, bevor sie die Gefahr auch nur realisieren konnten. Das Ganze hatte keine fünf Sekunden gedauert.

„Ich bin autorisiert, ihr Idioten!" Der Pfleger lachte leise auf und verschwand schnell in dem Krankenzimmer. Es war immer das Gleiche. Die Polizei würde nie lernen, dass es nicht ausreichte, sich nur zu bewaffnen. Man musste auch den Mumm haben, von der Waffe Gebrauch zu machen. Zögern konnte tödlich sein. Die meisten Menschen hatten einfach zu viele Skrupel. Nun, das Problem hatte er nicht, hatte er noch nie gehabt.

Der Pfleger trat neben das Krankenbett und betrachtete Rafael, der bleich und reglos vor ihm lag. Er war an verschiedene Geräte angeschlossen und ein Monitor zeigte seine Vitalfunktionen an. Mit einer geschmeidigen Bewegung zog der Pfleger eine Spritze aus seiner Kleidung hervor und verabreichte Rafael den Giftcocktail direkt in die Vene. Emotionslos betrachtete der Pfleger den vor ihm liegenden Menschen. Nach wenigen Sekunden verkrampfte sich Rafaels Körper und kurze Zeit später ertönte ein Alarmsignal. Der Pfleger hatte damit gerechnet. Der Alarm erschreckte ihn nicht. Er wusste, dass jede Hilfe zu spät kommen würde. Eine Reanimation war ausgeschlossen. Das hatte sein Labor ihm zuvor versichert. Er beschäftigte in seiner Organisation mehrere medizinische Experten, die an den unterschiedlichsten Tötungsmitteln forschten und diese speziell für die Zwecke der Organisation weiterentwickelten und verfeinerten. Sie hatten in ihrem Arsenal Giftspritzen vorrätig, die einen schnellen unaufhaltsamen Tod herbeiführen konnten, spezielle Cocktails für ein langsames und schmerzhaftes Dahinsiechen und auch Tötungsmittel, die innerhalb einer bestimmten Zeitspanne durch ein Gegengift neutralisiert werden konnten.

Rasch überprüfte der Pfleger, ob sein Mundschutz noch korrekt saß und verließ das Krankenzimmer, ohne noch einmal zurückzublicken. Er rannte einige Meter den Flur entlang und öffnete die Tür für den Notausgang. Auch das ist dämlich, dachte er. Leichter hätte es ihm die Polizei mit der Auswahl des Krankenzimmers kaum machen können. Einer der meistgesuchten Verbrecher Europas wurde in die Nähe des Hinterausgangs untergerbacht, unglaublich. Was lernte man heute eigentlich auf der Polizeischule? Und während er Fußgetrappel und hektische Rufe aus der oberen Etage vernahm, verließ er rasch die Klinik durch den Hinterausgang. Er achtete darauf, dass er zunächst die Überwachungskamera am Ausgang passierte, bevor er den Mundschutz abnahm. Im Lauf zog er auch seine Handschuhe aus, die er getragen hatte, um keine Spuren zu hinterlassen. Er steckte alles in seine Hosentasche. Den Kittel ließ er an.

In der angrenzenden Straße wartete schon sein Fahrer, der den Motor seines SUV anließ, sobald er ihn erblickte. Der Pfleger öffnete die Tür und setzte sich auf den Beifahrersitz. „Gib Gas, nun mach schon!“ Ohne ein weiteres Wort kam der Fahrer dem Befehl nach. Er war die kurzen Anweisungen seines Chefs gewohnt. Nur manchmal noch lief es ihm kalt den Rücken hinunter, wenn die dunkle emotionslose Stimme Befehle erteilte. Er wusste, dass sein Leben davon abhing, ob sein Chef mit der Arbeit zufrieden war. Fehler im Unternehmen wurden nicht selten mit dem Leben bezahlt. Gute Arbeit hingegen wurde fürstlich belohnt. Hieran wollte er sich festhalten. Mit Aussicht auf eine dicke Prämie fädelte sich der Fahrer konzentriert in den Verkehr ein und machte sich auf den Weg.

Nachdem sie die Autobahn unbehelligt erreicht hatten, lehnte sich der Pfleger entspannt zurück und zog sein Handy hervor. Er wählte die Nummer seines italienischen Kontaktmannes. Nachdem sich dieser gemeldet hatte, teilte der Pfleger ihm mit, dass der Job erledigt war. Und zwar von ihm persönlich. Der italienische Kontaktmann schwieg überrascht. „Warum hast du dich einer solchen Gefahr ausgesetzt?“, fragte er nach einer Weile.

„Ich wollte herausfinden, ob ich es noch kann.“ Die Stimme des Pflegers klang beinahe vergnügt. „Ich hatte außerdem das

Gefühl, dass es manchmal das Beste ist, wenn man sich selbst um bestimmte Dinge kümmert. Oder siehst du das anders?“ Die Stimme klang jetzt samtweich.

Der italienische Kontaktmann schluckte. „Es war leichtsinnig. Was, wenn sie dich erwischt hätten?“

Ein dunkles Lachen ertönte. „Glaub mir, das passiert nicht. Ich rufe aber nicht nur an, damit du deinen Trupp zurückpfeifst, dessen Arbeit ich erledigt habe.“ Die Stimme schwieg kurz. „Ich bin zu dem Ergebnis gekommen, dass wir bei der Anwältin etwas Druck aufbauen sollten. Wenn Rafael ihr auf den Fersen war, ging er davon aus, dass sie etwas entdeckt hatte. Er hätte sie nicht grundlos töten wollen. Irgendetwas weiß sie, und das ist der Grund für den Kampf gewesen. Ansonsten hätte Rafael sie noch weiter beschattet. Befindet sich die Anwältin noch in Siena?“

Der italienische Kontaktmann zuckte die Schultern. Als ihm bewusst wurde, dass sein Gesprächspartner die Geste nicht sehen konnte, sagte er: „Ich habe in Erfahrung gebracht, dass sie ihrem leiblichen Großvater einen Besuch abstatten möchte und danach aus Italien abreist. Ihr Flug geht schon heute Abend."

Nach einigen Sekunden nachdenklicher Stille in der Leitung hob die dunkle Stimme erneut an:

„Ich halte es für das Beste, wenn die Anwältin das Land nicht mehr verlässt. In Italien haben wir sie besser unter Kontrolle als in Köln. Vielleicht ist es auch langsam an der Zeit, dass ich mich ihr persönlich vorstelle. Bitte tu alles, was notwendig ist, damit sie bleibt. Ich möchte sie lebend – zumindest vorerst.“ Danach hörte der italienische Kontaktmann nur noch ein böses Lachen, das nicht nur dem Fahrer, sondern auch ihm einen Schauer über den Rücken fahren ließ.

Der Pfleger trennte die Leitung. Mit seinen langen Fingern zog er ein goldenes Feuerzeug hervor, das er auf- und zuschnappen ließ, während er versonnen auf die vorbeiziehende Landschaft blickte.

33. TOSKANA

CASA DI RISPOSO

Katharina und Stefano folgten einer jungen Krankenschwester, die sie an der Rezeption in Empfang genommen hatte, zu einem Fahrstuhl, der sich an der Seite des Foyers befand. Michela, wie ihr Namensschild sie auswies, war eine attraktive dunkelhaarige Frau mit freundlichen Augen. Ihr langes schwarzes Haar hatte sie zu einem Zopf geflochten. Michelle hatte die Besucher freundlich begrüßt und einige Worte auf Italienisch mit Stefano gewechselt, die Katharina nicht verstanden hatte.

Die Krankenschwester öffnete ihnen die Fahrstuhltür und sie fuhren zu dritt in die zweite Etage. Mit einem leisen Pling kamen sie an und Michelle drückte die Tür auf. Vor ihnen lag ein heller Flur. An seiner Stirnseite befand sich ein Panoramafenster mit Beschattung, das die Mittagssonne draußen hielt. Hochwertige Teppichläufer waren auf den Böden ausgelegt und sorgten für eine angenehme Behaglichkeit. Katharina hatte erneut den Eindruck, in einem Hotel der gehobenen Klasse gelandet zu sein.

Stefano raunte ihr leise zu: „Hier auf der zweiten Etage ist der

Gemeinschaftsraum für Patienten, die besonders auf Hilfe von Pflegepersonal angewiesen sind." Es herrschte eine eigenartige Stille, nur das leise Summen einer Klimaanlage war zu hören.

Michelle ging zielstrebig den Flur entlang und öffnete dann eine Glastür zu ihrer Rechten. In dem großzügigen und ebenfalls hellen Gemeinschaftsraum befanden sich vier Patienten in Rollstühlen. Alle Rollstühle waren vor bodentiefen Panoramafenstern abgestellt worden. Zwei große runde Esstische machten den Gemeinschaftsraum komplett. Eine Krankenschwester hantierte in einer Nische, die mit einem Vorhang abgetrennt war. Leise klassische Musik erfüllte das Zimmer. Ansonsten war es totenstill. Kein Geräusch kam von den Patienten, die alle in ihren Rollstühlen saßen.

„Wer ist denn Signor Rossi?" Katharina flüsterte unwillkürlich.

„Da quella parte." Michela, die ihre Frage richtig interpretiert hatte, deutete auf einen Rollstuhl, der an der rechten Seite vor dem großen Fenster stand. Sie lächelte und machte eine einladende Handbewegung.

Katharina schaute auf den Patienten im Rollstuhl, den sie nur von hinten sehen konnte. Sie sah einen dichten weißen Haarschopf. Hilfesuchend ergriff sie Stefanos Hand und gemeinsam gingen sie zu dem Mann im Rollstuhl.

„Ciao, Signor Rossi!" Stefano drehte den Rollstuhl behutsam in ihre Richtung und Katharina blickte zum ersten Mal in das Angesicht ihres Großvaters. Signor Rossi war groß und schlank. Eine leichte Decke war über seinem Schoß ausgebreitet. Er trug ein glattgebügeltes, hellblaues Hemd, das ihm einen merkwürdig förmlichen Eindruck verlieh. Die Farbe des Hemdes betonte seinen weißen Haarschopf. Im Kontrast zu den starken Farben von Hemd und Haaren standen die trüben Augen von Signor Rossi. Das graue Augenpaar blickte leer in die Ferne. Seine Mundwinkel hingen schlaff herab. Katharina ging vor ihm in die Hocke. „Schau mich bitte an. Ich bin deine Enkelin." Sie sprach mit leiser, sanfter Stimme. Signor Rossi regte sich jedoch nicht. Er schien durch sie hindurchzuschauen.

Katharina betrachtete forschend das Gesicht ihres Großvaters, damit ihr keine noch so minimale Regung entging. Signor Rossi schien allerdings in seiner eigenen Welt zu sein. Unbeweglich schauten seine Augen in die Ferne.

Stefano hatte inzwischen zwei Stühle besorgt, die er neben dem Rollstuhl positionierte. Katharina setzte sich auf die rechte Seite ihres Großvaters und nahm seine Hand. Sie fühlte sich angenehm kühl und erstaunlich glatt an. Signor Rossi hatte lange und gepflegte Finger, die davon zeugten, dass er in seinem Berufsleben keine körperliche Arbeit zu verrichten hatte. Katharina hielt die Hand fest und seufzte leise. Sie hatte so viele Fragen an diesen Mann, die wohl alle unbeantwortet bleiben würden. Dabei hatte sie so sehr gehofft, dass ihr Großvater irgendwie auf ihre Anwesenheit reagieren würde. Er musste doch spüren, dass sie sein Nachkomme war. Aber der alte Mann blieb stumm.

Stefano saß still auf der anderen Seite und beobachtete Großvater und Enkelin. Ihm war das Herz schwer. Ohne sich seine Gedanken auch nur im Geringsten anmerken zu lassen, hielt er geduldig die andere Hand des alten Mannes. Stumm saßen die drei beisammen. Jeder befand sich in einer eigenen Gedankenwelt, zu der kein anderer Zutritt hatte.

Nachdem ungefähr eine Viertelstunde vergangen war, fasste sich Katharina ein Herz. „Stefano, er wird mich nicht erkennen. Wir sollten aufbrechen."

Stefano setzte gerade zu einer Antwort an, als Signor Rossi sich langsam Katharina zuwandte. „Luisa", murmelte er.

Katharina fuhr überrascht zusammen. „Er hat was gesagt. Er hält mich für meine Mutter." Sie stand schnell auf und ging vor dem Rollstuhl in die Hocke. Während sie seine Hand streichelte, versuchte sie erneut den Blick ihres Großvaters zu erhaschen. Sie hatte das Gefühl, als würde sich sein Blick langsam fokussieren.

Signor Rossi öffnete seinen Mund und brabbelte unverständlich vor sich hin. Katharina verstand nur „Holger". „Er spricht von meinem Vater. Hast du ihn verstanden?"

Stefano schüttelte den Kopf. „Er hat irgendetwas von *Holger* und *grotto* gemurmelt. Er könnte damit den Weinkeller meinen." Stefano stand auf und mühte sich schwerfällig ab, ebenfalls in die Hocke zu gelangen. „Ich bin mir aber nicht sicher, ob ich das richtig verstanden habe. Vielleicht wiederholt er seine Worte noch einmal."

Signor Rossi schien nichts von der Unterhaltung der beiden mitzubekommen. Er schaute unverwandt zu Katharina. Mit einem deutlich wahrnehmbaren Druck packte er abrupt ihre Hand fester und begann, eindringlich auf sie einzureden. Auch wenn Katharina die Bedeutung seiner Worte nicht verstehen konnte, so bemerkte sie doch, dass seine Aussprache jetzt wesentlich deutlicher war. Er hörte sich drängend, fast flehend an. „Was hat er gesagt?", wandte sie sich an Stefano.

„Er hat dich gebeten, dass du Holger unbedingt an den Weinkeller erinnern sollst. Er sei jetzt der Kellermeister und müsse auf den Wein achtgeben." Verwunderung lag in Stefanos Stimme. „Das hat er sogar mehrmals betont. Er sagte wörtlich: „Holger ist der Hüter des Weins!"

Stefano zuckte ratlos die Schultern. „Nach all den Jahren scheinst du eine Erinnerung an die *Casa Vino* bei ihm ausgelöst zu haben."

Katharina biss sich nachdenklich auf die Lippe. Wieder hatte sie das Gefühl, dass ein Gedanke versuchte, sich in ihr Bewusstsein vorzudrängen. Ihr Unterbewusstsein sprach ebenfalls auf die *Casa Vino* an. Was war das nur? Das gleiche Gefühl hatte sie verspürt, als Stefano ihr auf der Hinfahrt davon erzählt hatte.

Bevor sie den Gedanken greifen konnte, ließ Signor Rossi mit einem Mal Katharinas Hand los, beugte sich in seinem Sitz vor und strich ihr zart über die Wange. Sie hielt die Luft an und starrte unverwandt in das Gesicht ihres Großvaters. Katharina bemerkte, wie Erkennen in seinem Blick lag. Seine Augen ruhten fest auf ihr. Fast erstaunt betrachtete er sie. „Luisa", sagte er erneut, und ein Lächeln erhellte seine Gesichtszüge.

Katharina musste schlucken, als sie sah, wie sich eine Träne in seinem linken Augenwinkel bildete. Doch noch während sich die Träne langsam löste und die Wange hinablief, wurde der

Blick von Signor Rossi wieder leer. Noch bevor die Träne sein Kinn erreicht hatte, starrte Signor Rossi bereits wieder in die Ferne, als hätte der vergangene Moment niemals stattgefunden.

„Er hat mich erkannt, ich habe es in seinem Blick gesehen – für einen Moment hat er mich erkannt." Katharina hatte jetzt selbst Tränen in den Augen und einen dicken Kloß im Hals. Sie beugte sich vor und küsste ihren Großvater auf die Stirn. „Jetzt haben wir uns doch noch kennengelernt, Großvater." Sie warf ihm einen letzten liebevollen Blick zu. „Lass uns aufbrechen, Stefano", sagte Katharina mit rauer Stimme. „Für mich schließt sich hier der Kreis. Jetzt muss ich zurück nach Hause."

34. POLIZEISTATION NORMANDIE

„Heilige Scheiße“, das ist doch nicht euer Ernst!“, brüllte Mangold in seinem besten französisch. „Ich dachte, ihr hättet Rafael Soprano bewacht. Was bitte schön versteht ihr hier in Frankreich unter BEWACHEN? Soprano ist tot, verdammt nochmal!“ Mangold war außer sich und hieb so fest mit der Faust auf den Konferenztisch, dass es knallte. Alle Personen im Raum zuckten zusammen. Es war sieben Uhr morgens. Die französische Polizei hatte Mangold erst vor einer guten Stunde aus dem Schlaf gerissen und ihm mitgeteilt, dass Soprano am gestrigen Abend umgebracht worden war. Die junge französische Assistentin verschüttete vor Schreck den Kaffee, um den Antoine sie gebeten hatte. Verunsichert blickte sie zu Mangold hinüber.

„Schon gut, Sie können nichts dafür“, knurrte er. „Machen Sie eine große Kanne Kaffee für uns alle. Wir haben noch einen langen, arbeitsreichen Tag vor uns.“ Erleichtert, dass sie fortgeschickt wurde und so diesem cholerischen Deutschen entkommen konnte, verschwand die Sekretärin nach draußen.

Die mit Mangold im Besprechungsraum verbliebenen zwei französischen Kollegen schauten sich betreten an. So außer sich hatte noch keiner den ansonsten so besonnen erscheinenden deutschen Kommissar erlebt.

Aber es war auch schier unglaublich. Erst ging ihnen dieser

dicke Fisch ins Netz. Und dann hatten sie es nicht geschafft, ihn am Leben zu halten. Dabei hatte Mangold sie vorgewarnt. Er hatte von Anfang an mit einem Anschlag gerechnet. Und als sei das noch nicht schlimm genug, lagen jetzt auch noch zwei ihrer Kollegen in der Pathologie.

Die Spurensicherung bemühte sich noch immer, genügend Hinweise zu finden, um exakt rekonstruieren zu können, was sich in der Klinik ereignet hatte. Aber was immer sie herausfinden würden – sie konnten keinen der drei Toten wieder lebendig machen. Blieb nur zu hoffen, dass sie dem Mörder auf die Spur kommen würden.

Antoine räusperte sich leise. Peter, dein Zorn hilft hier keinem. Wir beiden hier - er deutete zu seinem Partner - haben zwei gute Kollegen verloren, beides Familienväter. Bitte reiß dich zusammen."

Mangold hob zu einer Entgegnung an, klappte dann den Mund aber wieder zu.

Er atmete tief ein. „Schon gut." Er blickte seinen kleinen korpulenten Kollegen an, der ernst, mit vor Trauer umwölkten Augen, vor ihm stand. „Du hast ja Recht. Ich bin einfach nur fassungslos. Es tut mir leid."

Antoine legte ihm eine Hand auf die Schulter. „Lass uns lieber dafür sorgen, dass wir diesen Mistkerl einfangen."

Mangold ließ sich auf seinen Stuhl sinken und massierte mit Daumen und Zeigefinger seine Nasenwurzel. Einige Sekunden verharrte er nachdenklich, dann setzte er sich aufrecht und schaute seine beiden französischen Kollegen nacheinander an.

„Ich stimme Antoine zu. Auch wenn Soprano tot ist, so dicht an der „Firma" dran, waren wir noch nie. Es bringt nichts, wenn wir uns in Vorwürfen ergehen. Lasst uns lieber sicherstellen, dass von jetzt an professionelle Polizeiarbeit auf höchstem Level stattfindet. Wir müssen alle Hebel in Bewegung setzen, um den Mörder von Soprano zu finden. Er ist bestimmt ebenfalls ein hohes Tier in der Organisation. Mit diesem Job hätten sie keinen kleinen Fisch beauftragt. Also was wissen wir?"

Guy, der andere französische Polizist, erhob sich. Er war ein ernster, großgewachsener schlanker Mann. Er fuhr sich mit der Hand durch den schwarzen Haarschopf.

„Im Laufe des Tages wird die Leiche von Soprano obduziert werden. Wie es aussieht, hat ihm der Täter irgendeine Substanz injiziert, die innerhalb kürzester Zeit zum Tode geführt haben muss. Der ganze Vorgang hat nur wenige Minuten gedauert. Für die Einzelheiten müssen wir abwarten, was die Rechtsmedizin herausfindet."

Mangold nickte knapp. „Haben die Überwachungskameras etwas aufgenommen?"

„Ich habe die Klinikleitung noch in der Nacht angewiesen, uns das Bildmaterial der drei Überwachungskameras zu schicken, an denen der Täter vorbeikam. Ich gehe davon aus, dass ich die Aufnahmen mittlerweile in meinem E-Mail-Postfach habe."

Während er sprach, stellte er ein Notebook auf den großen Konferenztisch und verkabelte es mit einem altmodischen Beamer. Dieser hing nicht unter der Decke, wie in den modernen Polizeibüros, die Mangold kannte. Ein pragmatischer Kopf hatte lediglich einen Stapel dicker staubiger Bücher aufgeschichtet und den Beamer daraufgestellt, um sicherzustellen, dass das Bild in vernünftiger Höhe an die Wand geworfen würde.

„Was ist das?" fragte Mangold argwöhnisch. „Können wir damit die Videoaufzeichnungen sehen oder ist das Gerät", er deutete auf den Beamer, „irgendeine gefährliche mir unbekannte Waffe."

Guy zuckte die Schultern. „Wir sind finanziell nicht besonders gut ausgestattet und müssen uns mit alter Technik rumschlagen. Es wird aber funktionieren."

„So viel zu professioneller Arbeit", murmelte Mangold resigniert.

Guy grinste verstohlen und tippte kurz auf der Tastatur seines Notebooks. „Und voilà, die Dateien sind bereits in meinem E-Mail-Account eingegangen. Dann wollen wir doch mal schauen, was die Kameras aufgezeichnet haben." Er betätigte den Einschaltknopf des Beamers, der mit einem lauten Brummen erwachte.

Die E-Mail enthielt im Anhang drei Videodateien. Mangold ging davon aus, dass sie das Datenmaterial von jeder Kamera enthielten, an der der Täter vorbeigelaufen war. „Wo waren die Kameras positioniert, und wie lang sind die Aufnahmen?“, hakte Mangold nach.

Guy räusperte sich, bevor er antwortete: „Die wichtigste Kamera befindet sich auf dem Flur von Sopranos Zimmer. Ich hoffe, sie hat das Attentat auf unsere zwei Kollegen vollständig aufgenommen. Eine weitere Kamera befindet sich in dem Treppenhaus, das der Mörder genommen hat. Und die letzte ist unmittelbar am Hinterausgang angebracht. Diese beiden Kameras haben ihn beim Betreten und Verlassen der Klinik aufgenommen.“ Guy seufzte. „In Sopranos Zimmer selbst befand sich keine Kamera. Wir hatten ja nicht damit gerechnet, dass so etwas passiert. Die Klinik hat natürlich noch weitere Kameras, aber unser Täter hat nur die Hintertreppe genutzt. Das konnte bereits von den Kollegen vor Ort rekonstruiert werden.“

Guy schob den Beamer etwas zur Seite und betätigte einige Schalter, um das Bild scharf zu stellen. „Wir fangen mit der Kamera auf Sopranos Flur an.“ Er gab einen zufriedenen Laut von sich, als das Bild scharf und klar wurde. „Wir müssen uns zum Glück keine langen Sequenzen anschauen. Die Morde haben nur wenige Minuten gedauert. Wir haben den Zeitraum auf fünf Minuten eingrenzen können. Die beiden Schüsse wurden um 22.02 Uhr abgegeben.“

„Okay, dann starte bitte mit der Aufnahme vom Flur.“ Mangold war wieder die Sachlichkeit in Person. Nichts erinnerte an seinen emotionalen Ausbruch vor wenigen Minuten.

Guy spielte das Video ab. Der Beamer lieferte ein erstaunlich klares Bild. Die Flurkamera war so angebracht, dass sie an der Kopfseite des Flures in Deckenhöhe befestigt war und den gesamten Flur überwachte.

Zu Beginn der Sequenz sah man die beiden Polizeibeamten entspannt vor dem Zimmer von Soprano sitzen und sich unterhalten. Kurze Zeit später kam ein Pfleger ins Bild, der einen Rollwagen vor sich herschob. Der Pfleger war schlank und mittelgroß. Er trug die typische blaue weitgeschnittene Kleidung des Pflegepersonals mit einem Mundschutz. Sein Haar war dunkelbraun und kurz geschnitten. Er hielt einige Schritte vor den beiden Polizisten an, die etwas zu ihm sagten. Dann - wie aus dem Nichts - zog er eine Pistole mit Schalldämpferaufsatz, die sich auf dem Rollwagen unter Handtüchern verborgen befand. Die drei Beamten mussten mit ansehen, wie ihre Kollegen tot zusammensackten. Der Pfleger verschwand in Sopranos Zimmer und kam nach exakt sechsundfünfzig Sekunden wieder heraus. Ohne sich umzudrehen lief er mit gesenktem Haupt den Flur entlang bis zur Treppenhaustür, durch die er verschwand.

„Ach du Scheiße." Antoine lehnte sich in seinem Stuhl zurück. Er war kalkweiß. „Habt ihr das gesehen? Er hat die beiden praktisch im Vorbeigehen erschossen. So etwas Kaltblütiges!"

Guy schien ebenfalls stark erschüttert. Er starrte immer noch auf das letzte Standbild, das den leeren Flur zeigte, nachdem der Pfleger durch die Tür verschwunden war.

Mangold räusperte sich. „Das Vorgehen sagt uns bereits einiges. Der Mann ist ein Profi, und er kannte die Örtlichkeiten. Er wusste genau, wie das Zimmer bewacht wird, und wo sich die Kamera befindet." Mangold wandte sich an Guy. „Spiel bitte noch einmal die Anfangsszene ab, als er das erste Mal ins Bild kommt." Guy tat, wie ihm geheißen. „Und jetzt – Stopp!", wies ihn Mangold an. Das Bild zeigte, wie der Pfleger den Flur betrat. Sein Kopf war leicht zur Seite geneigt und der Mundschutz, der übermäßig groß für sein schmales Gesicht schien, verdeckte einen Großteil seines Gesichts. Die Kamera konnte nur einen kleinen Ausschnitt seines Profils einfangen. „Seht ihr, er dreht den Kopf bewusst weg. Ihm war klar, dass die Kamera ihn aufnimmt. Ich bin mir ziemlich sicher, dass wir hier nicht sein echtes Profil sehen. Er hat bestimmt mit Schminke oder Wangenimplantaten sein Gesicht verändert."

Mangold runzelte die Stirn. „Wir müssen jeden Ausschnitt seines Gesichts, den diese oder eine der anderen Kameras eingefangen hat, unseren Experten für die Bildbearbeitung übermitteln. Vielleicht können wir auch die Kollegen von Europol in Den

Haag daransetzen. Die sollen versuchen, so viele Teile seines Gesichts wie möglich zu extrahieren und durch das Gesichtserkennungsprogramm laufen zu lassen. Vielleicht bekommen wir ein Ergebnis."

Antoine nickte. „Ich habe vorhin bereits mit Kollegen von Europol gesprochen und auch schon nach Experten für die Bildbearbeitung gefragt. Sie werden uns unterstützen, auch wenn mein Ansprechpartner nicht begeistert war, dass ich ihn aus dem Bett geholt habe."

Mangold schaute seinen kleinen rundlichen Kollegen erstaunt an. Antoine lächelte das erste Mal an diesem frühen Vormittag. „Was denn – hast du gedacht, wir sind hier alles Hinterwäldler? Auch wir haben hier unsere Netzwerke und auch den einen oder anderen guten Kontakt."

Mangold verbarg seine Überraschung nicht. „Das ist in der Tat eine gute Nachricht. Wir können jede Unterstützung gebrauchen."

Guy wandte sich an seine beiden Kollegen: „Auch wenn ich nicht glaube, dass die beiden anderen Kameras bessere Bilder von dem Täter aufgenommen haben, sollten wir uns die Dateien noch ansehen. Unser Mann wurde sowohl beim Betreten als auch beim Verlassen des Gebäudes aufgenommen." Mangold und Antoine nickten zustimmend und Guy startete die nächste Datei.

Knapp zehn Minuten später sahen sich die Männer desillusioniert an. Wie zu erwarten war, hatten die beiden anderen Kameras keine neuen Erkenntnisse gebracht. Die Kamera im Treppenhaus hielt nur fest, wie eine blau gekleidete Person zunächst die Treppe hinauflief und ca. fünf Minuten später wieder hinablief. Das Gesicht blieb komplett im Verborgenen. Gleiches galt für die Kamera am Hinterausgang. Der Täter hatte sich bei Betreten und Verlassen des Gebäudes so geschickt weggedreht, dass praktisch nichts von ihm sichtbar wurde.

„Es wäre ja auch zu schön gewesen, wenn wir eine deutliche Aufnahme seines Gesichts bekommen hätten", murmelte Guy.

Als Guy gerade den Beamer ausschalten wollte, blinkte ein

Fenster am Bildschirm auf, das den Eingang einer neuen E-Mail in Guys Postfach anzeigte. „Wer schreibt denn da so früh?“, fragte Antoine und deutete auf die Nachricht. „Das sind die Kollegen, die die Handydaten von Soprano ausgewertet haben. Wir können ja mal reingucken, was sie herausgefunden haben.“ Guy schloss die Videoaufzeichnung und wechselte in sein E-Mail-Postfach. Die neu eingetroffene E-Mail enthielt ebenfalls einen Anhang, den Guy mit einem Mausklick öffnete.

Es erschien eine Liste mit Telefonverbindungsnachweisen, aufgeteilt nach eingehenden und ausgehenden Rufnummern. Auf dieser Liste befanden sich insgesamt neun Telefonnummern, fünf ausgehende Anrufe und vier eingehende. „Dies sind alle Telefonverbindungen, die am Tag vor der Festnahme von Soprano aktiv waren“, erklärte Guy. „Soprano hatte auf dem Mont Saint-Michel nur dieses Prepaid-Handy bei sich. Mehr gibt die Anruferliste nicht her. Vermutlich hatte er dieses Handy beziehungsweise die SIM-Karte gerade erst neu im Einsatz.“

Antoine runzelte die Stirn. „Das wundert mich nicht. Soprano war ein vorsichtiger Mann. Er und seine Leute nutzten sicherlich diverse SIM-Karten. Er war ja nicht blöd.“

Er wandte sich Guy zu. „Lass bitte trotzdem vorsorglich alle Nummern überprüfen, auch wenn ich mir kaum vorstellen kann, dass sie nachverfolgbar sind. Die Besitzer werden sich nach der Festnahme von Soprano schnellstens ihrer SIM-Karten entledigt haben. Die Liste wird uns keinen Namen liefern.“

Mangold starrte verblüfft auf die Nummern. Er hatte das Gespräch zwischen Antoine und Guy nur am Rande registriert. „Was haben wir denn da?“, murmelte er leise vor sich hin und strich sich gedankenverloren über sein Kinn.

„Was denn?“ Antoine nippte an seinem Kaffeebecher und verzog das Gesicht. Ohne Milch war das Gebräu nicht genießbar. Er stellte den Kaffee vor sich auf den Tisch ab. „Sagt dir die Liste irgendetwas?“

„Ich weiß nicht. Aber die dritte Rufnummer bei den eingehenden Anrufen ist sicher keine Mobilnummer. Das sieht nach einer Festnetznummer aus.“

Antoine stutzte. „Du hast recht. Die Nummer lautet: + 39 0577 397690."

„Das ist doch die Landesvorwahl von Italien", meldete sich Guy zu Wort.

„Und nicht nur das. Wir haben hier eine Nummer aus Siena." Mangold schaute ihn an: „Kannst du herausfinden, wem der Anschluss gehört?"

„Natürlich. Gebt mir eine Minute." Guy tippte bereits etwas in seinen PC und rief ein Suchprogramm auf, das Mangold unbekannt war.

Mangold überlegte. „Das Gespräch fand am Nachmittag um 14.07 Uhr statt und hat exakt drei Minuten und elf Sekunden gedauert. Das müsste in etwa der Zeitpunkt gewesen sein, als Soprano mit seinen Leuten am Mont Saint-Michel angekommen ist."

Mangold lehnte sich in seinem Stuhl zurück und verschränkte die Hände hinter dem Kopf.

„Für einen fehlgeleiteten Anruf ist die Verbindungsdauer zu lang. Für unseren Anrufer muss es wichtig gewesen sein, Soprano zu erreichen. Und scheinbar hatte er keine Möglichkeit, das Gespräch von einem Handy aus zu führen. Er war darauf angewiesen von seinem Festnetzanschluss anzurufen."

„Oder unser Anrufer hat versehentlich eine Festnetznummer genutzt", warf Antoine ein.

„Mhm", Mangold guckte skeptisch, „das ist zwar denkbar, halte ich aber für wenig wahrscheinlich. Wir haben es mit Profis zu tun. Da passieren derartige Fehler nur höchst selten.

„Ich habe den Anschluss!" Guy klang verblüfft.

„Nun mach schon. Wer ist der Anrufer?" Antoine beugte sich gespannt vor.

„Der Anschluss läuft auf die MAGATEC -DEVELOP S.R.L, ein IT-Unternehmen mit Sitz in Siena." Guy machte eine kurze Pause. „Gebt mir eine Minute. Dann weiß ich Näheres".

Guy rief verschiedene Seiten auf. „Da haben wir doch einige Infos", murmelte er nach kurzer Zeit. „Das Unternehmen ist eines der größten in der Toskana und beschäftigt knapp 800

Mitarbeiter am Standort Siena. Der Anschluss ist die zentrale Rufnummer."

„Merde!" Jetzt war es an Antoine mit der Hand krachend auf den Schreibtisch zu schlagen.

Mangold schaute ihn an. „Achthundert potenzielle Anrufer. Das ist in der Tat eine Menge. Gibt es eine Möglichkeit herauszufinden, von welchem Apparat im Unternehmen der Anruf geführt wurde?"

Guy überlegte kurz. „Das dürfte zwar machbar sein, aber nicht ohne Gerichtsbeschluss. Man könnte die Daten der Telefonanlage auswerten. Dann lässt sich feststellen, von welchem Apparat der Anruf ausging. Wir müssten dafür mit den Kollegen in Siena Kontakt aufnehmen und um Amtshilfe ersuchen."

Mangold seufzte genervt. „Selbst wenn die Kollegen in Siena alles stehen und liegen lassen, um uns Amtshilfe zu leisten, wird es Tage dauern, bis die Formalitäten geklärt sind und wir die Telefondaten auswerten dürfen."

„Theoretisch hätte sich der Anrufer auch an einem ganz anderen Ort aufhalten können. Vielleicht hat er sogar die Telefonleitung gehackt", warf Guy ein.

„Nein." Mangold schüttelte energisch den Kopf. „Das glaube ich nicht. Wozu hätte unser Anrufer diesen Aufwand treiben sollen? Von außerhalb hätte er auch mit einem Prepaid-Handy telefonieren können. Ich bin sicher, er befand sich während des Anrufs in dem Firmengebäude. Der Firmierung nach zu urteilen ist es ein technisches Unternehmen und nicht irgendeine Handwerksbude."

„Worauf möchtest du hinaus?"

Mangold strich sich nachdenklich über seinen rasierten Schädel. „Immer mehr Unternehmen bauen ausgeklügelte Sicherheitsbarrieren auf, um ihre Geschäftsgeheimnisse zu schützen. Ich kenne zahlreiche Unternehmen, bei denen es nicht nur ein absolutes Handyverbot gibt, sondern sogar das Mobilnetz bewusst gestört wird. Man kann in den Gebäuden weder mobil telefonieren noch auf anderem Wege mit einem Smartphone kommunizieren. Ich habe von Entwicklungen gehört, wonach

PC-Bildschirme so beschichtet sind, dass sie sich nicht abfotografieren lassen. Ich halte es für denkbar, dass dieses IT-Unternehmen die Nutzung von Mobiltelefonen bewusst verhindert."

Antoine verdrehte die Augen: „Schön und gut. Aber was hat das mit unserer Anruferliste und Soprano zu tun?"

„Das liegt doch auf der Hand." Mangold wurde ungeduldig. „Das bedeutet, dass unser Anrufer vermutlich dringend Kontakt mit Soprano aufnehmen musste, aber das Gebäude nicht verlassen konnte, um mit seinem Handy zu telefonieren."

Antoine und Guy schauten sich verblüfft an. Antoine ergriff das Wort: „Das klingt nicht schlecht, scheint mir aber zum jetzigen Zeitpunkt vorschnelle Spekulation zu sein."

Mangold überging die Reaktion und runzelte die Stirn. Irgendetwas übersah er noch. Es hatte mit dem Unternehmen zu tun. Angestrengt starrte er abwechselnd auf die Anruferliste und den Firmennamen. Auf einmal weiteten sich seine Augen.

„Heilige Scheiße!", entfuhr es ihm.

Er griff hektisch nach seinem Handy, das sich in seiner Jackentasche befand und tippte eine Nummer ein. Die fragenden Blicke seiner Kollegen ignorierte er geflissentlich. „Nun geh schon ran." Mangold hielt das Telefon an sein Ohr und murmelte beschwörend vor sich hin. „Verdammt! Nur die Box."

Er holte Luft und sprach dann ruhig und gefasst ins Telefon: „Katharina, Mangold hier. Wir müssen dringend sprechen. Ruf mich sofort an, wenn du meine Nachricht gehört hast. Du bist in Gefahr!"

Mangold legte auf und sprang auf. Er zog sich unter den erstaunten Blicken seiner Kollegen das Sakko an. „Meine Herren, ich muss sofort nach Italien - nach Siena. Ich kann jetzt nicht alles erklären. Ich melde mich." Mangold hielt kurz inne. „Guy, nimm Kontakt mit den italienischen Kollegen auf. Lass dir eine Aufstellung aller Mitarbeiter des Unternehmens geben und maile mir diese zu – so schnell wie möglich!"

„Natürlich, ich kann es versuchen. Aber würdest du uns erstmal verraten, was los ist?"

„Ich habe die Sorge, dass die *FIRMA* es immer noch auf die

Anwältin abgesehen hat. Soprano war nicht der Kopf der Organisation. Es gibt Hintermänner, die ihren Plan immer noch zu Ende führen wollen." Mangold war bereits an der Tür, als er sich noch einmal umdrehte. „Melde bitte der Polizeibehörde in Siena, dass ich komme. Vielleicht kann mich ein Kollege direkt vom Flughafen in Bologna abholen. Sobald ich meine Flugverbindung organisiert habe, gebe ich euch meine Ankunftszeit."

Er schaute seine französischen Kollegen beschwörend an. „Und sagt den Kollegen, dass sie schnellstmöglich Frau Dr. Marvin in Sicherheit bringen müssen. Sie lebt in einem Dominikanerhaus. Die Adresse habe ich nicht. Aber es gibt vermutlich auch nur eine Unterkunft in Siena. Macht den Kollegen irgendwie klar, dass die Anwältin in ernsthafter Gefahr ist. Setzten alle Hebel in Bewegung! Sie muss schnellstens da weg."

Und damit stürmte Mangold aus dem Büro heraus, vorbei an der Assistentin, die zusammenzuckte als sie ihn sah. Mangold nahm aus dem Augenwinkel wahr, wie sie ihn fassungslos anstarrte. Vermutlich hielt sie ihn für komplett paranoid. Er wünschte fast, dass sie damit recht hätte. Doch er wusste es besser. Katharina befand sich in tödlicher Gefahr.

35. TOSKANA

CASA VINO

Katharina schaute gedankenverloren aus dem Seitenfenster des kleinen VW Polo. Sie befand sich mit Stefano auf dem Weg zum Flughafen. Ihre Gedanken kreisten um den Besuch bei ihrem Großvater. Da sie nicht in Eile waren, hatte sie Stefano gebeten, auch bei der Weiterfahrt zum Flughafen Autobahn und Schnellstraßen zu meiden und lieber die kleinen Straßen abseits zu nehmen. Ihr Flugzeug ging erst am Abend und sie hatten noch viel Zeit. Der Pater war ihrer Bitte gerne nachgekommen. Sie fuhren schweigend. Aber es war keine unangenehme Stille. Katharina hatte das Gefühl, dass sie beide mit der Situation im Reinen waren. Es war alles gesagt. Katharina erkannte das kleine Zypressenwäldchen, das sie bereits bei ihrem Hinweg durchfahren hatten.

„Ist hier in der Nähe nicht die Casa Vino?" Katharina deutete nach rechts. Stefano nickte lächelnd. „Das hast du dir gut gemerkt. Wir sind gerade an dem Abzweig vorbeigefahren, der zu der Hütte führt oder früher einmal geführt hat. Vermutlich ist der schmale Weg mittlerweile unpassierbar."

Stefano hatte kaum zu Ende gesprochen, als bei Katharina der Gedanke Gestalt annahm, der sich bereits mehrfach vergeblich an die Oberfläche ihres Bewusstseins gedrängt hatte.

Sie riss die Augen auf. „Stopp!", rief sie unvermittelt, und Stefano trat im Bruchteil einer Sekunde auf die Bremse. Der VW kam abrupt zum Stehen. „Was ist los – ist dir schlecht?" Stefano schaute sie besorgt an. Katharina überging die Frage und schüttelte ungeduldig den Kopf. „Stefano, erinnere dich. Mein Großvater hat vorhin gesagt, dass Holger der Hüter des Weins sei. Das war ihm wichtig."

„Ja, und?" Stefano schaute verständnislos. „Sein verwirrter Geist scheint irgendwelche Bilder der Casa Vino in ihm hervorgebracht zu haben. Und Holger war ja auch tatsächlich so etwas wie ein Kellermeister."

„Du sagst es – genau das richtige Wort! *Kel-ler-meis-ter.*" Katharina betonte jede einzelne Silbe, während sie ihn triumphierend anschaute.

„Katharina, bitte sprich Klartext. Worauf willst du hinaus?"

Sie lächelte. „Ich habe den nächsten Hinweis meines Vaters entschlüsselt." Stefano runzelte die Stirn. „Jetzt sprichst du also vom Mont Saint-Michel", stellte er fest. „Du hattest vorhin angedeutet, dass du etwas in dem Grab gefunden hast. Geht es darum?"

Katharina nickte. „Ja, den nächsten Hinweis. Und die Lösung lag vor meiner Nase." Sie schüttelte den Kopf, als wundere sie sich über ihre eigene Begriffsstutzigkeit.

Stefano wartete in seiner ihm eigenen Art geduldig ab und drängte sie nicht. Katharina griff in ihre Tasche und kramte darin herum. Sie holte den Schlüssel heraus, den sie in dem Grab gefunden hatte und reichte ihn Stefano kommentarlos. Der nahm ihn entgegen und betrachtete ihn von allen Seiten. „Der Schlüssel war in dem Grab versteckt?" Katharina nickte.

„Für welches Schloss ist er?" Stefano wendete ihn in seiner großen Hand und schaute Katharina fragend an.

„Schau dir die Inschrift an. Oben auf dem Schlüsselkopf."

Stefano kniff die Augen zusammen, um die Inschrift entziffern zu können. „Sono sangue e fuoco", las er.

Er dachte kurz nach. „Das ist ein berühmter Ausspruch der heiligen Katharina und bedeutet *Ich bin Blut und Feuer*.

„Und das sagt dir nichts?" Katharina lächelte ihn erwartungsvoll an.

„Mhm, ich stehe auf dem Schlauch." Stefano starrte auf den

Schlüssel. „Der Spruch steht auch in deinem Medaillon und wohl auch in dem deiner Schwester. Er drückt die Verehrung aus, die Holger für die heilige Katharina empfunden hat."

„Das bestimmt auch." Katharina nickte. „Da möchte ich aber nicht draufhinaus."

Sie nahm Stefanos Hand. „Ich habe vor meiner Reise zum Mont Saint-Michel viel über die heilige Katharina gelesen. Ich dachte mir, dass in ihrem Lebenswerk vielleicht der Schlüssel zu dem Reliquienversteck liegen könnte. Und ich habe gerade den entscheidenden Hinweis gefunden." Ihr Herz hämmerte in ihrer Brust, und sie holte tief Luft.

„Erinnere dich. Katharina hatte eine sehr bilderreiche Sprache. Wie die Inschrift auf dem Schlüssel und in meinem Medaillon zeigt, war das Wort *Blut* für Katharina von besonderer Bedeutung und starker Ausdruckskraft. Sie verwendete es häufig. Blut nahm sie insbesondere als Metapher für Wein. In einer Biografie wurde sie zitiert, wie sie ihre Sicht auf die Kirche mit dem Bild eines Weinkellers beschreibt, in dem nicht Weinflaschen, sondern das kostbare Blut Christi aufbewahrt wird."

„Heiliger Himmel – jetzt verstehe ich!" Stefano schaute Katharina an. Er führte ihren Gedanken fort: „Und den Papst hat sie als Türhüter zum Weinkeller Gottes bezeichnet. Es findet sich in den Aufzeichnungen auch der Ausdruck *Kellermeister des Blutes*."

„Ganz genau." Katharina nickte. „Und Signor Rossi hat soeben meinen Vater als *Hüter des Weins* bezeichnet."

„Du meinst…?" Stefano schaute sie entgeistert an. Katharina ließ ihn nicht aussprechen.

„Wenn mein Vater der Kellermeister ist, kann das nur bedeuten, dass die Reliquie der heiligen Katharina in der Casa Vino versteckt ist. Vermutlich in einem Safe. Und wir haben den Schlüssel."

Stefano starrte sie an. „Du meinst, dass die Reliquie hier ist. Direkt vor unserer Nase?"

Katharina strich sich eine Haarsträhne hinter das Ohr. „Ja, das glaube ich. Und in der nächsten Stunde werden wir es herausfinden."

Sie hatte kaum ausgesprochen, als Stefano schon begann, den Polo zu wenden. Katharina nahm erstaunt zur Kenntnis, wie geschickt er mit dem Gefährt umgehen konnte. Mit einer beeindruckenden Präzision setzte er ihr Gefährt mehrmals vor und zurück und wie von Zauberhand hatte er auf dem schmalen Feldweg eine 180 Grad-Wendung vollzogen.

„Du hast ja ungeahnte Fähigkeiten. Eigentlich ist es viel zu schade, dass du so viel Zeit mit Beten verbringst." Katharina zwinkerte ihm zu.

Stefano schaute sie streng an. „Und bei dir ist es schade, dass du so wenig Zeit mit Beten verbringst." Katharina schmunzelte.

Nach wenigen Minuten kamen sie an den Abzweig, der zur Casa Vino führte. „Hier ist es." Stefano schaltete in den ersten Gang und langsam schob sich der VW den unbefestigten Feldweg hinauf. Der Weg, der auch zu seinen besten Zeiten nur eine Autobreite schmal war, schien viele Jahre nicht befahren worden zu sein. Dorniges Gestrüpp hatte ihn zu einem Großteil überwuchert. Stefano und Katharina mussten die Seitenfenster schließen, um nicht zerkratzt zu werden. Während sich der VW unermüdlich durch das Dickicht voran kämpfte, wurde es im Wageninneren unerträglich warm und stickig. Die Mittagssonne hatte auch im Spätsommer noch eine erstaunliche Kraft. Es dauerte nicht lange, bis Katharina das T-Shirt am Körper klebte. „Das ist ja wie in der Sauna!", stöhnte sie. „Ist es noch sehr weit?"

Stefano schien die Hitze nichts auszumachen. Konzentriert lenkte er den Pkw durch das unwegsame Gelände. „Die Hitze stört mich weniger. Ich hoffe nur, dass unser Auto durchhält. Hätte ich von deiner Abenteuerlust gewusst, hätte ich uns einen Geländewagen besorgt.

„Verdammt!" Stefano stieg auf die Bremse. Unmittelbar nachdem sie eine Kurve mühevoll bezwungen hatten, endete der Weg abrupt vor einer etwas drei Meter langen und ungefähr einem Meter tiefen Grube. „Was ist das?" Katharina schaute entsetzt in das Erdloch vor ihnen.

Stefano deutete auf den vor ihnen liegenden Hang. „Siehst du den kleinen Gebirgsbach da vorne?“ Katharina kniff die Augen zusammen und nickte, als sie das Rinnsal bemerkte.

„Dieser Bach wird aus einer Gebirgsquelle gespeist“, erklärte Stefano. „Ich vermute, dass bei den Unwettern der vergangenen Jahre, heftige Wassermassen niedergegangen sind. Sie haben den Feldweg einfach weggeschwemmt. Er müsste dringend neu befestigt werden.“

Katharina schaute skeptisch auf den kleinen Bach. „Kaum zu glauben. Letztlich ist es aber auch gleichgültig, was die Ursache ist. Mit dem Auto kommen wir jedenfalls nicht weiter.“

Während Stefano noch zur Bestätigung nickte, hatte sich Katharina bereits abgeschnallt und die Beifahrertür geöffnet. „Ah", seufzte sie wohlig, als ein kleiner Lufthauch sie erfasste.

„Was bitte hast du jetzt vor?“ Stefano schaute sie irritiert an. "Hier geht es nicht weiter. Der Graben muss erst wieder aufgeschüttet und befestigt werden.“

Katharina beugte sich in die offene Tür „Stimmt!“ bestätigte sie. „Also raus mit dir. Jetzt kommt der sportliche Teil. Ich habe gelesen, dass es fantastische Wanderrouten in der Toskana gibt. Und wie es aussieht, beginnt hier eine.“

Stefano schaute sie fassungslos an. „Meinst du das ernst? Es liegen noch ungefähr drei Kilometer vor uns. Der Weg ist zu Fuß eine reine Tortur. Du hast doch selbst gesehen, in welchem Zustand der Pfad ist. Wir werden Ewigkeiten unterwegs sein.“

„Dann machen wir uns besser zügig auf den Weg“, konterte Katharina gelassen.

Laut seufzend hievte sich Stefano aus dem Wagen. Ihm war klar, dass er sie nicht von dem Fußmarsch würde abhalten können. Also konnte er sich auch jedes weitere Wort sparen und sich in sein Schicksal fügen. Während er im Kofferraum nach seinem Rucksack kramte, holte Katharina ihr Handy hervor. Sie blickte darauf und stutzte kurz. Ein Anruf in Abwesenheit verkündete das Display. Ein Blick in die Anruferliste zeigte, dass Mangold dieser Anrufer war. Er hatte ihr eine Voice-Mail hinterlassen. Sofort aktivierte sie die Mobilbox-Abfrage, bekam aber keine Verbindung. Stirnrunzelnd betrachtete sie ihr Handy und stellte fest, dass nur ein einzelner Balken zu sehen war, der schwach flimmerte. Sie streckte den Arm aus und drehte sich um die eigene Achse. Der Balken verschwand. Auf dem Display erschien die Meldung „kein Netz“. Na prima, dachte sie, das hatte ihr gerade noch gefehlt. Mit so einem schwachen Mobilfunknetz konnte sie weder die Nachricht abhören, die ihr Mangold hinterlassen hatte, noch ihn direkt anrufen. Sie wurde nachdenklich und überlegte, ob es wirklich sinnvoll war, sich hier in der Wildnis ohne Kontakt zur Außenwelt auf die Suche nach der Reliquie zu machen. Andererseits waren sie jetzt schon so weit gekommen, und ihr Flieger ging bereits heute Abend. Den Rückflug wollte sie auf keinen Fall verschieben. Hier und jetzt war die beste Gelegenheit, sich nach der Reliquie umzuschauen. Wenn Holger sie tatsächlich in der Casa Vino versteckt hatte, konnten Stefano und sie das Rätsel noch heute lösen. Wenn sich die Fährte als Sackgasse erweisen sollte, würde sie die Sache ein für allemal auf sich beruhen lassen. Wie immer der Ausgang der heutigen Suche sein würde, sie war fest entschlossen, heute Abend nach Hause zu reisen.

Außerdem war nur Stefano in das Vorhaben eingeweiht. Kein anderer Mensch konnte also ahnen, dass sie die Spur nach der Reliquie wiederaufgenommen hatte. Selbst, wenn Sopranos Leute ihr noch auf den Fersen waren, so konnten sie nichts von ihrem Abstecher wissen. Sie hatte nur mit Stefano auf der Fahrt über ihren Einfall gesprochen. Kurz überlegte sie, ob sie vorsorglich das Auto nach einer Wanze durchsuchen sollte, verwarf den Gedanken aber sofort wieder. Jetzt werde ich schon paranoid, dachte sie kopfschüttelnd. Außerdem würde Stefano der Gedanke an mögliche Verfolger nur unnötig aufregen.

Als hätte der ihre Gedanken geahnt, trat er keuchend zu ihr. Er hatte seinen Rucksack auf den Schultern und Katharina vermutete, dass sich so mancher Süßkram darin befand. Hoffentlich stimmte ihn das milde. „Mir ist gar nicht wohl bei der Sache“, murrte er jetzt. „Hoffentlich ist uns keiner gefolgt. Vielleicht sollten wir doch umkehren.“

Katharina schüttelte den Kopf. „So ein Blödsinn. Ein Verfolger wäre längst bei uns angekommen. Wir stehen hier jetzt schon einige Minuten und sind immer noch mutterseelenallein." Sie deutete nach rechts. „Schau, wir können den Graben umrunden. Da vorn ist das Gestrüpp nicht ganz so dicht."

Ohne sich nach Stefano umzudrehen, ging sie energisch voran. Der Ordensmann folgte ihr seufzend.

36. TOSKANA

CASA VINO

„Wie weit ist es noch?“ Katharina blieb stehen und wartete, dass Stefano zu ihr aufschloss. Sie waren mittlerweile seit knapp zwei Stunden unterwegs. Katharina war erstaunt, dass der rundliche Mann auf dem unwegsamen Gelände gut mit ihr Schritt gehalten hatte. Er war fitter, als es den Anschein hatte. Mühelos kam er jetzt bei ihr an. „Wir haben es gleich geschafft. Trotzdem sollten wir eine kurze Pause machen und uns stärken.“ Schwungvoll stellte er den Rucksack auf dem Boden ab und öffnete ihn. Katharina wollte schon protestieren, als ihr Blick auf den Reiseproviant fiel. Statt der erwarteten Schokokekse befanden sich neben reichhaltig belegten Sandwiches noch Schinken und Käse am Stück sowie frisches Obst im Rucksack. Eine große Flasche Mineralwasser holte Stefano ebenfalls hervor und reichte sie ihr als erstes. Dankbar nahm Katharina sie entgegen. Sie drehte den Verschluss auf und nahm einen tiefen Schluck, bevor sie die Flasche an Stefano zurückgab. „Wieso hast du das ganze Zeug mitgenommen? Unser Abstecher war doch gar nicht geplant“, fragte sie kopfschüttelnd.

Stefano wirkte verlegen. „Ich hatte eigentlich vorgehabt, mit dir noch ein Abschieds-Picknick auf einem der Weinberge zu genießen. Ich hatte bereits einen perfekten Weinhügel ausgesucht.“ Stefano zuckte mit den Schultern. „Aber wie es aussieht, werden wir jetzt unsere Siesta auf einem mit Dornen überwucherten Feldweg abhalten."

Katharina war gerührt. „Stefano, du bist großartig. Ich verspreche dir, dass ich wiederkomme und wir das Picknick nachholen." Sie bezwang ihre Ungeduld und ließ sich auf einem kleinen Felsblock nieder, den die Dornenranken noch nicht erobert hatten.

Stefano lächelte und reichte Katharina ein Käsesandwich, in das sie genussvoll reinbiss.

Nachdem sich beide ausgiebig gestärkt hatten, machten sie sich kurze Zeit später wieder auf dem Weg. Wie Stefano versprochen hatte, dauerte es nur noch wenige Minuten, bis sie eine kleine Anhöhe erreichten. Katharina blieb so abrupt stehen, dass Stefano gegen sie stieß.

Ein Dutzend schmaler Treppenstufen, die aus Natursteinen gelegt worden waren, führten einen kleinen Hügel hinauf. Sie endeten an einem torähnlichen Durchgang, der sich in einer hüfthohen Trockenmauer befand. Die Mauer führte in einem Halbkreis um die Frontseite eines alten verwitterten Steinhauses. Direkt hinter dem rechteckigen Gebäude befand sich eine verwilderte Wiese, auf der eine Vielzahl von Blumen und Sträuchern blühten. Katharina hörte das Summen und Rascheln von Insekten und anderen Kleintieren, das in der ansonsten herrschenden Stille übernatürlich laut schien.

Die Szenerie hätte durchaus ein malerisches Bildermotiv abgeben können, wenn das kleine Steinhaus nicht einen so trostlosen Anblick geboten hätte. An der Vorderseite wurde die dunkle vermooste Haustür von zwei kleinen Fenstern eingerahmt, deren Scheiben gesprungen waren. Der ehemals blaue Farbanstrich der Klappläden war bereits zu einem Großteil abgeblättert. Die Klappläden selbst hingen schief in den Angeln und schwangen leise quietschend bei jedem Windstoß. Das verwitterte Ziegeldach wies Löcher auf. Einzelne Ziegel lagen vor dem Haus unweit von zwei verschmutzten Blumenkübeln, die den Eindruck erweckten, als warteten sie verzweifelt darauf, wieder mit bunten Blumen zum Leben erweckt zu werden.

Die Trostlosigkeit dieses Ortes ließ Katharina kurz erschaudern. Ein mulmiges Gefühl machte sich erneut in ihr breit. Kein Mensch wusste, wo sie sich befanden. Unauffällig griff sie zu ihrem Handy, das ihr erneut mitteilte, dass sie sich außerhalb eines Mobilfunknetzes befanden. Katharina schielte zu Stefano hinüber, der versonnen das Haus betrachtete. Sie überlegte kurz, ihn zu bitten, das Vorhaben abzubrechen. Stefano machte allerdings einen so entspannten Eindruck, dass Katharina mit einem Mal ihre Bedenken lächerlich vorkamen.

Sie gab sich einen Ruck und rannte die Stufen hinauf. An der Haustür angekommen, zog sie an der Klinke. Nichts! Sie rüttelte mehrfach. Verdammt abgeschlossen! Stefano, der ihr in aller Seelenruhe gefolgt war, griff kommentarlos unter einen der Blumenkübel und zauberte den Haustürschlüssel hervor. „Probiere es mal hiermit“, schlug er vor. Katharina schaute erstaunt auf den Schlüssel. „Woher wusstest du, wo sich der Schlüssel befindet?"

„Ich habe ihn damals persönlich dort versteckt. Nach Holgers Tod habe ich deinem Großvater versprochen, alles Mobiliar und die restlichen Weinbestände hier herauszuschaffen. Die Hütte ist leer, mit Ausnahme der Weinregale im Keller.“

Katharina begriff, was er sagen wollte. „Du glaubst also nicht, dass es irgendwo im Haus einen Tresor gibt?“ Stefano zuckte mit den Schultern. „Mir ist jedenfalls keiner aufgefallen. Aber das werden wir gleich genauer wissen.“

Er schloss die Haustür auf und ließ Katharina vorangehen. Es dauerte einige Sekunden, bis sich ihre Augen an das Dämmerlicht gewöhnt hatten. Der kleine Raum war rechteckig und vollständig leergeräumt. Die Luft roch abgestanden und modrig. „Hier stand mal ein großer langer Tisch, der perfekt gemacht war für gesellige Abende“, erzählte Stefano wehmütig. „Aber wie du siehst, ist nirgendwo ein Tresor versteckt.“ Katharina betrachtete die Steinwände und die beiden einzigen Fenster, die sich an der Frontseite befanden, und musste ihm recht geben. Hier gab es keine geheimen Winkel oder Ecken. Es gab auch keine Wandverkleidungen, die einen Safe hätten verbergen können. Das wunderte sie allerdings auch nicht.

„Wie kommen wir in den Keller, Stefano?" Als hätte er schon mit dieser Frage gerechnet, ging Stefano sofort zur Rückseite des Raums. Katharina blinzelte und sah, dass ein handtellergroßer Metallring aus dem Boden ragte. Stefano ging in die Knie und zog an dem Ring. Nichts passierte. „Das verdammte Ding ist eingerostet." Stefano riss und ruckte erneut an dem Ring. Wieder vergeblich! Mit vor Anstrengung hochrotem Kopf stemmte er schließlich die Beine in den Boden und zog erneut heftig, als sich plötzlich mit einem lauten Ächzen eine im Boden befindliche Falltür löste. Von dem plötzlichen Schwung überrascht, verlor Stefano das Gleichgewicht und fiel auf seinen Hosenboden. Katharina konnte sich nur mühsam ein Lachen verkneifen, als Stefano mit einiger Mühe und leise schimpfend wieder auf die Beine kam.

Mit dem Blick auf die Bodentreppe, die Stefano geöffnet hatte, wurde Katharina wieder ernst. Die Holztreppe bestand aus einzelnen Leiterteilen, die zusammengeschoben an der Falltür montiert waren. Stefano hatte sich bereits darangemacht, sie auseinanderzuschieben.

„Fertig." Stefano stand auf und klopfte sich den Staub von seiner Hose. „Wer geht zuerst?" Katharina lugte in das dunkle Loch. „Kann man kein Licht machen?" Stefano schüttelte den Kopf. „Hier oben gibt es keinen Strom. Dein Großvater hat Petroleumlampen verwendet." Er schaute sich in dem kleinen Raum um. „Wir haben damals aber wohl keine zurückgelassen." Bedauernd zuckte er die Schultern.

Katharina seufzte. Wie es schien, war sie dazu verdammt, einmal pro Woche in dunklen Tunneln oder Kellern herumzumarschieren. Sie schwor sich, dass dies für lange Zeit das letzte Mal sein würde. Schlimmer als ihre Flucht vom Mont Saint-Michel konnte es hier kaum werden. Immerhin gab es keine Verfolger, die sie umbringen wollten. Seufzend aktivierte sie die schon bewährte Taschenlampenfunktion an ihrem Handy und stieg langsam rückwärts die schmale Klapptreppe hinab. Sie zählte fünfzehn Stufen, bis sie wieder festen Steinboden unter den

Füßen spürte.

Unten angekommen ließ sie den Lichtkegel des Handys umherschweifen. Der Weinkeller hatte die gleiche Fläche wie das obere Zimmer. Allerdings schätzte sie die Raumhöhe auf gut drei Meter. Es war kühl in dem Keller und sie bedauerte, dass sie ihre Jacke im Auto gelassen hatte. Sie sah sich um. Anders als der obere Hauptraum war der Keller nicht komplett leergeräumt. Sie sah ein schweres Weinregal, das aus Steinblöcken zusammengesetzt war und nahezu die gesamte Längsseite des Weinkellers einnahm. Sie schätzte es auf eine Höhe von über zwei Metern. An der Stirnwand standen drei hüfthohe Weinfässer. An einem lehnte ein alter verstaubter Besen. Katharinas Herz klopfte jetzt heftig. Sie war sich sicher, dass irgendwo hier unten das Reliquienversteck sein musste. Nur wo? Sie trat einige Schritte in den Raum hinein, als Stefano bei ihr ankam. Er deutete auf das Weinregal und die Fässer.

„Wir haben uns damals entschieden, Regal und Fässer hier zu lassen. Das Regal besteht aus Kalkstein und ist aus vielen einzelnen Blockelementen zusammengesetzt. Die einzelnen Blöcke lassen sich herausnehmen, sind aber verdammt schwer. Wir hatten damals keine Lust, sie mühsam die schmale Treppe hinaufzutragen. Also haben wir sie hiergelassen. Ich wüsste aber nicht, wo hier ein Tresor versteckt sein soll." Er deutete auf die Weinfässer. „Die sind alle leer und eignen sich ebenfalls nicht als Versteck für eine Reliquie."

„Wohl kaum." Katharina durchschritt konzentriert den Weinkeller und glitt mit dem Lichtstrahl des Handys über alle Wände. Sie streckte den rechten Arm aus und tastete die oberste Regalreihe ab, an die sie auf Zehenspitzen knapp heranreichte. Die kalten und massiven Blocksteine lagen bombenfest auf. „Wo hast du nur den Tresor eingebaut?", murmelte sie. Der Lichtstrahl glitt weiter über das Weinregal. Sie leuchtete systematisch das gesamte Regal von links nach rechts ab. Auf einmal fing ihr Herz an zu klopfen. Der Lichtstrahl hatte etwas gestreift. Noch bevor ihre Augen es realisieren konnten, war der Lichtschein darüber hinweggeglitten. Langsam schwenkte sie zurück. Und dann sah sie es. Auf dem Regalblock, der sich unmittelbar an der Wandecke befand, war in Hüfthöhe mit schwarzer Farbe ein Symbol angebracht. Es hatte höchstens den Durchmesser von zwei bis drei Zentimetern und wäre einem flüchtigen Betrachter kaum ins Auge gefallen. Es war das Lilienkreuz der Dominikaner.

„Was ist das?" Stefano war unbemerkt neben sie getreten und musterte den Stein ebenfalls. „Warum hat Holger den Stein mit unserem Wappen versehen? Ich dachte, wir suchen nach einem Tresor."

„Das stimmt. Und jetzt haben wir ihn gefunden", sagte Katharina triumphierend. Sie leuchtete die Steinblöcke ringsum an. „Schau genau hin! Die Steine in den angrenzenden Blockreihen haben ebenfalls ein aufgemaltes Lilienkreuz. Die Farbe ist nur so stark verwittert, dass sie nicht so leicht zu sehen sind."

Stefano ging näher an die Wand. „Du hast Recht!", rief er verblüfft aus. Leicht strich er mit den Händen über einzelne Blöcke und brachte damit weitere schwarze Lilienkreuze zum Vorschein. Sie waren jeweils unauffällig in der rechten unterenEcke der einzelnen Regalblöcke angebracht. Wenn sich Weinflaschen in den Regalen befunden hätten, wäre das kleine Symbol überhaupt nicht aufgefallen. Aber jetzt ergab sich ein Bild. Katharina ging einen Schritt zurück und leuchtete erneut die Wand an. Die Regalblöcke an der rechten Wandseite, die mit einem Lilienkreuz versehen waren, nahmen eine Fläche von ungefähr einem Quadratmeter ein.

„Genau hinter diesen Regalsteinen befindet sich der Tresor." Katharinas Stimme klang ruhig und gefasst, aber ihre Augen funkelten im Licht des Handys. „Wir müssen das Regal an dieser Stelle abbauen."

37. TOSKANA

Mangold trommelte unruhig mit seinen Fingern auf die Armlehne des Beifahrersitzes. Der Fahrer der PKW, ein junger Polizist aus Siena, schien es nicht zu bemerken oder es kümmerte ihn einfach nicht. Ruhig steuerte er ein Zivilfahrzeug der Polizeidienststelle von Siena über die Autobahn. Mangold hatte das Glück gehabt, bereits am Vormittag einen Direktflug nach Bologna zu bekommen. Als er gegen 13:00 Uhr gelandet war, hatte ihn schon Enrique, ein kleiner, drahtig aussehender Kollege, im Ankunftterminal erwartet, der ihn nach Siena bringen sollte.

Antoine und Guy hatten Wort gehalten und erfolgreich alle Hebel in Bewegung gesetzt. Sie hatten Kontakt mit der Dienststelle in Siena aufgenommen und die Kollegen mit dem Fall vertraut gemacht. Zum Glück war der Chef, der sich als Mario vorgestellt hatte, kooperativ und hatte rasche und unkomplizierte Amtshilfe zugesichert. Bis zu diesem Punkt war es gut gelaufen.

Und von da an wendete sich das Blatt. Die Kontaktaufnahme zu der Geschäftsleitung der MAGATEC -DEVELOP S.R.L hatte sich als kompletter Reinfall erwiesen. Weder die Bitte nach einer Mitarbeiteraufstellung noch der nach der Auswertung der Telefondaten war das Unternehmen bis jetzt nachgekommen. Es ließ lapidar per Fax durch den Unternehmensanwalt ausrichten, dass man selbstverständlich alles tun werde, um die Polizei zu unterstützen. Allerdings sehe man sich ohne Gerichtsbeschluss außerstande, die geforderten Informationen auszuhändigen. Der Anwalt verwies im Einzelnen auf Datenschutzgesetze und Compliance-Richtlinien, die das Unternehmen angeblich nicht ignorieren könne. Das Fax endete mit dem Hinweis, dass man nach Vorlage eines Gerichtsbeschlusses selbstverständlich bereit sei, alle gewünschten Auskünfte zu geben.

Mangold war klar, dass es keinen Gerichtsbeschluss geben würde. Die Verschwörungstheorie, die er entwickelt hatte, stand juristisch auf dünnen Füßen. Es gab ja im Grunde auch keinen Hinweis dafür, dass sich die deutsche Anwältin noch in Gefahr befand. Soprano, der ihr mutmaßlich nach dem Leben getrachtet hatte, war tot und damit die Geschichte zu Ende. Nur der Umstand, dass es einen Telefonkontakt zwischen Soprano und einem Anrufer in Siena, genauer gesagt der MAGATEC -DEVELOP S.R.L gab, reichte nicht aus, um eine weitere Gefahr für die Anwältin anzunehmen. Auf dieser Grundlage würden sie keinen Gerichtsbeschluss bekommen.

Auf Antoines Bitte hin hatte Mario zwei seiner Beamten zu dem Dominikanerhaus geschickt. Sie hatten allerdings weder Katharina noch Bruder Stefano angetroffen. Von einem Ordensbruder erhielten sie die Auskunft, dass Stefano mit Katharina zu einem Pflegeheim in die Berge fahren wollte, bevor die deutsche Anwältin wieder nach Deutschland zurückkehren müsse. Der Ordensbruder konnte immerhin Name und Adresse des Pflegeheims nennen.

Ein Anruf in der Einrichtung hatte ergeben, dass die beiden dort angekommen waren und ungefähr eine Stunde Zeit mit Signor Rossi verbracht hatten, bevor sie sich wieder auf den Weg gemacht hatten. Von da an verlor sich die Spur von Katharina und Stefano.

Mario hatte über das Autotelefon von diesen Erkenntnissen berichtet. Enrique hatte die Freisprecheinrichtung aktiviert, so dass Mangold, der fließend Italienisch sprach und alles verstand, an dem Telefonat teilnehmen konnte. Mangold hatte Mario schließlich gebeten, das Handy von Katharina orten zu lassen, was dieser höflich, aber unmissverständlich ablehnte. Mangold konnte es ihm nicht verdenken. Mario hatte sich schon weit aus dem Fenster gelehnt, um ihm und seinen französischen Kollegen behilflich zu sein. Ganz sicher würde er sich aber keinen Ärger einhandeln wollen, für einen Fall, der gar nicht in seinen Amtsbereich fiel und vielleicht nur ein Missverständnis war. Es gab keinen objektiven Grund für die Annahme, dass Katharina noch in Gefahr war. Die italienische Polizei würde sich in keinem Fall der Lächerlichkeit preisgeben.

Mangold musste sich dazu zwingen, nicht im Minutentakt auf das Display seines Handys zu schauen, um zu überprüfen, ob Katharina sich vielleicht doch bei ihm gemeldet und er das Telefon nur überhört hatte. Er hatte direkt nach der Landung in Bologna noch zwei weitere Male bei ihr angerufen, war aber nur zur Mobilbox weitergeleitet worden.

Mangold, der wusste, dass es keinen Sinn machte, weiter zu insistieren, hatte Mario schließlich den Gefallen abgerungen, dass Enrique mit ihm einen Abstecher zu dem Altenheim machen solle. Er wollte persönlich mit dem Pflegepersonal sprechen. Mario war zwar alles andere als angetan von der Idee, wies Enrique aber schließlich seufzend an, noch bei dem Altenheim vorbeizufahren. Mario beendete das Gespräch mit dem nachdrücklichen Hinweis, dass damit die Amtshilfe durch die Dienststelle Siena erledigt sei.

Während Mangold still seinen düsteren Gedanken nachhing, vibrierte mit einem Mal seine Sakkotasche. Das Handy! Er zerrte es aus der Tasche und schaute auf das Display. Der Vibrationsalarm hatte eine SMS angekündigt. Mangold starrte darauf. „Heilige Scheiße“, sagte er mit rauer Stimme. „Enrique, ruf sofort Mario an! Wir müssen Frau Marvins Handy orten lassen. Jetzt liegen alle juristischen Grundlagen vor. Sag ihm, es ist Gefahr in Verzug.“

38. TOSKANA

CASA VINO

Katharina hustete. Das Abbauen der Regalteile hatte sich als äußerst anstrengende und staubige Angelegenheit erwiesen. Der Tresor befand sich vermutlich genau hinter den Regalsteinen, die mit dem Lilienkreuz versehen waren. Die ungefähr einen Quadratmeter umfassende Fläche nahm die untere rechte Wandseite ein. Um an diese Steine zu gelangen, war es notwendig gewesen, von oben beginnend alle Regalblöcke einzeln abzubauen. Stefano, der etwas größer als Katharina war, hatte die obersten zwei Blockreihen alleine entfernt. Danach hatten sie gemeinsam weitergearbeitet.

Im Lichtschein des Handys entfernten sie Block für Block und bauten die Steine an der Stirnwand wieder auf. Katharinas Arme brannten mittlerweile wie Feuer, aber sie gönnte sich keine Pause. Auch Stefano arbeitete stumm mit verbissenem Gesicht.

Als alle Regalblöcke oberhalb der gekennzeichneten Steine abgetragen waren, machten sie, ohne sich abgesprochen zu haben, eine Pause. „Ich lasse dir den Vortritt." Stefano deutete auf den ersten Steinblock, der mit dem Lilienkreuz gekennzeichnet war. „Wenn deine Theorie richtig ist, befindet sich genau hier der Tresor." Katharina zögerte nur kurz. Dann ergriff sie energisch den nächsten Stein, während Stefano mit Katharinas Handy auf den Wandabschnitt leuchtete. Im Schein des Lichts blitzte eine Stahlabdeckung auf. Einige Sekunden war es still. Katharina fasste sich als erstes. „Wie es scheint, haben wir den Tresor tatsächlich gefunden.“ Stefano schaute bewegungslos auf die Wand, wie vom Donner gerührt. „Es kann doch nicht sein, dass die Reliquie all die Jahre hier in der Casa Vino versteckt war. Ich glaub es einfach nicht!“

Katharina lachte laut auf. „Ich wusste es. Komm, lass uns die restlichen Blöcke beiseite räumen.“ Mit neuer Energie hatte sie sich bereits wieder an die Arbeit gemacht. Stefano packte mit an und nach wenigen Minuten hatten sie die Frontseite eines Stahltresors freigelegt. Er war exakt in das Mauerwerk eingepasst worden. Die Fläche war spiegelglatt mit Ausnahme eines schmalen Schlüssellochs. Das perfekte Versteck.

„Dann wollen wir mal.“ Katharina zog den Schlüssel aus ihrer Tasche, holte kurz Luft und steckte ihn dann in das Schlüsselloch. Er passte. Leicht ließ sich der Schlüssel zweimal drehen und mit einem leisen *Plopp* entriegelte sich die Tür.

Als sie gerade die Tür vollends öffnen wollte, hörte sie in ihrem Rücken einen dumpfen Knall. Erschrocken zuckte sie zusammen. Ihr Blick ging zu Stefano, der sich in Windeseile aufgerappelt hatte und bereits Richtung Treppe eilte. Noch bevor er sie erreicht hatte, dämmerte ihr, was der Knall bedeutete. Die Klapptür war zugefallen.

Stefano kletterte die Treppe hinauf und stemmte sich von unten gegen die Tür. Nichts passierte. „Die Tür kann doch nicht einfach zufallen“, presste er mit vor Anstrengung hochrotem Kopf hervor und drückte erneut von unten gegen das massive Holz.

Katharinas Herz klopfte ihr bis zum Halse. Sie atmete mehrmals ruhig durch. Schneller als bei Stefano hatte sich bei ihr die Erkenntnis breitgemacht, was passiert war.

„Nein, Stefano, das ist sie auch nicht“, sagte sie ruhig. „Das war kein Zufall. Jemand ist uns gefolgt und hat uns jetzt hier unten eingesperrt.“ Ihre Stimme verriet mit keiner Nuance, dass ihr mit einem Mal schlecht vor Angst wurde. Stefano verharrte mitten in der Bewegung und ließ dann die Arme sinken. Er starrte im Schein des Handylichts zu ihr hinüber. „Das kann doch gar nicht sein. Und was machen wir jetzt?“ Er klang eher verwundert als ängstlich. Er drückte noch einmal von unten gegen die Tür und seufzte dann. „Das hat uns gerade noch gefehlt.“ Langsam stieg er rückwärts die Stufen hinab, wobei Katharina erleichtert feststellte, dass er scheinbar nichts von seiner äußerlichen Gelassenheit eingebüßt hatte. Das machte die Situation um einiges erträglicher. Entschlossen kämpfte sie die aufsteigende Panik nieder. „Lass uns jetzt erst einmal in den Tresor schauen. Deshalb sind wir doch hier. Ich möchte endlich die Reliquie in den Händen halten.“ Sie zögerte kurz und fuhr dann energisch fort: „Um alles andere kümmern wir uns später. Irgendwie kommen wir hier schon raus.“

Sie wartete, bis Stefano neben ihr stand, und zog dann mit Schwung die Tresortür auf.

39. KÖLN

Hektor saß konzentriert vor seinem PC. Er nippte an einer Tasse Kaffee und las ein Gerichtsurteil. „Irgendwo hier muss es doch stehen“, murmelte er vor sich hin. Er scrollte im Text nach unten. „Da ist es ja“, sagte er nach einigen Sekunden zufrieden. Er hatte die gesuchte Passage gefunden. Tante Lucy saß neben der Tastatur auf dem Schreibtisch und verdrückte kleine Käsewürfel. Sie schaute kurz auf, so als wolle sie ihm bestätigen, dass er seine Arbeit gut mache.

„Da bist du beeindruckt, oder?“ Hektor lächelte Tante Lucy triumphierend an. „Dieses Urteil wird dafür sorgen, dass unser Mandant seinen Prozess gewinnt und unsere Chefin sich freut. Dann bekommst du von ihr bestimmt eine Extraportion Käse.“ Die Ratte konzentrierte sich wieder auf ihren Käsewürfel und kaute ungerührt weiter.

Hektor lehnte sich zufrieden in seinem Schreibtischstuhl zurück, als sein Handy mit einem Brummton den Eingang einer SMS verkündete. Er griff nach seinem Handy und las die eingegangene Nachricht. Fassungslos starrte er auf den Text. „Verdammte Scheiße!“, fluchte er dann laut. Er biss die Zähne aufeinander und überlegte einige Sekunden. Dann sprang er unversehens auf, was Tante Lucy zu einem empörten Quieken veranlasste.

„Jetzt beschwer dich nicht. Wir haben es eilig. Katharina ist in Gefahr!“ Er packte die Ratte und verstaute sie kurzerhand unter seinem Kapuzenshirt, wo sie es sich auf seiner breiten Brust bequem machte.

Nachdem er mehrmals tief Luft geholt hatte, schlenderte er betont gelassen aus seinem Büro, um dann leise am Empfangsbereich vorbeizuschleichen. Er war schon fast an der Eingangstür angekommen, als Lydias Kopf hinter dem PC-Monitor auftauchte. „Hektor, wo wollen Sie denn jetzt hin?" Verwundert schaute sie ihn an. Ertappt blieb er stehen und seufzte innerlich. Lydia entging aber auch gar nichts. Er drehte sich mit einem Lächeln zu ihr um. „Ich muss nur mal kurz raus und den Kopf frei kriegen", sagte er vage. Lydia schwieg. Dann schob sie ihre Brille auf die Nasenspitze und schaute ihn mit ihrem unnachahmlichen Blick über die Brille hinweg an. „Und wie lange werden Sie brauchen, um...den Kopf frei zu kriegen?" Die letzten Worte hatte sie bewusst betont ausgesprochen.

Hektor schluckte. „Ich bin in einer Stunde wieder zurück. Es ist alles gut." Lydia blickte ihn ein letztes Mal streng an und nickte dann. Ihre Stimme wurde freundlicher. „Es geht um Katharina, oder? Vermutlich ist gar nichts gut, wenn Sie versuchen, sich an mir vorbeizudrücken." Sie hob die Hand, als Hektor zu einer Antwort ansetzte. „Ich will gar keine Einzelheiten wissen. Wenn ich aber irgendwie helfen kann, geben Sie mir Bescheid. Ich halte hier so lange die Stellung."

Hektor nickte. „Danke. Ich melde mich." Rasch lief er aus der Kanzlei, während Lydia ihm sorgenvoll hinterherschaute.

Ohne anzuklopfen stürmte Hektor in Raimunds Krankenzimmer. Raimund hatte die Augen geschlossen und Ohrstöpsel in den Ohren, die mit seinem Smartphone verbunden waren. Sichtlich entspannt lauschte er seiner Musik.

Als Hektor ihn an der Schulter rüttelte, schlug er verärgert die Augen auf. Sein Missmut wandelte sich in Verwunderung, als er erkannte, wer vor ihm stand. Er zog die Stöpsel aus seinen Ohren. Bevor er etwas sagen konnte, hatte Hektor bereits das Wort ergriffen. „Katharina ist wieder in Gefahr. Du musst uns helfen!"

Raimund räusperte sich und setzte sich im Bett auf. Dabei verzog er kurz sein Gesicht. Offenkundig bereiteten ihm die Bewegungen immer noch Schmerzen. „Jetzt mal langsam. Katharina ist doch in Sicherheit. Stefano höchstpersönlich wird sie in wenigen Stunden in den Flieger nach Deutschland setzen."

„Das dachte ich auch." Hektor zog sein Handy hervor und öffnete die SMS. „Die Nachricht habe ich gerade von Katharinas Handy erhalten." Er gab Raimund das Gerät.

„S.O.S. CASA VINO".

Raimund runzelte die Stirn. „Was macht Katharina denn in der Casa Vino…?"

„Du weißt, wo das ist?" unterbrach ihn Hektor. Wie vom Donner gerührt starrte er Raimund an. „Ja sicher", entgegnete Raimund. „Ich bin vor einigen Jahren mit Stefano dort gewesen. Es ist ein altes Steinhaus, das Signor Rossi gebaut hat. Er hat dort eigenen Wein produziert und gelagert. Die Casa Vino befindet sich im Chianti-Gebiet, gar nicht weit weg von Siena." Raimund runzelte die Stirn. „Wie um Himmels Willen ist Katharina dort hingekommen? Und was macht sie da?"

„Das weiß ich auch nicht. Aber jetzt ist sie in höchster Gefahr. Sonst hätte sie mir kaum die SMS geschickt. ich habe ihr natürlich geantwortet, aber meine Nachricht wird nicht zugestellt. Wir müssen etwas unternehmen. Wir könnten die Polizei in Siena informieren."

Raimund verzog skeptisch das Gesicht. „Ich glaube nicht, dass uns das wirklich weiterhilft. Warum sollte die Polizei uns denn Glauben schenken? Die würden den Anruf vermutlich erst einmal als schlechten Scherz abtun. Ich bin im Moment wohl nicht der glaubwürdigste Zeuge."

Hektor stöhnte und fuhr sich mit den Fingern durch die Haare. „Verdammt! Wir müssen Katharina irgendwie helfen. Was ist denn mit deinen Freunden oder Ordensbrüdern? Könnten die nicht nach dem Rechten sehen?"

„Eigentlich schon", sagte Raimund zögernd. „Wir könnten Matheo anrufen. Allerdings möchte ich ungern einen Unbeteiligten in Gefahr bringen. Schau mich an, und du weißt, wozu diese Menschen fähig sind."

Raimund überlegte kurz. „Was ist denn mit diesem Polizisten -

Mangold, oder wie er heißt? Er scheint doch ganz vernünftig zu sein und hat Katharina schon einmal gerettet. Vielleicht kann er mit der italienischen Polizei sprechen. Einem deutschen Amtskollegen wird man vielleicht helfen."

Hektor sprang auf. „Gute Idee." Er durchsuchte die Telefonliste seines Smartphones, bis er die Mobilnummer von Mangold gefunden hatte. Kurz entschlossen rief er an.

Ein barsches „Ja" tönte ihm entgegen, kaum dass das Freizeichen erklungen war.

„Herr Mangold, sind Sie das?" Hektor ließ sich auf dem Besucherstuhl nieder. „Hektor Arens hier, der Kollege von Katharina. Ich habe eine beunruhigende SMS von ihr erhalten. Katharina ist in Gefahr. Und ich erreiche sie nicht."

Hektor verstummte und horchte ins Telefon. Raimund ging davon aus, dass er irgendwelche Instruktionen von Mangold erhielt. Hektor nickte hin und wieder und hörte angestrengt zu. „Sie sind gerade selbst in der Toskana?", rief er auf einmal verblüfft aus. „Warum haben Sie das nicht gleich gesagt? Herr Mangold, hören Sie mir zu! Ich bin gerade bei Raimund im Krankenhaus. Er weiß, wo sich die *Casa* Vino befindet. Er kann Ihnen den Weg beschreiben."

Selbst Raimund konnte den erleichterten Ausruf von Mangold hören, den Tante Lucy, die sich immer noch unter Hektors Kapuzenshirt befand, mit einem erstickten Piepsen beantwortete.

Er nahm das Handy von Hektor entgegen. „Wo genau befinden Sie sich, Herr Mangold?" Er hörte kurz zu. „Dann sind Sie gar nicht weit von der *Casa Vino* entfernt. Sie könnten in dreißig Minuten dort sein." Schnell beschrieb Raimund ihm den Weg zur *Casa Vino* .

Zum Abschluss bat er Mangold noch darum, auf dem Laufenden gehalten zu werden, und beendete dann das Gespräch.

Er schaute zu Hektor hoch, der angespannt mit dem Rücken zum Fenster stand.

„Mangold befindet sich mit einem italienischen Kollegen auf dem Weg zur *Casa Vino*. Die beiden werden gleich vor Ort sein."

„Das hoffe ich." Hektor griff unter sein Shirt und zog Tante

Lucy hervor. Er ignorierte Raimunds angewiderten Blick und fuhr fort: „Mangold hat mir erzählt, dass er diese SMS ebenfalls erhalten hat. Katharina hat sie wohl vorsorglich an verschiedene Empfänger verschickt. Die Polizei von Siena hat daraufhin auf Mangolds Bitte eine Ortung von Katharinas Handy veranlasst. Leider gibt es nur wenige Sendemasten in diesem Gebiet. Das Signal, dass der Mobilfunkanbieter auswerten konnten, lässt einen Positionsradius von über 15 km zu. Unser Anruf kam also gerade zur rechten Zeit. Hoffentlich."

Raimund schaute gedankenverloren auf seine Bettdecke, während Hektor fortfuhr: „Trotzdem bin ich nicht glücklich. Auch, wenn Mangold rechtzeitig bei ihr eintrifft – was ich inständig erhoffe –, müssen wir doch überlegen, wie es weitergehen soll. Katharina scheint nirgendwo sicher zu sein. Dieser Spuk muss doch irgendwann aufhören."

Raimund starrte Hektor an und ohne ein weiteres Wort schwang er abrupt seine Beine aus dem Bett, so dass er zum Sitzen kam. Er stöhnte leise auf und hielt sich die verwundete Stelle.

„Was machst du denn da?", fragte Hektor ihn verwirrt. „Musst du aufs Klo? Ich kann nach einer Schwester klingeln."

Raimund schüttelte mit zusammengekniffenen Zähnen den Kopf. „Ich entlasse mich gerade selbst. Im Schrank findest du eine Jeans und ein Shirt. Könntest du mir die Klamotten herausholen?"

„Spinnst du jetzt völlig?" Hektor schaute ihn besorgt an. „Du hast bestimmt Fieber. Leg dich wieder hin, du phantasierst."

„Ich war noch nie so klar wie jetzt", brummte Raimund. „Wie du schon gesagt hast, wir müssen dem Spuk ein Ende machen. Und genau das werden wir tun. Wir müssen nach Italien. Da hat alles angefangen, und da wird es auch zu Ende gehen. Hier im Krankenhaus bin ich völlig nutzlos."

„Meinst du das ernst? Du willst nach Italien?" Hektor schüttelte den Kopf. „Du bist doch gar nicht reisefähig. Du kommst kaum aus dem Bett raus. Hier wird dir keiner deine Entlassungspapiere geben."

„Na, dann muss ich mich wohl rausschleichen." Raimund grinste. „Dabei könnte ich deine Hilfe gebrauchen."

„Und wie sollen wir nach Siena kommen? Dich wird kaum ein Flugzeug befördern."

„Dann müssen wir wohl mit dem Auto fahren", konterte Raimund gelassen. „Kannst du vielleicht ein Auto mit Liegesitz besorgen?"

Hektor war noch nicht bereit einzulenken. „Das ist doch Wahnsinn. Ich kann doch nicht mit einem Schwerverletzten eine Abenteuerfahrt nach Siena unternehmen. Weißt du eigentlich, wie weit das ist?"

Raimund wurde ernst. „Es ist Wahnsinn, dass es jemand auf Katharina abgesehen hat. Und da ich sie in den Schlamassel hereingeritten habe, werde ich sie da auch wieder herausholen. Ich bin zäh. Also hilfst du mir?"

Nach kurzem Zögern ging Hektor stumm zum Schrank und holte eine Jeans und ein schwarzes T-Shirt heraus. Er warf beides auf das Bett.

„Zieh dich an. Ich prüfe inzwischen, ob die Luft rein ist. Vielleicht kann ich mir ja auch einen Rollstuhl borgen. Sonst endet unsere Reise schon an der Fahrstuhltür."

Er verstaute die kleine Ratte wieder unter seinem Kapuzenshirt. „Wie es aussieht, Tante Lucy, werden wir eine Reise in die Toskana unternehmen. Ich glaube, wir werden in den nächsten Tagen so einiges erleben."

40. TOSKANA

CASA VINO

Katharina saß erschöpft mit geschlossenen Augen und angezogenen Beinen auf dem Boden des Weinkellers. Sie hielt ihre Beine fest mit den Armen umschlungen. Neben ihr saß Stefano. Wie Katharina hatte auch er sich an die Wand gelehnt.

Stefanos Lippen bewegten sich unablässig zu einem stummen Gebet. Anders als Katharina. Sie war weit davon entfernt zu beten. Ihr Kopf arbeitete fieberhaft und suchte nach Antworten.

Sie fragte sich, wie es so weit hatte kommen können, dass sie erneut in eine Falle getappt war. Soprano war tot, aber er hatte offensichtlich noch Anhänger, die sein Werk vollenden wollten. Die Organisation, die sich „die FIRMA" nannte, war also immer noch hinter der Reliquie her, folgerte Katharina. Was eigentlich auch kein Wunder war. Die Reliquie war wertvoll und würde einige Millionen Euro einbringen. Dass die Ganoven es nach wie vor auf sie abgesehen hatte, war also nachvollziehbar. Eine andere Frage beschäftigte Katharina viel mehr. Warum hatte man sie und Stefano hier eingesperrt? Das ergab überhaupt keinen Sinn. Es wäre ein Leichtes gewesen, sie beide direkt zu töten. Wer hatte ein Interesse daran, sie leben zu lassen? Sopranos Männer wussten jetzt, wo der Tresor war, das vermeintliche Versteck der Reliquie. Sie und Stefano mussten in den Augen der Organisation also überflüssig sein. Es gab keinen logischen Grund, warum sie hier lebend eingesperrt waren.

Ihre Gedanken kehrten zu dem Tresor zurück, und sie gönnte sich ein kurzes befriedigendes Lächeln. Immerhin war die Reliquie nicht darin gewesen. Rückblickend war das ein Segen. Sie konnte jetzt nicht in die falschen Hände geraten. Und das war das einzig Gute an ihrer derzeitigen Situation. Wer auch immer ihre Verfolger waren, sie würden zumindest nicht die Reliquie bekommen.

Als sie den Tresor geöffnet hatte, war er leer gewesen – fast leer. Der circa ein Quadratmeter große Innenraum enthielt nichts weiter als eine kleine handtellergroße eiserne Skulptur. Katharina war zunächst so enttäuscht gewesen, dass sie die Tür direkt wieder zuschlagen wollte. Stefano war es gewesen, der in den Tresor gegriffen hatte und den kleinen Elefanten zu Tage gefördert hatte. Katharina hatte nur einen kurzen Blick darauf geworfen. Das Tier hatte einen langen Rüssel, den es kraftvoll zu schwenken schien. Er trug etwas Längliches auf seinem Rücken, das wie ein Obelisk aussah. Sie hatte eine solche Skulptur noch nicht gesehen.

Anders Stefano. Er hatte einige Sekunden überrascht auf den Elefanten gestarrt und dann gelächelt. „Das ist *Berninis Elefant*", hatte er gemurmelt. „Jetzt verstehe ich."

Katharina war in diesem Moment am Ende ihrer Kräfte gewesen. Sie wollte kein neues Rätselraten. Die positive Anspannung, die sie bis zu Letzt aufrecht gehalten hatte, war mit einem Schlag aus ihr gewichen. Wie eine Lawine war die bittere Erkenntnis auf sie zugerollt, dass sie, ohne die Reliquie gefunden zu haben, in einem Kellerloch eingesperrt waren. Sie hatte Stefano noch fragen wollen, was Berninis Elefant ist, als ihr schwarz vor Augen geworden war und sie unvermittelt auf dem Boden vor dem Tresor zusammensackte.

Sie wusste nicht, wie lange sie bewusstlos gewesen war. Als sie die Augen geöffnet hatte, lag sie immer noch auf dem Steinboden, doch ihr Kopf war sicher in Stefanos Schoß gebettet gewesen. Er hatte sich mit besorgter Miene über sie gebeugt und ihr über die Stirn gestrichen. Sie hatte höllische Kopfschmerzen verspürt und einige Minuten gebraucht, um sich aufzusetzen.

Als sie wieder ansprechbar war, fiel ihr Blick auf einen schmalen Belüftungsschacht an der Kellerdecke. Es fiel etwas Licht hindurch, so dass auch ohne Nutzung des Handys schemenhaft die Umrisse im Keller sichtbar waren. Der Schacht war so schmal, dass er für eine Flucht ausschied. Hier würde allenfalls eine Hand durchpassen.

Katharina war es, die die Idee gehabt hatte, den Schacht zu nutzen, um eine SMS zu verschicken. Im Keller selbst gab es kein Mobilfunknetz. Aber vor der Steinhütte hatte sie ja ein schwaches Signal gehabt. Das würde hoffentlich ausreichen, um die lebensrettende Nachricht zu verschicken.

Sie hatte gemeinsam mit Stefano einige Steine des Weinregals direkt unter dem Belüftungsschacht aufgeschichtet. Dann hatte sie den Hilferuf *„S.O.S. Casa Vino“* eingetippt und Mattheo als Empfänger angeklickt. Diese Idee stammte von Stefano, der ihr berichtet hatte, dass Mattheo die Casa Vino kannte. Aus einem Bauchgefühl heraus, hatte Katharina auch noch Mangold und Hektor auf die Empfängerliste gesetzt.

Dann war sie auf das Weinregal gestiegen, hatte ihre Hand, so weit es ging, durch den Lüftungsschlitz nach oben gereckt und auf Versenden gedrückt. Als sie einige Sekunden später ihre Hand zurückgezogen und auf das Handy geschaut hatte, blinkte ihr die ernüchternde Nachricht entgegen: „Versenden fehlgeschlagen“.

Katharina hatte kurz überlegt und dann mit dem Mut der Verzweiflung ihren Arm erneut durch das Loch geschoben und während sie ein zweites Mal den Versenden-Befehl drückte, das Gerät mit aller Kraft weggeschleudert.

Nun saßen sie in diesem Kellerloch und hofften, dass das Mobilfunksignal ausreichen würde, um Hilfe zu holen.

Irgendwann war Katharina vor Erschöpfung eingenickt, als ein Knirschen und Poltern, das von oben kam, sie schlagartig wach werden ließen. „Da ist jemand an der Falltür.“ Stefano antwortete ihr, doch sie konnte seine Worte nicht verstehen, da die Tür mit einem lauten Knall aufgezogen wurde. Sie hörten ein unterdrücktes Fluchen. Dann flutete von oben Licht in den Keller.

Gebannt schauten sie und Stefano auf die Treppe. Katharina war vor Anspannung unfähig, sich zu bewegen. Während sie spürte, wie ihr Herz hart gegen die Rippen schlug, kamen langsam zwei schlanke Beine in ihr Sichtfeld, die in Jeans steckten, gefolgt von einem muskulösen Oberkörper in einem weißen Hemd. „Mattheo!" Katharina fiel ein Stein von der Seele, als sie den schlanken durchtrainierten Körper von Mattheo erkannte, noch bevor sie sein Gesicht erblicken konnte.

Sie lachte erleichtert und rappelte sich auf. Sie wollte gerade zur Falltür stürmen, als Stefano sie zurückhielt. „Warte Katharina!"

Katharina schüttelte seinen Arm ab. „Das ist doch Mattheo! Erkennst du ihn nicht? Wir sind gerettet."

„Ich habe Mattheo durchaus erkannt." Stefano klang allerdings nicht freudig, sondern angesichts der Situation ungewöhnlich emotionslos. Bevor Katharina nachfragen konnte, was sein seltsames Verhalten bedeute, sprach er weiter:

„Mattheo war es. Er ist uns gefolgt und hat uns hier eingesperrt. Er ist unser Judas."

Katharina schaute verständnislos von Stefano zu Mattheo, der mittlerweile leichtfüßig den Kellerboden erreicht hatte. Er hielt eine Taschenlampe in der einen Hand und eine Pistole in der anderen, die er auf Stefano richtete. Mattheo lachte angesichts von Stefanos Worten laut auf und ließ seine weißen Zähne aufblitzen. „Stefano, Stefano." Er schüttelte den Kopf. „Du bist wirklich ein alter schlauer Fuchs."

Katharina schaute fassungslos auf Mattheos Hand, die den Revolver hielt. „Du gehörst zu Sopranos Firma? Du bist doch Raimunds Freund." Katharina bemühte sich, die neue Situation zu erfassen und schüttelte verständnislos den Kopf. „Das kann doch nicht sein. Ich dachte, ihr habt zusammen den Plan geschmiedet, das Versteck der Reliquie zu finden."

Mattheo nickte Stefano zu. „Willst du es ihr sagen?" Er ließ den Revolver jetzt locker in der Hand baumeln.

„Ich habe die letzten Stunden damit verbracht, einige Rückschlüsse zu ziehen", begann Stefano. „Ich fand es überaus seltsam, dass die Organisation immer genau wusste, was wir vorhatten. Die FIRMA hat Raimund überfallen, kaum dass er in Köln angekommen war. Sie wusste von dem Versteck am Mont Saint-Michel, kaum dass Katharina angereist war. Und jetzt wurden wir hier in der Casa Vino eingesperrt, obwohl wir die Entscheidung, diesen Abstecher zu machen, spontan getroffen hatten. Das kann nur bedeuten, dass jemand über Insiderwissen verfügt und uns die ganze Zeit über ständig unter Beobachtung hatte. Hiervon ausgehend musste ich nur eins und eins zusammenzählen." Er schaute Mattheo fest in die Augen. „Du bist der Verräter, Mattheo. Du warst sowohl in Raimunds Reisepläne eingeweiht als auch in Katharinas. Und vermutlich hattest du für heute den Auftrag erhalten, Katharina auf keinen Fall zurückfliegen zu lassen. Es wäre egal gewesen, wohin wir gefahren wären. Du wärst uns in jedem Fall gefolgt."

Stefano lachte traurig. „Was für ein Gefühl war das, als du bemerkt hast, dass wir zur Casa Vino fahren? Hast du es deinem Boss schon berichtet? Wartet er schon auf die Reliquie?" Er deutete in die Ecke des Kellers. „An diesem Punkt muss ich dich leider enttäuschen. Der Tresor ist leer."

Mattheo zeigte keine Reaktion. Er nickte nur leicht. „Bravo! Gar nicht so schlecht, alter Mann. Deine Schlussfolgerungen treffen den Kern. Allerdings musste ich mir heute gar nicht die Mühe machen, euch nachzufahren. Ich habe gestern Abend an deinem Fahrzeug einen GPS-Sender und im Fußraum eine Wanze angebracht. Ich war während der gesamten Autofahrt euer Zuhörer. Nachdem ihr mich endlose Zeit mit eurem Geschwätz gelangweilt habt, wurde es dann zum Ende hin doch noch spannend. Als ich mitbekommen habe, dass ihr zur Casa Vino wollt, habe ich mich direkt auf den Weg gemacht. Da ihr mich netterweise darüber informiert habt, dass der Weg nicht bis zur Hütte befahrbar ist, konnte ich eine andere Strecke nehmen und bin praktisch direkt bis vor die Haustür gefahren. Da wart ihr schon im Keller und die Falle musste nur noch zuschnappen." Er lächelte jetzt.

„Aber warum, Mattheo?“ Katharina lenkte seine Aufmerksamkeit auf sich.

„Warum...?“ Mattheo schaute sie kopfschüttelnd an. „Das ist eine selten dumme Frage. Ich habe dich für klüger gehalten, Katharina. Aber ich muss feststellen, dass du Maria nicht das Wasser reichen kannst.“

„Es geht hier also um Maria?“

„In gewisser Weise schon.“ Mattheo lächelte. „Aber genug geredet. Öffne jetzt den Tresor.“ Er hatte sich Katharina zugewandt und bedeutete ihr mit der Hand, zu dem Tresor zu gehen.

„Hast du nicht zugehört? Stefano hat doch gerade gesagt, dass der Tresor leer ist.“

Mattheo schaute sie nur stumm an. In seinen Augen loderte mit einem Mal Hass auf. Er stand kommentarlos auf, ging auf Katharina zu und schlug ihr so fest mit der Hand ins Gesicht, dass sie auf den Boden stürzte.

Sie schrie auf und hielt sich die Wange. Er beugte sich dicht über sie. „Steh auf und mach endlich den Tresor auf! Sonst sorge ich dafür, dass du dich nie wieder bewegst.“

„Mattheo, jetzt reicht es. Was tust du denn da?“ Stefano sprang entsetzt auf und wollte sich auf ihn stürzen. „Fass sie nicht an!“

„Hinsetzen, sofort!“ Mattheo richtete den Revolver erneut gegen Stefano. „Du solltest dir lieber um dich selbst sorgen als um diese Schlampe.“

Während Stefano notgedrungen langsam vor Mattheo zurückwich, hatte Katharina im Schein von Mattheos Taschenlampe am Boden etwas aufblinken sehen. Schnell schloss sie die Hand um den Gegenstand. Sie wagte es nicht, ihn genau zu betrachten, war sich aber ziemlich sicher, dass sie die abgebrochene Spitze eines Korkenziehers in der Hand hielt. Sie spürte die Schraubenspindel, die sich in ihren Handteller bohrte.

„Jetzt steh endlich auf und geh zum Tresor“, herrschte Mattheo sie erneut an. Katharinas Gesicht pochte vor Schmerz und aus ihrer Nase lief ein dünner Blutfaden. Äußerlich ungerührt stand sie langsam auf und ging dann zum Tresor. Sie war weit davon entfernt, Mattheo den Gefallen zu tun und Angst zu zeigen.

Diese Genugtuung würde sie ihm nicht geben. Die Tresortür war nur angelehnt. Mit einem Ruck zog sie ihn auf.

Mattheo blinzelte mehrfach. „Wo ist die Reliquie?“

Katharina schaute ihn spöttisch an. „Hast du es jetzt auch begriffen? Die Reliquie ist nicht hier. Wir waren auf der falschen Spur.“

Mattheo drehte sich um die eigene Achse. Porco dio! Das könnte ihr einem anderen erzählen. Sie muss hier sein. Wo habt ihr die Reliquie versteckt?“ Von seiner charmanten Art war nichts mehr übriggeblieben. Er brüllte jetzt. „Sagt mir besser sofort, was ihr mit dem Kopf gemacht habt!“ Wild fuchtelte er jetzt mit der Waffe um sich.

„Schau dich doch um.“ Katharina deute mit einer ausladenden Bewegung auf den Keller. „Wo hätten wir denn den Kopf verstecken sollen?“

„Porco dio!“, fluchte er erneut. „Das kann doch nicht wahr sein. Warum gibt es hier so einen Hightech-Tresor, wenn die Reliquie nicht drin ist?“ Mattheo schien keine Antwort zu erwarten. Methodisch leuchtete er mit seiner Taschenlampe in jeden Winkel des Kellers, in der Hoffnung, doch noch die Reliquie aufzuspüren.

Nachdem er einige Minuten mit der erfolglosen Suche verbracht hatte, gab er auf.

Er drehte sich zu Katharina um. „Komm her!“ Er winkte ungeduldig mit der Hand. „Nun mach schon.“ Sie ging zögernd auf Mattheo zu. Als sie bei ihm angekommen war, packte er sie am Arm und zog sie unsanft zu sich. Er stellte sich so hinter sie, dass er den linken Arm fest um ihren Hals legen konnte, während er mit der rechten Hand den Revolver an ihre Schläfe drückte. Katharina schnappte nach Luft. Sein Arm lag um ihren Hals wie ein Schraubstock. Sie roch sein Rasierwasser, das sie immer so gern an ihm gemocht hatte. Jetzt verursachte es ihr Übelkeit.

„Ich erkläre euch beiden jetzt, wie es weitergeht.“ Mattheos Stimme klang mit einem Mal wieder freundlich und gelassen. Seine Wut schien verraucht zu sein. „Mein Boss möchte Katharina kennenlernen. Allerdings nur Katharina. Du, Stefano, bist zu uninteressant."

Katharina lief bei diesen Worten ein Schauer über den Rücken. Sie versuchte Blickkontakt mit Stefano aufzunehmen. Es gelang ihr nicht. Stefano schaute nach wie vor unverwandt zu Mattheo.

„Wir beide werden uns jetzt also von dir verabschieden müssen, Stefano", fuhr Mattheo im Plauderton fort. Er lächelte bedauernd. „Es wird wohl ein Abschied für immer."

„Du willst mich also wirklich töten, Mattheo?" fragte Stefano ruhig. Er schaute seinen früheren Schützling an. „Überlege dir gut, was du tust."

„Genau das habe ich getan", bestätigte Mattheo. „Du kannst ganz beruhigt sein. Alle meine Morde waren gut überlegt." Er lachte böse. „Meinst du, ich töte heute zum ersten Mal? Ich habe schon häufiger töten müssen, aber heute wird es mir eine besondere Ehre sein."

Langsam nahm Mattheo die Pistole von Katharinas Schläfe weg und hielt sie auf Stefano. „Ihr glaubt gar nicht, wie lange ich schon auf diesen Moment gewartet habe." Es klickte metallisch, als er die Waffe entsicherte. „Freu dich, in wenigen Sekunden wirst du deinem Schöpfer gegenübertreten!"

Als Mattheo die Waffe von ihrer Schläfe genommen hatte, war Katharina unbemerkt einen winzigen Schritt nach rechts ausgewichen. Sie schaffte es, mit weiteren kleinen Trippelschritten etwas Abstand zu Mattheo herstellen. Sie brauchte nur minimale Bewegungsfreiheit. Sie fühlte, dass Mattheos Arm jetzt etwas lockerer an ihrem Hals lag. Die abgebrochene Spitze des Korkenziehers hielt sie in der rechten geschlossenen Faust, wobei die Metallspindel zwischen Zeige- und Mittelfinger herausragte. Mattheo war voll auf Stefano konzentriert, so dass er hiervon nichts mitbekam.

Sie wusste, dass sie nur eine einzige Chance hatte, und spannte ihren Körper an. Mit aller Willensanstrengung gelang es ihr, die Atmung zu beruhigen. In dem Moment, als sie das Klicken hörte, mit dem Mattheo den Revolver entsicherte, drehte sie sich blitzschnell und ruckartig zu ihm um. Damit hatte er nicht gerechnet. Einen Sekundenbruchteil lang sah sie in seine erstaunten Augen, bevor sie den Korkenzieher mit einem lauten Schrei kraftvoll in seine linke Halsseite rammte. Mattheo riss instinktiv seinen linken Arm hoch und fasste an die Spindel, die aus seinem Hals ragte. Aber es war zu spät. Die Spindel hatte seine Halsschlagader durchbohrt. Er hatte immer noch den erstaunten Augenausdruck, als er wie in Zeitlupe auf die Knie sackte. Die Taschenlampe fiel polternd zu Boden, während Katharina ihm schwungvoll den Revolver aus der anderen Hand trat und sich dabei ein Schuss löste.

„Katharina!" Von oben ertönte ein lauter Schrei. Es polterte, und Mangold, dicht gefolgt von Enrique, stürzte die Treppe herunter. Er schlitterte die letzten Stufen hinab und musste sich am Handlauf festhalten, um nicht mit Schwung auf den Boden zu knallen. Als er wieder einen sicheren Stand hatte, brauchte er einige Sekunden, bis sich seine Augen an das Halbdunkel gewöhnt hatten. Sein Blick ging in die Mitte des Raums, der von Mattheos Taschenlampe ausgeleuchtet, eine düstere Szene offenbarte.

Katharina stand erstarrt, aber augenscheinlich unversehrt in der Mitte des Kellerraums. Sie schien seine Ankunft nicht bemerkt zu haben. Ihr Blick war unverwandt auf eine Gestalt gerichtet, die bäuchlings zu ihren Füßen lag. Mangold erkannte einen Mann, dem ein Metallstift aus der linken Halsseite ragte.

In der Ecke des Raums rappelte sich stöhnend ein wohlbeleibter Mann auf. Ausgehend von seiner verdreckten, aber eindeutig schwarzen Kleidung vermutete Mangold, dass es sich um den Dominikanermönch handeln musste, bei dem Katharina untergekommen war. Der Mönch schrie ihn an: „Wer sind Sie? Hauen Sie ab!" Dazu schwang er einen Besenstiel. Die Szenerie war völlig surreal.

Mangold hob die Hände, um zu demonstrieren, dass er in friedlicher Absicht gekommen war. „Nehmen Sie den Besen weg, Bruder Stefano. Ich bin Peter Mangold. Ich bin mit der Polizei hier." Er deutete auf Enrique. „Die Polizei von Siena sucht Sie bereits seit einigen Stunden. Katharina hat mich per SMS informiert, dass Sie in der Casa Vino sind. Wir sind gekommen, um Sie zu befreien."

Stefano ließ den Blick von Mangold zu Enrique wandern und entschied, dass von den beiden keine Gefahr ausging. Langsam ließ er den Besensteil sinken. „Gott sei Dank! Das war knapp." Erschöpft ließ er sich wieder an der Wand hinabrutschen, bis er auf dem Boden saß.

„Ich habe gerade den Schuss gehört. Ist bei Ihnen alles in Ordnung?", hakte Mangold nach.

„Ich glaube schon. Ich konnte rechtzeitig den Kopf einziehen. Die Kugel ist direkt neben mir in die Wand eingeschlagen." Stefano machte eine kurze Pause. „Der Schöpfer hat sich wohl dagegen entschieden, dass ich heute noch vor ihn trete."

Er schaute auf die Gestalt am Boden. „Was ist mit Mattheo? Ist er tot?"

„Mattheo de Lucca", murmelte Mangold. „Er gehört auch zu Rafaels Firma. Genau, wie ich vermutet hatte."

Die Nennung des Namens holte Katharina aus ihrer Erstarrung. „Ich bin sicher, dass er tot ist. Ich war es, ich habe Mattheo getötet", flüsterte sie. Mangold beugte sich zu der Gestalt am Boden. Wie nicht anders zu erwarten war, fühlte er keinen Puls. „Ja, er ist tot", bestätigte Mangold. In seiner Stimme klang Befriedigung mit.

Enrique schaltete sich ein. „Was ist denn hier genau passiert?" Ungläubig schaute er Katharina an. „Waren Sie das ...? Haben Sie ihm etwa diese Spindel in den Hals gerammt?"

Katharina zuckte die Schultern. „Mir ist nichts anderes eingefallen. Er wollte gerade auf Stefano schießen. Irgendetwas musste ich ja tun."

„Das habe ich noch nicht erlebt", murmelte Enrique. „Und dabei sehen Sie so nett und harmlos aus."

Trotz der tragischen Situation musste Mangold sich ein Schmunzeln verkneifen. „Unterschätze mal Frau Dr. Marvin nicht."

Katharina blickte nachdenklich von dem toten Mattheo zu Mangold, der wie immer perfekt mit Anzug und Krawatte gekleidet war und optisch kaum in diesen düsteren Keller passte. „Du hast gerade gesagt, dass du wusstest, dass Mattheo hinter uns her ist. Wie bist du denn darauf gekommen? Ich habe doch praktisch nichts von ihm erzählt."

„Nun jaaaa", Mangold dehnte den Satz, „ich hatte es mir nach unserem kleinen Abenteuer am Le Mont Saint Michel zur Aufgabe gemacht, alle Personen in deinem Umfeld zu überprüfen, von denen du mir erzählt hattest." Er schaute ein wenig schuldbewusst. „Ich hatte eine Zeitlang auch Stefano in Verdacht, Mitglied in Rafaels Firma zu sein."

„Mich?" Stefano schaute ungläubig.

Mangold machte eine entschuldigende Handbewegung. „Die ganze Geschichte ist so irrwitzig, dass ich einfach sichergehen wollte, dass Katharina keine Gefahr von ihrem Umfeld droht", rechtfertigte er sich. „Ich wusste schließlich nur von Ihnen, dass Sie einen Säugling illegal zur Adoption nach Deutschland gegeben haben. Da darf ein wenig Misstrauen wohl noch angebracht sein."

„Und was haben Sie noch herausgefunden?" fragte Stefano ein wenig eingeschnappt.

„Sie, Stefano haben in der Tat eine völlig weiße Weste. Also nehmen Sie mir meine Überprüfung bitte nicht übel. Bei Mattheo war ich hingegen von Anfang an skeptisch. Ich habe kaum etwas über ihn in Erfahrung bringen können. Das empfand ich als ungewöhnlich. Ich habe daher vorsorglich eine gründliche Personenüberprüfung vornehmen lassen. Da kam mir das erste Mal der Verdacht, dass dieser Mann vielleicht geschickt Dinge im Verborgenen hält. Aber etwas richtig Greifbares hatte ich zunächst nicht."

Nach einem Blick auf den toten Mattheo, schaute er Katharina an.

„Erst als ich mit der französischen Polizei die Anrufe auf Rafaels Mobiltelefon ausgewertet habe, ist mir eine Nummer aus Siena ins Auge gefallen. Es ist die Rufnummer des Unternehmens, für das Mattheo de Lucca seit vielen Jahren arbeitet: MAGATEC-DEVELOP S.R.L. Das konnte kein Zufall sein. Da war mir dann klar, dass es eine Verbindung zwischen Rafael und Mattheo geben musste – und auch, dass Katharina in höchster Gefahr schwebt."

Katharina schaute nachdenklich. „Irgendetwas ist hier immer noch nicht stimmig. Es ging Mattheo um mehr als nur die Reliquie. Er wollte mich seinem Boss vorstellen." Sie zuckte die Schultern. „Das macht doch keinen Sinn. Ihm war doch klar, dass ich auch keine Ahnung habe, wo die Reliquie versteckt sein könnte. Ich habe mich von Anfang an gefragt, warum er mich nicht hier und jetzt gemeinsam mit Stefano töten wollte."

Mangold nahm sie in den Arm. „Vielleicht werden wir es noch herausfinden. Jetzt zählt aber erst einmal nur, dass du ihn überwältigen konntest. Du bist wirklich unglaublich. Allerdings wirst du wohl der Polizei einiges erklären müssen."

Katharina überging seine letzte Bemerkung. Die Polizei war ihr im Moment völlig egal. Darum würde sie sich später kümmern. Sie warf einen Blick auf Mattheos Leiche und hielt kurz inne. „Ich dachte, ich mag ihn." Sie biss sich auf die Unterlippe und Tränen schossen ihr in die Augen. „Ich habe mich so unglaublich in Mattheo geirrt", sagte sie leise. „Meine Menschenkenntnis lässt wohl zu wünschen übrig."

Mangold lächelte und schwieg.

„Mangold…?"

„Ja, was kann ich für dich tun? Der Rettungsdienst wird gleich eintreffen." Er musterte sie.

Katharina straffte die Schultern, wischte sich kurz über die Augen und ihr Blick wurde klar. „Ich brauche keinen Krankenwagen, Mangold. Aber es wäre sehr schön, wenn du das nächste Mal etwas zeitiger aufkreuzen könntest. Du erscheinst immer erst, wenn die Ganoven schon am Boden liegen."

41. SIENA

ZWEI TAGE SPÄTER

Katharina stand im Badezimmer vor dem Spiegel und legte dezenten Lippenstift auf.

Prüfend schaute sie sich im Spiegel an. Das Bild, das ihr entgegenblickte, schien einer anderen Frau zu gehören. Die Haut der Frau war leicht gebräunt und das kastanienbraune Haar glänzte seidig. Erste Lachfältchen hatte sich um die Augen gebildet, ansonsten war das ebenmäßige Gesicht faltenfrei. Ein attraktives Gesicht. Sorgenfrei! Katharina seufzte. So harmlos sah also eine Frau aus, die gerade auf grausame Weise einen Menschen getötet hatte – einen Menschen, der ihr sehr nahegestanden hatte. Sie wunderte sich, dass in ihrem Gesicht keine Spuren von dieser schrecklichen Tat zu sehen waren.

Sie erinnerte sich an ein Buch von Oscar Wilde, „*Das Bildnis des Dorian Gray*". In diesem Roman besitzt die Hauptfigur, der reiche und schöne Dorian Gray, ein Porträt, das statt seiner altert und in das sich die äußeren Spuren seiner Sünden festschreiben. Während Gray immer grausamer wird, bleibt sein Äußeres dennoch jung und makellos schön. Sie fragte sich, wo sich der Ort befand, an dem man die Spuren ihrer Tat sehen würde.

Ihre Gedanken wanderten zurück. Nachdem die Polizei an der Casa Vino angekommen war, hatten Stefano und sie einem kleinen italienischen Kommissar, der sich als Mario vorstellte, eine erste Zeugenaussage geliefert. Sie hatten draußen gestanden und auf die verwilderte Wiese geschaut, während die Spurensicherung bereits den Keller in Augenschein nahm. Gemeinsam mit Stefano hatte sie die Geschehnisse, so gut es ging, geschildert. Ohne sich verabredet zu haben, hatten sie beide einmütig Stillschweigen über die Reliquiensuche bewahrt.

Auf Marios bohrende Nachfragen, was sie denn überhaupt an diesem abgeschiedenen Ort zu suchen hatten, hatte sie äußerst einsilbig reagiert. Sie hatte vage von dem Nachlass ihres Vaters erzählt. Sie hätten durch Zufall den Tresor im Keller entdeckt, der aber leer gewesen sei. Nein, sie könne sich nicht erklären, warum Mattheo ihnen gefolgt sei und er Stefano hatte töten wollen.

Es war offensichtlich gewesen, dass Mario ihr die Geschichte nicht abnahm. Mangold war es, der eine weitere Befragung vorerst verhindert hatte. Er hatte Mario unmissverständlich klargemacht, dass sie jetzt erst einmal Ruhe brauche, um das Geschehene zu verarbeiten, aber in den nächsten Tagen gerne ihre Aussage zu Protokoll geben würde. Mangold hatte eine natürliche Autorität, was zum Teil auch an seinem äußeren Erscheinungsbild lag. Er hatte ausgesehen wie James Bond, zumindest wenn man von seinem Glatzkopf absah. Seine Einmischung hatte Mario gar nicht gefallen. Da Stefano aber beharrlich darauf hinwies, dass sie Mattheo in Notwehr getötet hatte, um ihn zu retten, gab es keinen Grund, sie weiter festzuhalten. Widerwillig hatte Mario ein Polizeifahrzeug organisiert, das sie in das Dominikanerhaus nach Siena gebracht hatte.

Und dort waren sie bereits erwartet worden. Katharina lächelte, als sie an die Ankunft in Siena dachte. Es war die schönste Überraschung seit langem gewesen. Hektor und ein blasser schwarzgekleideter Mann hatten bei ihrer Ankunft in Stefanos kleiner Küche gesessen und Rotwein getrunken. Tante Lucy hatte es sich auf der Anrichte bequem gemacht und wurde mit Käsestückchen belohnt. Als Hektor ihre Ankunft bemerkte, war er aufgesprungen und hatte sie in seine kräftigen Arme genommen und still festgehalten. Da wusste sie, dass alles gut werden würde.

Ein kurzes Räuspern in ihrem Rücken hatte sie aufschauen lassen. „Hallo Katharina!“ Sie hatte sich umgedreht und dem dunkel gekleideten Mann gegenübergestanden, der lächelnd vor ihr stand. „Ich bin beim letzten Mal nicht dazu gekommen, mich ordentlich vorzustellen. Ich bin Raimund.“

Sie hatte ihn sofort wiedererkannt. Er war der schwer verletzte Mann, der mit letzter Kraft und dem Tode näher als dem Leben in ihre Kanzlei und damit in ihr Leben gestolpert war.

Es kam ihr vor, als läge der Moment schon Jahre zurück und nicht erst wenige Wochen. Es war in der Zwischenzeit so unglaublich viel passiert. Raimund war mittelgroß und von sportlicher Statur. Seine warmen und freundlichen Augen hatten sie sofort in ihren Bann gezogen. Sie mochte ihn auf den ersten Blick.

Raimund hatte sie fest in die Arme genommen, während er sie auf beide Wangen küsste. In diesem Moment hatte sie ein dejá vu gehabt. Eine nahezu identische Szene hatte sie einige Wochen zuvor mit Mattheo erlebt. Ihre Beine hatten unvermittelt nachgegeben und hätte Raimund sie nicht festgehalten, wäre sie lang auf den Steinfußboden gestürzt.

„Alles in Ordnung?“, hatte Raimund gefragt.

„Ihr…, ihr seid euch so ähnlich…. Und ich habe deinen Freund getötet.“

Der Satz war aus ihr herausgeplatzt. Erschrocken hatte sie Raimund angestarrt.

„Ich weiß“, hatte Raimund schlicht erwidert. „Und ich bin sehr froh, dass du es getan hast. Du hast Stefano gerettet. Und ich hätte genau das Gleiche getan.“

Dann hatte er fest ihre kalte Hand gedrückt. Gemeinsam mit Mangold und Stefano hatten sie sich dann alle in der Küche niedergelassen und ihre Erlebnisse ausgetauscht, während Stefano köstliche Pasta und weiteren Rotwein organisiert hatte. Erstaunlicherweise hatte sie auf einmal einen riesigen Hunger verspürt und tatsächlich ein große Portion Pasta verdrückt.

Hektor und Raimund hatten berichtet, dass sie zwei Tage unterwegs gewesen waren. Am ersten Tag waren sie nur bis München gekommen, weil Raimund einen Fieberanfall bekommen hatte. Hektor hatte sich über den protestierenden Raimund hinweggesetzt und eine Übernachtung in einer kleinen Pension verordnet. Dort war Raimund wieder gut zu Kräften gekommen, und die Weiterfahrt war weitgehend unproblematisch verlaufen.

Während Katharina jetzt an Raimund dachte, musste sie lächeln. Was für ein geheimnisvoller Mann. Sie hatte ihm nach mehreren Gläsern Rotwein gestanden, dass sie ihre Tat nicht bereuen würde. Den Verrat würde sie Mattheo nicht verzeihen können. „Ich würde ihn wieder töten", hatte sie ihm mitgeteilt „und ich hoffe, dass er in der Hölle schmort." Sie wusste nicht, welche Reaktion sie von Raimund erwartet hatte, aber sicher nicht sein verständnisvolles Nicken. „Ich kenne das Gefühl, und ich denke, es ist okay. Ich hoffe auch, dass er in der Hölle schmort."

Sie hatte erstaunt die Augenbrauen hochgezogen. „Und ich dachte, du bist ein Mann Gottes!"

„Na und? Beten reicht eben nicht immer", hatte er achselzuckend geantwortet. „Manchmal muss man handeln. Da sind wir uns wohl recht ähnlich." Sein Blick war hart geworden. „Wenn ich in dem Keller gewesen wäre, hätte ich Mattheo ebenfalls getötet. Seine Strafe ist nur gerecht."

„Du bist ja unglaublich!" hatte Katharina überrascht gemurmelt. „Und ich dachte, ihr Ordensbrüder wäret damit beschäftigt, darin wettzueifern, euch in Frömmigkeit zu übertreffen."

Raimund hatte laut gelacht. „Da habe ich selten Zeit zu. Von jetzt an habe ich außerdem eine wichtigere Aufgabe." Seine Miene war schlagartig ernst geworden, während seine Augen abenteuerlustig glänzten. „Ich werde auf dich aufpassen und dafür sorgen, dass keiner dir auch nur ein Haar krümmen wird. Und zusammen werden wir unsere Mission erfüllen – und die heilige Katharina zurückbringen."

Es war schon nach Mitternacht gewesen, als Stefano schließlich den kleinen Elefanten hervorgeholt hatte. Sie alle waren noch viel zu aufgekratzt gewesen, um schlafen zu können. Stefano hatte den Elefanten kommentarlos auf den Tisch gelegt. Das Tier trug einen überdimensionierten Obelisken auf seinem Rücken. Als alle Gespräche verstummt waren, hatte er dann mit glänzenden Augen erklärt, dass „Berninis Obeliskenträger" sie direkt zu der Reliquie führen würde.

Die anfängliche Skepsis der anderen hatte sich immer mehr in Erstaunen gewandelt, als sie den Schilderungen von Stefano lauschten. Seine Argumentation hatte keine Fragen offengelassen. Als er geendet hatte, war das Urteil einhellig: Stefano hatte recht, der Elefant würde sie ans Ziel bringen. Es konnte gar nicht anders sein.

Den gestrigen Tag hatten sie mit den notwendigen Planungen und Vorbereitungen verbracht. Sie würden alle mit von der Partie sein: Katharina, Stefano, Mangold, Hektor und Raimund.

Dabei machte sich Katharina keine Illusion über die Gefährlichkeit der Mission. Irgendwo lauerte immer noch namens- und gesichtslos der Boss von Mattheo. Und es war immer noch nicht klar, welche Rolle sie selbst in seinen düsteren Plänen einnahm. Es ging ihm nicht nur um die Reliquie. Er hatte sie persönlich kennenlernen wollen. Sie konnte sich immer noch keinen Grund für sein persönliches Interesse an ihr vorstellen. Allerdings hatte Mattheo ausgesprochen bösartig geklungen, als er sie darüber informiert hatte, dass er sie zu seinem Boss bringen würde. Katharina schauderte kurz, als sie an seine letzten Worte dachte und hoffte inständig, dass es zu diesem Treffen niemals kommen würde.

Mangold und Raimund hatten sich beide zu ihrem Beschützer ernannt und würden sie nicht aus den Augen lassen. Der Boss würde es zumindest sehr schwer haben, an sie heranzukommen.

Es klingelte an der Haustür und sie hörte, wie Stefano nach ihr rief. Der Rest ihrer Truppe war eingetroffen, es ging also los.

Katharina warf einen letzten Blick in den Spiegel und verließ das Badezimmer. Sie schnappte sich ihren Koffer, der auf dem Bett lag. Ihre Reise näherte sich dem letzten Ziel: Rom.

42. ROM

Katharina trat aus der klimatisierten Lobby ihres Hotels auf die Piazza della Minerva. Auch heute war ein strahlend schöner Spätsommertag. Die Sonne war jetzt am späten Nachmittag immer noch kräftig, aber glücklicherweise hatte sich die flirrende Sommerhitze bereits endgültig verabschiedet. Es fühlte sich fast wie Urlaub an, und Katharina empfand zum ersten Mal seit Mattheos Tod ein Hochgefühl. Es gab keinen speziellen Anlass, aber sie spürte ihr Herz heftig klopfen. Sie wusste, dass sie an ihrem Ziel angekommen war. Ihr Vater hatte die Kopfreliquie der heiligen Katharina hier in der Nähe versteckt.

Gemeinsam mit Mangold und Hektor war sie in einem recht luxuriösen Hotel abgestiegen, das sich unmittelbar an der Piazza della Minerva befand. Stefano und Raimund hatten die Möglichkeit wahrgenommen, in einem nahegelegenen Kloster ihrer Glaubensbrüder unterzukommen. Auch Hektor hatte vorgehabt, in dem Kloster abzusteigen, aber Katharina hatte das nicht zugelassen. Sie bestand darauf, ihm die Hotelunterkunft zu zahlen. Nach anfänglichem Sträuben hatte er sich einverstanden erklärt, als Katharina ihm klarmachte, dass sie sich einfach sicherer fühlen würde, wenn er in ihrer Nähe blieb. Mangold hatte bei ihren Worten verstohlen gegrinst, aber wohlweislich den Mund gehalten.

Hier, auf der Piazza della Minerva, befand sich der Grund für die Reise nach Rom: das Original von Berninis Elefanten, dem berühmten Obeliskenträger, der seit 1677 Bewunderer aus allen Regionen der Welt anlockte. Der kleine ägyptische Obelisk aus dem 6. Jahrhundert v. Christus ragte gut fünfeinhalb Meter in die Höhe.

Katharina griff in ihre Tasche und holte den kleinen eisernen Elefanten hervor, den Stefano ihr überlassen hatte. Die nur handtellergroße Skulptur schien ein naturgetreues Abbild ihres großen Bruders zu sein, wenn man davon absah, dass der Künstler den Elefanten nebst Obelisken nicht aus Stein, sondern aus Eisen gefertigt hatte. Katharina fragte sich, ob ihr Vater der Schöpfer des Elefanten war.

Dann warf sie einen Blick auf die Basilica di Santa Maria sopra Minerva, die sich an der Ostseite der Piazza direkt vor ihr befand. Sie betrachtete die Kirchenfassade mit ihren drei kreisrunden Fenstern. Von außen sah die Basilica schmucklos aus. Waren sie hier wirklich an ihrem Ziel?

Wenn Stefano sich nicht täuschte, befand sich das Reliquienversteck irgendwo in der Basilica. Der Elefant war – so vermuteten sie zumindest – nur als symbolhafter Fingerzeig zu verstehen.

Denn in der Kirche befand sich die eigentliche Grabstätte der heiligen Katharina. Nur ihr Haupt war im Jahre 1385 durch Raimund von Capua an die Basilica San Domenico von Siena gegeben worden. Ihr Körper hingegen verblieb immer in Rom. Seit 1855 wurde er in einem Schrein unter dem Hochaltar aufbewahrt. Stefano war sicher, dass Holger die Basilica wegen der Symbolkraft als Versteck für die Kopfreliquie gewählt hatte. An diesem Ort konnten Kopf und Körper der heiligen Katharina wieder vereint sein. Das klang sehr plausibel, allerdings hatte keiner von ihnen eine Ahnung, wo genau sich das Versteck befinden würde. Sie hatten sich vorgenommen, genau das herauszufinden. Sie würden ihre Suche in der Nähe der Grabstätte beginnen. Außerdem mussten sie die Augen offenhalten und herausfinden, ob die FIRMA sie immer noch beschattete. Katharina rechnete fest damit. Sie war nicht töricht und wollte keinesfalls ein drittes Mal in die Falle tappen. Irgendwann würde auch ihr Glück aufgebraucht sein.

Mangold war über das eigenmächtige Vorhaben gar nicht glücklich. Er wollte die Behörden informieren. Er hatte die lange Fahrtstrecke nach Rom damit verbracht, an alle zu appellieren, die Polizei mit in ihr Vorhaben einzubeziehen. Er hatte vorgeschlagen, mit Hilfe der lokalen Polizia Municipale die Reliquie zu bergen. Katharina wollte davon nichts wissen. Für sie lag es auf der Hand, dass bei einer erfolgreichen Bergung, das Behördengerangel um die Besitzansprüche losgehen würde. Sie war sich nicht sicher, ob eine Rückführung nach Siena so unproblematisch stattfinden würde. Sie konnte sich sehr gut vorstellen, dass Rom die Reliquie nicht so einfach wieder hergeben würde.

Aber hier fühlte sie sich ihrem Vater verpflichtet. Er hatte gewollt, dass die Reliquie wieder nach Siena zurückgebracht werden sollte. Und ihre Aufgabe war es, dafür zu sorgen.

Nach ihrer energischen Argumentation hatten sie sich schließlich darauf geeinigt, die Polizei vorerst nicht zu informieren. In Raimund hatte sie einen starken Fürsprecher gewonnen. Er traute der Polizei ebenfalls nicht. Mangold war zwar nach wie vor skeptisch, hatte aber schließlich eingewilligt, zumindest die ersten Erkundungen ohne Polizei vorzunehmen.

Mittlerweile waren Stefano und Raimund bei ihrem vereinbaren Treffpunkt, Berninis Elefanten, angekommen. Während Stefano verzückt die Skulptur bewunderte, hatte Raimund die Piazza im Blick. Er trug eine dunkle Sonnenbrille und es war nicht zu erkennen, worauf sich sein Blick richtete. Aber Katharina war sich sicher, dass seiner Aufmerksamkeit nichts entging.

Sie schaute zum Hoteleingang. Mangold und Hektor betraten gerade die Piazza und schlenderten langsam in ihre Richtung. Was für ein ungleiches Paar! Hektor sah aus, als sei er aus einer Filmkulisse für Piratenfilme entsprungen, während Mangold seinen typischen Business-Anzug trug. Heute allerdings ohne Krawatte. Hektors goldener Ohrring glänzte in der Sonne, während Tante Lucy auf seiner Schulter saß. Einige Touristen drehten sich neugierig nach dem ungleichen Paar um. Als Stefano die Ratte erblickte, runzelte er missmutig die Stirn. „Du kannst doch nicht die Ratte mit in eine Kirche nehmen", sagte er, als die beiden bei ihnen ankamen. „Du wirst für einen Eklat sorgen."

„Aber ist Gott nicht für alle da?", fragte Hektor mit toternster Miene. „Ich dachte, alle Lebewesen seien willkommen."

Stefano wollte gerade zu einer scharfen Entgegnung ansetzen, als Mangold dazwischen ging. „Er will dich nur aufziehen, Stefano. Natürlich kommt die Ratte nicht mit in die Basilica. Wir haben uns überlegt, dass nur ihr drei", er deutete auf Katharina, Stefano, und Raimund, „in die Kirche geht. Hektor und ich bleiben draußen und beobachten, ob euch jemand folgt. Ich bin mir sicher, dass die FIRMA uns auf den Fersen ist. Diesmal möchte ich wissen, was hier vorgeht."

Stefano klappte den Mund wieder zu und schaute Hektor streng an. Dann holte er Luft: „Das war nicht witzig, junger Mann. Ein bisschen mehr Respekt würde dir nicht schaden."

Katharina schaltete sich ein: „Wir machen es so, wie Mangold sagt. Falls wir das Versteck finden, werden wir es zunächst nur auskundschaften. Jetzt können wir ohnehin noch nichts machen. Es sind zu viele Touristen hier. Wir werden dann zu einer Zeit wiederkommen müssen, zu der die Basilica für die Öffentlichkeit geschlossen ist."

Sie wandte sich Stefano und Raimund zu. „Ihr beiden müsst euch darum kümmern, dass wir einen Schlüssel bekommen, um jederzeit Zugang zu haben. Ihr kennt doch bestimmt jemanden, der uns weiterhelfen kann." Ohne eine Entgegnung abzuwarten fuhr sie fort: „Außerdem müssen wir in Erfahrung bringen, ob wir noch Werkzeug benötigen. Ich kann mir nicht vorstellen, dass das Versteck leicht zugänglich sein wird. Aber erst einmal müssen wir es finden, die Einzelheiten klären wir dann später."

Raimund nickte bestätigend. „Na, dann mal los. Und ihr haltet bitte schön eure Augen offen", sagte er zu Mangold und Hektor, die sich auf den Stufen vor der Kirche niederließen.

„Tante Lucy ist besser als jeder Wachhund", verkündete Hektor und hielt sein Gesicht genüsslich in die Nachmittagssonne.

„Du bist unverbesserlich", sagte Mangold kopfschüttelnd. Er hatte sein Smartphone gezückt und die Kamera aktiviert. Er hielt es unauffällig auf die Touristen, die sich in der Nähe der Basilica befanden. „Ich werde von jedem Menschen ein Bild machen, der die Basilica betritt oder herauskommt. Ich habe bereits mit meinem Kollegen Guy in Frankreich gesprochen. Er wird alles Bildmaterial, das ich ihm zukommen lasse, durch das Gesichtserkennungsprogramm laufen lassen.“

Katharina, Stefano und Raimund betraten die Basilica. Eine angenehme Stille empfing sie und ließ sie kurz innehalten. Der Grundriss der Kirche war kreuzförmig. Katharina hatte sich im Vorfeld online über die Kirche und ihre Sehenswürdigkeiten informiert. Trotzdem war sie jetzt überrascht, wie farbenfroh der Innenraum wirkte. Das Bildmaterial, das sie im Internet gefunden hatte, wurde der Wirklichkeit nicht gerecht.

Das Grabmal der heiligen Katharina sollte sich unter dem Hauptaltar befinden. Stefano übernahm die Führung mit zielsicherem Schritt und führte Katharina und Raimund geradewegs zur Hauptchorkapelle. Katharina schloss daraus, dass er diesen Weg schon häufiger gegangen war. Keiner der drei nahm sich die Zeit, auf dem Weg dorthin die beeindruckenden Fresken und Bilder, an denen sie vorbeikamen, näher zu betrachten. Katharina hatte bereits gelesen, dass sich in der Kirche eine wahre Fülle an Denkmälern und Gräbern befand. Sie nahm sich vor, irgendwann einmal zurückzukehren und sich die Kirche in Ruhe anzuschauen. Jetzt hatte sie ein anderes Ziel.

Katharina richtete ihre Aufmerksamkeit auf die anderen Menschen in der Kirche. Erleichtert nahm sie wahr, dass nur eine Handvoll Touristen staunend durch die Gänge der Basilica flanierten. Keiner nahm Notiz von ihnen. Sie bemerkte, dass auch Raimund die Umgebung aufmerksam in Augenschein nahm. Sofort fühlte sie sich ein wenig sicherer. Immerhin war sie diesmal nicht alleine dem Feind ausgeliefert. Wer auch immer ihr nach dem Leben trachtete, er musste erst einmal an Raimund vorbei. Und der hatte bereits eindrucksvoll bewiesen, dass er sich zu wehren wusste.

Angekommen am Hauptaltar eilte Katharina direkt auf das Grab ihrer heiligen Namenspatronin zu. Vergessen waren die Gedanken an eine mögliche Gefahr. Hier musste irgendwo die Reliquie sein. Ihr Herz klopfte vor Anspannung bis zum Halse. Sie traten zu dritt an den marmornen Sarkophag heran. Die heilige Katharina war in Form einer liegenden Statue zu sehen. Der Sarg war zudem mit einem Schrein umbaut, der seinerseits mit kunstvollen Streben verziert war.

„Wo könnte sich das Versteck befinden?“, flüsterte Katharina.

„Ich habe keine Ahnung“, gab Stefano leise zurück. „Wir müssen systematisch suchen.“

„Ich schaue mir die linke Seite des Grabmals an und du übernimmst die rechte. Raimund hält die Umgebung im Auge.“

Ohne weitere Diskussion zog Katharina ihr Handy aus der Tasche und leuchtete ihren Grababschnitt systematisch aus. Sie tastete zusätzlich mit den Händen die Außenseite des Schreins ab. Nichts. Sie blickte zu Stefano, der ebenfalls tastend das Grabmal entlangging. Er nahm ihren Blick auf und schüttelte den Kopf. „Wir sollten den Suchradius vergrößern. Vermutlich hatte Holger gar keine Gelegenheit, die Reliquie direkt am Grab zu verstecken. Zum Hauptaltar kommen doch viel zu viele Menschen. Das Risiko, dass das Versteck entdeckt würde, wäre einfach zu groß.“ Akribisch prüften sie die angrenzenden Wände. Nach mehreren erfolglosen Durchgängen sagte Katharina: „So wird das nichts. Wir müssen anders an die Suche heran. Stefano, du kanntest Holger. Versetz dich bitte in ihn hinein. Wo würdest du die Reliquie verstecken, wenn du an Holgers Stelle wärst?“

„Nun, ich würde mir einen unauffälligen Platz suchen“, begann Stefano zögernd. Er hielt kurz inne und fuhr dann fort: „Es müsste ein Ort sein, der keinem zufälligen Betrachter ins Auge springt. Am besten wäre ein Ort, der nicht ganz so häufig frequentiert wird und über den die meisten hinwegsehen. Ich würde ihn auch so auswählen, dass ich genügend Zeit hätte, das Versteck vorzubereiten, ohne gestört zu werden. Ich würde versuchen, es in die Wandgestaltung zu integrieren.“

Katharina nickte. „Das hört sich nachvollziehbar an. Und das zeigt, dass wir hier völlig falsch sein müssen. Der Hochaltar ist ein Touristenmagnet. Es ist keine Stelle sichtbar, an der die Öffnung für einen Hohlraum sein könnte."

„Aber wo soll es denn dann sein?", fragte Stefano kopfschüttelnd. „Könnte Holger die Reliquie in der Nähe von Berninis Elefant versteckt haben? Vielleicht wollte er uns gar nicht den Weg zur Kirche weisen, sondern hat die Reliquie bei dem Elefanten untergebracht."

„Das glaube ich nicht", sagte Katharina. „Die Piazza della Minerva ist öffentlich zu gut einsehbar. Wie hätte er denn draußen heimlich ein Versteck ausheben sollen? Das ganze Hotel hätte ihn dabei beobachten können. Außerdem hat er bei seiner Wahl bestimmt berücksichtigt, dass auch wir eine ungestörte Gelegenheit haben müssen, um an das Versteck heranzukommen. Es sei denn, er hat die Reliquie im Obelisken verborgen", fügte sie ironisch hinzu. Sie schüttelte nachdrücklich den Kopf. „Nein, ich bin sicher, dass die Reliquie hier in der Kirche ist."

Stefano nickte. „Das leuchtet ein. Aber wir können doch nicht die ganze Basilica auf den Kopf stellen. Dafür ist sie viel zu groß. Wir haben irgendeinen Hinweis übersehen."

Raimund, der ein paar Schritte abseits stand und einige Touristen musterte, hatte ihr Gespräch mitbekommen. „Stefano", sagt er leise, „ist hier in der Basilica nicht auch das Sterbezimmer der heiligen Katharina ausgestellt? Das könnte der richtige Ort sein."

Stefano schaute entgeistert auf Raimund und schlug sich dann mit der flachen Hand auf die Stirn. „Du hast recht! Das muss es sein. Das ich nicht selber draufgekommen bin."

„Moment! Würde mich mal jemand aufklären? Was denn für ein Sterbezimmer? Katharina ist doch nicht hier in der Basilica gestorben." Katharina schaute fragend von Stefano zu Raimund.

„Das stimmt," sagte Raimund. „Sie hat ihre letzten Stunden zuhause verbracht und ist auch dort gestorben. Im 17. Jahrhundert, knapp dreihundert Jahre nach Katharinas Tod, lebte hier der Kardinal Antonio Barberini, ein Verehrer der heiligen

Katharina. Er ließ nicht nur die Sakristei neugestalten, sondern er gab außerdem in Auftrag, die Mauern des Sterbezimmers der heiligen Katharina von der Via Di Santa Chiara 14 abzureißen und dann in die Basilica zu versetzen. Und genau das ist auch geschehen."

„Das Zimmer ist also hier neu aufgebaut worden. Und wo genau?" Katharina spürte, wie neue Energie sie durchflutete.

„Die Kammer wurde in eine Kapelle umgewandelt und befindet sich direkt hinter der Sakristei." Raimund deutete nach links. „Da sollten wir suchen."

Die drei begaben sich eilig in Richtung Sakristei. Keiner von ihnen bemerkte, dass sich eine dunkel gekleidete Gestalt mit Kopfbedeckung und gesenktem Haupt in einer der vorderen Bankreihen niedergelassen hatte. Die Person saß zusammengekauert auf der Bank, so dass ein Blick auf ihr Gesicht nicht möglich war. Versonnen drehte sie ein goldenes Feuerzeug zwischen ihren Fingern.

Das Handy schrillte laut. Mangold, der gerade Fotos von Kirchenbesuchern mit der Handykamera aufnahm, zuckte vor Schreck zusammen.

„Meine Güte, hast du einen fürchterlichen Klingelton! Da solltest du dich dringend mal drum kümmern", brummte Hektor. „Tante Lucy hat einen Mordsschreck bekommen. Ich empfehle dir die quakenden Enten. Das entspannt kolossal."

„Und ich empfehle dir, dass du jetzt übernimmst und aufpasst."

Ein Blick auf die Anruferkennung zeigte Mangold, dass es sein französischer Kollege Antoine war, der versuchte, ihn zu erreichen.

„Mangold hier. Was kann ich für dich tun, Antoine?" Mit einem Blick aus den Augenwinkeln stellte er fest, dass Hektor bereits seine eigene Handykamera gezückt hatte und gewissenhaft den Eingang der Basilica im Auge behielt. Er hatte bereits mehrfach festgestellt, dass sich hinter dem coolen, manchmal provokanten Gehabe von Hektor eine durch und durch zuverlässige und kluge Person verbarg. Erleichtert wandte er sich dem Gespräch mit Antoine zu.

Einige Minuten hörte er bloß stumm zu, während sich seine Augen weiteten. „Wie sicher seid ihr?“, hakte er nach. Er wartete die Antwort ab und nickte dann. „In gewisser Weise ergibt das jetzt alles einen Sinn – einen makabren Sinn. Das bedeutet aber auch, dass Katharina immer noch in Gefahr ist. Jetzt mehr denn je.“

Hektor, der die letzten Worte mitbekommen hatte, fuhr hoch und sah ihn fragend an. Mangold bedeutete ihm mit einem Handzeichen, sich wieder hinzusetzen.

„Antoine, ich habe noch eine Bitte. Wir sind hier gerade an der Basilica di Santa Maria sopra Minerva.“ Er nickte. „Ja, genau, die ist in Rom. Hör mir zu! Ich kann dir jetzt nicht erklären, warum wir hier sind. Aber ich möchte, dass du mit deinem Kontaktmann von EUROPOL Bildmaterial auswertest, dass ich dir in spätestens zwei Stunden mailen werde. Ich brauche das Ergebnis so schnell wie möglich. Ich habe das dunkle Gefühl, dass der Mörder von Rafael Soprano bereits hier angekommen ist.“

43. ROM

BASILICA DI SANTA MARIA SOPRA MINERVA

Katharina betrat mit Stefano und Raimund den großen Sakristeiraum und sah sich um. Sie blickte auf die berühmte Altartafel „Das Kruzifix und vier Heilige", die von Andrea Sacchi stammte, der im 17. Jahrhundert den Raum gestaltet hatte. An den Wänden befanden sich noch Schränke aus Nussholz, die Bestandteil der Originalausstattung waren, wie ihr Stefano erklärte.

Von der Sakristei gelangten sie dann in die Kammer der heiligen Katharina. Als erstes fielen Katharina die Fresken an den Wänden auf.

„Vielleicht hat Holger die Reliquie in der Nähe der Fresken verborgen", mutmaßte Katharina.

Raimund war bereits vor dem ersten Fresko „Die Kreuzigung" angekommen. Er starrte auf die Wand. „Hier ist nichts." Nacheinander begutachteten die drei die übrigen Fresken. Nichts! „Ich glaube auch nicht, dass Holger sein Versteck inmitten der wertvollen Fresken ausgewählt hätte", sagte Stefano. „Er hätte viel zu viel Sorge gehabt, dass diese beschädigt würden." Er überlegte. „Dann bleibt wohl nur der Fußboden. Vielleicht hat er einen Aushub gemacht und die Reliquie praktisch begraben."

„Schauen wir nach!", sagte Katharina. Alle drei prüften akribisch den Boden zu ihren Füßen. „Hier ist gar nichts", murmelte Katharina enttäuscht. „Dabei bin ich mir sicher, dass wir hier im Sterbezimmer richtig sind. Was übersehen wir bloß?"

Katharina begann auf und ab zu gehen. Sie richtete ihren Blick abwechselnd auf die Wand, auf den Boden und auf die Decke. Moment – die Decke. Katharina holte ihr Handy hervor und richtete den Lichtstrahl nach oben. Ein breites Lächeln überzog ihr Gesicht. „Kommt her, ihr beiden! Ich glaube, hier ist es." Sie deutete mit dem Finger auf den Deckenabschnitt direkt über ihr. Angestrahlt von dem Licht des Handys über ihr, sahen sie es: durch kunstvolle Ornamente eingerahmt fand sich auf einer Länge von ca. fünfzig cm der dunkle und verschnörkelte Schriftzug „Sono sangue e fuoco!"

„Wow!", entfuhr es Raimund.

„Das ist genau der Satz, der sich auch in dem Medaillon von Maria befunden hat", ergänzte Katharina aufgeregt. „Hier ist das Versteck. Holger muss irgendwie die Decke aufgestemmt und die Reliquie dort oben versteckt haben."

Stefano war ganz still. Katharina bemerkte, dass Tränen in seinen Augen glitzerten. „Ja, du hast recht. Genau hier muss es sein. Ich bin mir auch sicher." Er räusperte sich. „Ich kann mir auch vorstellen, wer ihm dabei geholfen hat. Holger war gut befreundet mit dem früheren Architekten und Bausachverständigen unseres Ordens. Marcello Torani war dafür verantwortlich, die Basilica baulich in Schuss zu halten. Er war ein Meister seines Fachs. Bestimmt hat Holger ihn in das Geheimnis eingeweiht und um Hilfe gebeten."

„Von einem Marcello habe ich noch nie gehört", wandte sich Raimund an Stefano.

„Das ist auch kein Wunder. Kurz nach Holgers Tod stürzte Marcello bei einer Begehung von einem Baugerüst, das an der Außenseite der Basilica angebracht war. Es war ein tragischer Unfall, und er war sofort tot." Stefano seufzte. „Bestimmt hatte Holger ihn beauftragt, uns über das Reliquienversteck zu informieren, falls ihm etwas zustoßen sollte. Ich habe mich all die Jahre immer gefragt, warum Holger nicht dafür gesorgt hat, dass wir die Reliquie auch wirklich wiederfinden. Jetzt ist mir alles klar: Marcello war sein Joker. Er sollte sicherstellen, dass die Geschichte ein gutes Ende nimmt. Aber durch eine Verkettung von unglücklichen Umständen sind Holger und Marcello beide zu Tode gekommen. Die einzigen Mitwisser haben das Geheimnis buchstäblich mit in ihr Grab genommen."

„Hey", sagte Katharina leise. „Sieh es nicht so negativ." Sie grinste verschmitzt. „Ich würde es eher so formulieren: Durch eine Verkettung absolut glücklicher Umstände hat die Tochter von Holger ihre Vergangenheit ergründet und dann gemeinsam mit ihren neuen Freunden, die sich als überaus clever erwiesen haben, das lang gehütete Geheimnis gelüftet."

Katharina stellte sich auf die Zehenspitzen und leuchtete noch einmal auf den Schriftzug über ihrem Kopf. „Seht ihr das auch? Die Buchstaben sind nicht auf den Deckenputz geschrieben. Der Untergrund sieht irgendwie ...", sie überlegte kurz, „...glänzend aus."

Raimund legte den Kopf in den Nacken und starrte an die Decke. „Mhm." Er nickte bestätigend. „Es sieht so aus, als sei eine Platte ebenbündig in die Decke eingelassen worden."

„Heb mich mal auf deine Schultern", verlangte Katharina, „ich schaue mir das näher an."

Sie stellte sich mit dem Rücken vor Raimund, der seine Hände um ihre Hüften legte. „Bei drei", sagte er. Er zählte laut, und bei „drei", sprang Katharina kraftvoll in die Höhe, während Raimund sie unterstützte und mit Schwung auf seine Schultern absetzte. Seine Bauchwunde machte sich pochend bemerkbar, aber er ignorierte den SChmerz.

„Das war ja gar nicht schlecht", bemerkte Katharina. „Du bist ziemlich kräftig."

„Und du bist leicht wie eine Feder", antwortete Raimund, verzog jedoch sein Gesicht zu einer Grimasse.

„Ich muss noch höher. Kann ich mich auf deine Schultern stellen?"

„Probieren wir es mal. Nimm meine Hände und versuch dich hochzudrücken!"

Katharina ergriff seine rechte Hand und stellte gleichzeitig ihren Fuß auf seine rechte Schulter. Raimund hatte durchaus breite Schultern, aber das Aufrichten gestaltete sich als schwierig. Immer wieder musste sie ihr Gleichgewicht austarieren. Nach einigen Versuchen gelang es ihr, auch den linken Fuß auf Raimunds Schulter zu platzieren. Langsam stellte sie sich auf. Raimund legte seine Hände fest um ihre Waden, damit sie einen besseren Halt bekam. Katharina hatte sich aufgerichtet und konnte jetzt die Decke anfassen. Stefano hielt das Handy am ausgestreckten Arm hoch und richtete den Lichtstrahl direkt auf den Schriftzug.

Katharina berührte leicht die Decke. Ihre Finger glitten vorsichtig über die Ränder des Schriftzugs. „Du hast recht, Raimund. Hier ist eine Platte in die Decke eingelassen. Ich kann den Rand ertasten."

Sie versuchte mit den Fingern unter den Rand zu gelangen, was ihr aber nicht gelang. „Die Platte ist quadratisch und ich schätze, sie hat ein Ausmaß von gut 50 cm. Ich habe aber keine Ahnung, wie wir sie öffnen können. Sie ist komplett bündig in die Decke eingelassen. Wenn wir sie aushebeln wollen, müssten wir die Decke ringsum beschädigen."

„Das glaube ich nicht", sagte Raimund. „Komm erst einmal von meinen Schultern herunter, dann überlegen wir." Katharina reichte ihm ihre Hände und leichtfüßig sprang sie von seinen Schultern.

„Und was jetzt?", fragte Stefano. „Wir können doch nicht in einer Nacht- und Nebelaktion die Decke beschädigen. Das würde doch sofort auffallen."

„Das müssen wir auch nicht", sagte Raimund. Er drehte sich zu Katharina. „Du hast gerade die Platte berührt. Wie hat sie sich angefühlt – aus welchem Material könnte sie bestehen?"

Katharina zuckte die Schultern. „Sie fühlte sich glatt und kalt an. Vielleicht Eisen oder Stahl. Warum ist das wichtig?"

Raimund grinste über das ganze Gesicht. „Hast du Berninis Elefant hier?"

„Ich verstehe nicht..." Katharina schaute verständnislos.

„Aber ich!" meldete sich Stefano zu Wort. „Raimund will uns gerade sagen, dass der kleine eiserne Elefant mehr als nur ein Fingerzeig auf das Versteck ist. Die Figur ist in erster Linie ein starker Magnet!“

Katharina schaute die beiden Männer sprachlos an. Ihr glaubt, dass sich mit dem Elefanten die Platte öffnen lässt?“

„Genau das – er ist der direkte Schlüssel zur Reliquie!“

44. ROM

BASILICA DI SANTA MARIA SOPRA MINERVA

Katharinas Uhr zeigte 22:08 Uhr. Gemeinsam mit Mangold, Hektor und Stefano ging sie zügigen Schrittes über die Piazza della Minerva auf die Basilica zu. Es war merklich kühler geworden und die Luft schmeckte nach Regen. Der Herbst kündigte sich an. Sie war angespannt, empfand aber keine Furcht. Die vergangenen Wochen waren lehrreich gewesen. Sie war dem Tod jetzt schon mehrmals von der Schippe gesprungen, so dass sie selbst bisweilen das trügerische Gefühl hatte, unbesiegbar zu sein. Katharina schielte zu ihren Begleitern. Stefano hatte Schweißtropfen auf der Stirn und kramte bereits im Gehen nach dem Schlüssel für die Basilica, lange bevor sie dort ankamen. Er war kurzatmig, und seine Augen huschten fahrig von links nach rechts.

Anders Mangold und Hektor. Die beiden hatten Katharina in ihre Mitte genommen. Energischen Schrittes marschierten sie auf die Kirche zu und hielten dabei die Umgebung im Auge. Katharina wusste, dass Mangold mit einer Pistole bewaffnet war. Hektor hatte sich nur Pfefferspray besorgt. „Ich habe noch nie mit Waffen umgehen können, also werde ich heute Abend nicht damit anfangen. Meine Stärke ist hier." Er hatte auf seinen Kopf getippt. „Das ist im Ernstfall vielleicht besser als eine Waffe."

Sie hatten vereinbart, dass nur Katharina und Stefano in die

Basilica gehen würden. Mangold und Hektor sollten den Haupt- und Nebeneingang bewachen.

Am Haupteingang angekommen, hörten sie ein leises Fiepen, was Katharina zu einem nervösen Lachen veranlasste. „Du hast doch wohl nicht Tante Lucy mitgenommen“ raunte sie Hektor zu.

„Ich wollte sie nicht alleine im Hotel zurücklassen. Außerdem hat sie bessere Ohren als jeder Wachhund“, sagte Hektor nun doch ein wenig verlegen. Mangold verdrehte die Augen, enthielt sich aber eines Kommentars. „Was denn?“, verteidigte sich Hektor. „Ratten haben ein außergewöhnliches Gehör... glaube ich zumindest.“

Stefano hatte das kleine verbale Intermezzo genutzt und bereits das Eingangsportal geöffnet.

Katharina holte tief Luft und merkte, dass ihr die Knie nun doch ein wenig weich wurden.

„Hey!“ Mangold zog sie zu sich heran. „Halte dich einfach an unseren Plan. Dann wird alles gut. Wir stehen bereit. Dir wird nichts passieren!“

„Danke!“ Katharinas Stimme klang rau. Sie räusperte sich. „Ich bin sehr froh, dass du hier bist.“

„Na, dann mal los!“ Mangold drückte aufmunternd ihren Arm, und Katharina betrat gemeinsam mit Stefano die dunkle Kirche.

Sie hielten beide eine Taschenlampe in den Händen und gingen zügig den schon bekannten Weg über die Hauptchorkapelle zur Sakristei. Katharina und Stefano sprachen nicht. Beide wussten, was zu tun war.

Katharina ging voran und blieb ungefähr in der Mitte der schlauchförmigen Sakristei stehen. Stefano folgte ihr. Das Licht der Lampen glitt über das dunkle Holz der Schrankwände, die seit dem 17. Jahrhundert die Längsseiten der Wände schmückten.

Sie lenkte den Lichtkegel nach oben in die Mitte des Gewölbes und leuchtete auf das Fresko *„Die Glorie des Heiligen Dominikus“*, einem Werk des römischen Künstlers Giuseppe Puglia. „Schau dir das an!“, sagte sie zu Stefano und zog ihn am Ärmel heran.

„Es ist wunderschön, nicht wahr?“, fragte Stefano in einem Tonfall, als seien sie allein zur Besichtigung der Fresken zur nächtlichen Stunde in die Basilica gekommen.

„Einen schönen guten Abend zusammen“, erklang es in diesem Moment. „Es wurde auch langsam Zeit, dass ihr kommt.“

Katharina drehte sich langsam zu der Stimme um. Eine Gestalt stand im Zugangsbereich zum Sterbezimmer. Die Person richtete einen starken Lichtschein auf Katharina, so dass diese geblendet die Augen zukniff und nur den vagen Umriss ausmachen konnte. Das war aber egal. Auch ohne die Person genau erkennen zu können, wusste Katharina, um wen es sich handelte.

„Guten Abend, Maria“, sagte sie ruhig.

Die Person schwieg kurz einige Sekunden, augenscheinlich verblüfft, dann lachte sie hell auf. „Sieh an, du bist doch nicht so dumm, wie ich dachte.“ Die Stimme klang angenehm tief und auch belustigt.

Katharina entgegnete nichts. Sie hielt die Augen geschlossen und ihr Gesicht direkt in den Lichtkegel gereckt. Sie wollte, dass die Person sie betrachtete.

Erst nachdem weitere Sekunden verstrichen waren, senkte die Gestalt langsam die Taschenlampe und richtete den Lichtschein vor sich auf den Boden, so dass sie jetzt für Katharina und Stefano erkennbar war.

Katharina stand still da und sah zum ersten Mal ihre Zwillingsschwester.

Maria war von schlanker, durchtrainierter Statur, etwas muskulöser als sie selbst. Anders als Katharina trug sie das kastanienbraune Haar kurzgeschnitten. Ihre Gesamterscheinung strahlte etwas Raubtierhaftes aus.

Ihre dunklen Augen blickten so intensiv wie die ihrer Schwester. Und Katharina musste feststellen, dass Maria das gleiche Grübchen am Kinn hatte wie sie. Auch die Form von Nase und Mund schien identisch.

Mit Ausnahme dieser Merkmale unterschied sich das Gesicht dennoch deutlich von Katharinas. Katharina hatte energische, aber durchweg freundliche Gesichtszüge. Die Mimik ihrer

Schwester wirkte hingegen hart und unerbittlich. Die steile Falte zwischen den Augenbrauen sowie die eingemeißelten Falten an den Mundwinkeln zeugten davon, dass sie ein Mensch war, der selten lachte. Im Schein der Taschenlampe traten die Falten deutlich und dunkel hervor. Wie die schöne, aber abgrundtief böse Fee in einem Märchen, dachte Katharina.

Maria schien die Blicke von Katharina, die auf ihr ruhten, zu genießen. „Gefällt dir, was du siehst? Wie es scheint, hat es das Leben mit meiner Schönheit nicht so gut gemeint wie mit dir. Du hast immer noch das unschuldige Gesicht eines Mädchens."

„Neidisch, Maria?", fragte Katharina provozierend.

„Nicht doch", Maria lächelte gelassen. „Es sei dir gegönnt. Mich würde viel mehr interessieren, wie lange du schon weißt, dass ich noch lebe?"

„Oh, das wissen wir schon einige Zeit, meine liebe Maria", mischte sich jetzt Stefano ein, der sich bis jetzt still verhalten hatte, aber ebenfalls keine Anzeichen von Überraschung zeigte.

Maria wandte sich mit einer kleinen Verbeugung zu Stefano, so als habe sie ihn erst jetzt bemerkt. „Guten Abend, Stefano. Wie schön, dich wiederzusehen nach all den Jahren. Gut hast du dich gehalten, wenn man davon absieht, dass du etwas fülliger geworden bist." Sie zwinkerte ihm verschwörerisch zu. „Du magst immer noch Pasta und Rotwein, richtig?"

Stefano antwortete nicht, sondern schaute sie nur stumm an.

„Also, woher wisst ihr, dass ich noch lebe?" Marias Tonfall hatte sich verändert. Die Freundlichkeit war verschwunden.

„Lass es mich ihr erklären, Stefano!", sagte Katharina ruhig. „Du hast gleich mehrere Fehler begangen, liebe Schwester.

Deinen ersten Fehler hast du gemacht, als du deinen Tod bei dem Autounfall vorgetäuscht hast. Du hast eine Autoexplosion verursacht, die dazu führte, dass der Mensch in dem Wagen bis zur Unkenntlichkeit verbrannt ist. Nur das verkohlte Medaillon und die Überprüfung des Gebisses haben zu deiner angeblichen Identifikation geführt. Von der Leiche war praktisch nichts übrig. Ich gehe davon aus, dass du den Zahnarzt bei seiner Stellungnahme „beeinflusst" hast." Katharina malte mit zwei Fingern Gänsefüßchen in die Luft.

„Die Leiche war vermutlich irgendein bedauernswerter Mensch, den du getötet hast. Genauso wie den Zahnarzt, der für deine Identifizierung zuständig war. Ich habe gehört, dass er kurze Zeit nach deinem Unglück ebenfalls einem tödlichen Autounfall zum Opfer gefallen ist. Das hätte vielleicht alles ein Zufall sein können. Das, was mich aber wirklich stutzig gemacht hat, war die Tatsache, dass dein Medaillon noch verhältnismäßig gut erhalten war. Das konnte nicht sein. Silber hat eine Schmelztemperatur von knapp tausend Grad Celsius. Eine Autoexplosion, die so heftig war, dass praktisch nichts mehr übriggeblieben ist, muss weitaus mehr Hitze erzeugt haben. Sie hätte also auch das Silber zum Schmelzen gebracht. Das Medaillon ist aber nur leicht verkohlt. Sogar der Schriftzug im Innern war noch lesbar. Das konnte also nur bedeuten, dass du bewusst deinen Tod initiiert hast und sicherstellen wolltest, dass du über das Medaillon als Leiche identifiziert wirst."

„Bravo, Frau Anwältin! Gute Beweisführung." Maria klang verärgert. „Und was noch?"

„Dein nächster Fehler war noch dümmer", fuhr Katharina ungerührt fort. „Du bist der Mörder von Rafael Soprano."

Maria guckte sie stumm an und zog eine Augenbraue hoch.

„Du warst zwar so clever, dein Gesicht mit einem großen Mundschutz zu bedecken, so dass die Kameras in der Klinik keine verwertbare Aufnahme von dir machen konnten. Als du aber das Krankenhaus durch den Hinterausgang verlassen hast, konntest du es gar nicht abwarten, dir den Mundschutz vom Gesicht zu reißen. Diesen Eindruck gewinnt man zumindest, wenn man sich das Video anschaut, dass die Außenkamera des kleinen Elektroladens gemacht hat, der sich auf der anderen Straßenseite befindet.

Sie hat gefilmt, wie du das Krankenhaus kurz nach der Tat durch den Hinterausgang verlässt und dir draußen den Mundschutz und auch die Handschuhe abstreifst. Die französische Polizei hat das Video mit Hilfe eines Gesichtserkennungsprogramms von EUROPOL ausgewertet."

Maria starrte sie jetzt hasserfüllt an.

Katharina fuhr im Plauderton fort: „Es hat eine Zeitlang gedauert, bis die Polizei Kenntnis von dem Bildmaterial bekommen hat. Deine Identifizierung ist zwei französischen Polizisten zu verdanken, die besonders hartnäckig waren. Nachdem du ihre Kollegen so kaltblütig ermordet hast, waren sie wild entschlossen, deine Identität herauszufinden."

Katharina machte eine kurze Pause und fuhr dann fort:

„Danach haben wir nur zwei und zwei zusammengezählt. Du bist der Chef der FIRMA. Rafael Soprano war nur der Mann für die Außendarstellung. Er hat sich die Hände schmutzig gemacht. Aber du warst diejenige, die die Fäden in den Händen hielt und kaltblütig alle Entscheidungen getroffen hat. Wie viele deiner Untergegeben wussten überhaupt, dass ihr Chef an der Spitze eine Frau ist? Wie viele Morde hast du in Auftrag gegeben?"

Katharina holte tief Luft und schoss noch einen verbalen Pfeil ab: "Außerdem gehe ich davon aus, dass du die Geliebte von Mattheo warst."

Bei der Nennung des Namens zuckte es in Marias Gesicht. Dann versteinerten sich ihre Gesichtszüge wieder.

„Kurz bevor ich ihn getötet habe, hat er mir gesagt, dass ich dir nicht das Wasser reichen könne. Das hörte sich für mich seltsam an, so als ob du noch leben würdest. Da wusste ich, dass etwas nicht stimmte. Maria, ... was hat dich so bösartig werden lassen?"

„Was bildest du dir eigentlich ein, über mich zu urteilen?", antwortete Maria heftig. „Du hast doch das bessere Los gezogen und bist wohlbehütet in Deutschland aufgewachsen. Ich war hier in einem gottverdammten Heim und konnte mich nur auf mich selbst verlassen. Ich war übrigens in der Uniklinik in Köln, als du Raimund das erste Mal besucht hast. Du warst so arrogant und mit dir selbst beschäftigt, dass du gar nicht bemerkt hast, wie ich an dir vorbeigegangen bin."

„So nicht", sagte Katharina jetzt ebenfalls heftig. „Von dir lasse ich mir kein schlechtes Gewissen einreden. Mach nicht deine Mitmenschen für deine kriminelle Laufbahn verantwortlich.

Du wolltest Stefano und mich umbringen lassen. Mich – deine eigene Schwester!"

„Oh, keine Angst", sagte Maria jetzt sarkastisch. „Das hole ich noch nach. Der Plan steht noch. Vor allem, da meine Laufbahn- wie du sie nennst - noch längst nicht am Ende ist. Daran ändert auch der Tod von Mattheo nichts. Ich habe ihn wirklich gern gehabt, und er war loyal."

Sie zuckte mit den Schultern. „Aber letztendlich hat er sich doch als Versager erwiesen. Und ich trauere keinem Versager nach. Es werden neue Männer kommen, die mir zu Füßen liegen."

„Und jetzt?", fragte Katharina und drehte den Kopf leicht zur Seite.

Maria, die das sah, lachte auf. „Ich erkläre es euch. Ihr beiden rechnet wohl damit, dass eure Freunde gleich hier hereinspaziert kommen und mich überwältigen. Das ist aber ein Irrtum. Ihr braucht gar nicht nach ihnen Ausschau zu halten."

Maria sah befriedigt, wie Katharina schutzsuchend Stefanos Hand ergriff.

„Drei meiner Männer sind gerade draußen vor der Basilica und töten eure beiden Freunde, die dort Wache schieben. Das tätowierte Muskelpaket mit der widerlichen Ratte wird als erstes dran glauben. Zwei weitere Männer habe ich in das Kloster zu Raimund geschickt. Ich weiß Bescheid, dass er heute Abend nicht bei unserer kleinen Party hier mitmachen will. Seine Verletzungen machen ihm noch zu schaffen. Der Arme! Da habe ich eine gute Nachricht für euch: Noch vor Mitternacht wird er von allen Schmerzen erlöst sein."

Langsam griff Maria in ihren hinteren Hosenbund und zog eine Pistole hervor, die sie jetzt auf Katharina und Stefano richtete.

„Ihr beide werdet jetzt die Reliquie holen. Deshalb seid ihr doch hier. Ihr habt heute Nachmittag die Örtlichkeiten ausgekundschaftet und seid jetzt wiedergekommen, um sie euch zu holen. Sie ist irgendwo im Sterbezimmer der heiligen Katharina, richtig?"

Maria hielt die Pistole ruhig und siegessicher, so wie sie es in ihrem Leben schon viele Male gemacht hatte.

„Ich habe euch am Nachmittag in der Kirche beobachtet und warte jetzt schon einige Stunden hier auf euch. Mir war klar, dass ihr wiederkommen würdet. Ich habe allerdings noch nicht herausgefunden, wo das Versteck genau ist. Aber da werdet ihr mir bestimmt gerne helfen können."

„Die Reliquie ist nicht hier", sagte Stefano.

„Das glaube ich dir nicht. Es gibt genau zwei Möglichkeiten, wie die Sache weitergehen kann." Maria lächelte Stefano bösartig an. „Die erste besteht darin, dass ihr mir helfen könnt, die Reliquie zu bekommen. Dann würde ich mich erkenntlich zeigen. Zur Belohnung werde ich euch kurz und schmerzlos erschießen. Die andere Alternative besteht darin, dass meine Freunde euch unglaubliche Schmerzen zufügen und ihr mir dann ebenfalls helft, die Reliquie zu besorgen. Es kann also schnell gehen oder langsam – eure Entscheidung!"

Maria zielte mit der Pistole auf Stefanos Knie. Weder Stefano noch Katharina rührten sich. Dann ging es blitzschnell. Wie aus dem Nichts tauchte in diesem Moment ein schwarzgekleideter Mann auf, der sich in einer Nische des Holzschranks verborgen gehalten hatte. Der Mann hatte hier schon einige Stunden verbracht und genau auf diesen Moment gewartet. Wie einem Film von Bruce Lee entsprungen, wirbelte er aus der Nische hervor und bevor Maria auch nur reagieren konnte, war er schon bei ihr angekommen. Er wirbelte herum, hob sein linkes Bein und trat ihr mit Schwung die Waffe aus der Hand.

Maria schaute verblüfft zu ihrer Hand und dann zu dem Mann, der sie bei der Aktion kaum gestreift hatte. Sie gewann ihre Fassung sehr schnell wieder.

„Guten Abend, Raimund. Na, wer hätte das gedacht? Deine Verletzungen scheinen ja schnell geheilt zu sein", sagte sie spöttisch. „Du bist erstaunlich fit."

„Maria, gib auf!", sagte Raimund leise. „Wir haben dir eine Falle gestellt. Die Polizei ist informiert. Deine Freunde sind längst verhaftet. Es ist zu Ende."

Maria sackte in sich zusammen. „Ich habe dich immer gemocht, Raimund. Wir waren früher doch so ein gutes Team, gemeinsam mit Mattheo."

Katharina beobachtete ihre Schwester, die auf dem Boden zusammengesunken war. Irgendetwas stimmte hier nicht. Diese Form der Kapitulation passte nicht zu der gerissenen Frau, die sie vor wenigen Sekunden noch mit dem Leben bedroht hatte. Sie wollte Raimund gerade warnen, als Maria blitzschnell an ihren Knöchel griff. In einem Holster hatte sie eine zweite Pistole versteckt, die sie nun ergriff, dann auf die Füße sprang und die Waffe auf Katharina und Stefano richtete.

Beherzt riss Katharina den Mönch auf den Boden, als Maria auch schon die Pistole abfeuerte und die Kugel direkt über sie hinwegschoss. Katharina konnte den Lufthauch spüren. Der Lärm kam ihr ohrenbetäubend vor.

Das nächste, was sie sah, war, wie Maria sich umdrehte und die Pistole jetzt langsam auf Raimund richtete, der selbst nicht bewaffnet war. Katharina hatte das Gefühl, als würde sich die Szene in Zeitlupe vor ihren Augen abspielen. Raimund stand ganz still und schaute Maria in die Augen.

Katharina schrie laut auf. „Neiiin!"

In diesem Moment ertönte der Schuss. Aber es war nicht Raimund, der zu Boden ging, sondern Maria.

Katharina riss den Kopf hoch und schaute zum Eingang der Sakristei, wo Mangold mit grimmiger Miene stand und die Waffe nach wie vor schussbereit hielt. Er nahm Blickkontakt mit Katharina auf, steckte die Waffe in sein Holster und rannte dann zu ihr. „Alles klar bei dir?"

Katharina nickte. „Es ist alles gutgegangen. Und bei euch?"

In diesem Moment betraten drei Polizeibeamte die Sakristei. Mangold winkte die Männer heran, bevor er sich noch einmal Katharina zuwandte: „Drei von Marias Männern hat die Polizei gerade direkt vor der Basilica abgefangen. Hektor und ich waren die perfekten Lockvögel. Es ist alles wie am Schnürchen gelaufen. Die Polizei hat sich exakt an unsere Absprache gehalten. Sie sind genau im richtigen Moment erschienen und haben dann zugeschlagen. Marias Männer wussten gar nicht, wie ihnen geschah."

„Haben Sie auch die anderen Kerle erwischt?", fragte er die Polizisten auf italienisch, als sie bei ihnen angekommen waren. Der erste Polizist grinste breit. „Ja, wir haben sie am Eingang des Klosters in Empfang genommen, als sie Bruder Raimund einen Besuch abstatten wollten. Sie haben keine Zeit für eine Gegenwehr gehabt." Er lächelte zufrieden. „Die Organisation dieser Dame" – er deutete auf Maria, die etwas weiter regungslos am Boden lag – „haben wir wohl zerstört. Dadurch, dass sie uns ins Netz gegangen ist, haben wir der Schlange praktisch den Kopf abgeschlagen. Ist sie tot?"

Katharina überging die letzte Frage. „Was ist mit Hektor, wie geht es ihm?"

„Sprechen Sie etwa von dem auffälligen Herrn, der eine Ratte als Haustier hält?"

Katharina nickte lächelnd. „Ist alles klar mit ihm?"

„Ich denke schon. Kurz bevor ich hier in die Basilica gekommen bin, hat er einem der verhafteten Männer erklärt, dass seine Ratte darauf abgerichtet sei, Menschen durch einen gezielten Biss in den Hals zu töten. Der arme Mann hat uns geradezu angefleht, schnell zur Wache gebracht zu werden."

In diesem Moment meldete sich Raimund zu Wort. „Katharina, komm her. Maria lebt noch und möchte mit dir sprechen."

Katharina erhob sich mit wackligen Knien und lief zu dem menschlichen Bündel, das einige Meter weiter gekrümmt am Boden lag. Die Polizisten wollten ihr folgen, doch Mangold hielt sie mit einer Handbewegung zurück. „Es ist ihre Schwester, geben Sie ihr eine Minute."

Raimund hatte seine Jacke ausgezogen und Marias Kopf darauf gebettet. Maria gelang es mit großer Kraftanstrengung sich auf den Rücken zu rollen. Ihr gesamtes T-Shirt war blutdurchtränkt. Katharina konnte nicht erkennen, wo das Einschussloch war und ob es eine tödliche Verletzung war.

Sie setzte sich neben ihre Schwester auf den Boden und nahm ihre Hand.

Maria schaute sie an und flüsterte mit vor Schmerzen verzerrtem Gesicht: „Die Reliquie ist nicht mehr hier, richtig? Ihr habt sie bereits heute Nachmittag mitgenommen."
Katharina antwortete nicht.
„Nun komm schon. Mich hat's erwischt. Ich werde sterben und das Geheimnis mit ins Grab nehmen. Verrate es mir. Bitte!"
Katharina nahm Blickkontakt mit Raimund auf, der ihr zunickte.
„Ja, wir haben sie direkt mitgenommen", sagte sie schlicht.
„Erzähl mir, wie ihr sie gefunden habt", flüsterte Maria nachdrücklich, bevor ein keuchender Husten sie schüttelte.
„Das werde ich" sagte Katharina leise. „ Aber zuerst möchte ich wissen, warum dir so viel an der Reliquie liegt. Es geht dir nicht nur um die finanzielle Seite, habe ich recht?"
Maria schloss die Augen und schwieg.
„Na, komm schon. Deine Geschäfte laufen doch gut. Warum willst du die Reliquie unbedingt haben? So leicht wirst du keinen Käufer finden."
Langsam öffnete Maria die Augen. „Sie sollte meine Rache sein", flüsterte sie. „Ich hatte nicht vor, sie zu Geld zu machen."
Katharina schaute sie verblüfft an. „Wovon sprichst du? An wem willst du dich rächen?"
Marias Augen glitzerten böse. „Du versteht es immer noch nicht." Ihre Augen bohrten sich in die ihrer Schwester. „Stell dir vor, was passiert wäre, wenn ich die ganze Welt hätte wissen lassen, dass in der Basilica di San Domenico nur ein Imitat der Kopfreliquie der heiligen Katharina steht, während ich das Original in meinem Besitz habe. Stefano und der verfluchte scheinheilige Dominikanerorden wären bloßgestellt gewesen. Die ganze Verschwörung wäre ans Tageslicht gekommen. Danach wäre ich als Kopf der *FIRMA* wie Phönix aus der Asche gestiegen und hätte die echte Reliquie unter den Augen der Weltöffentlichkeit großzügig der Kirche zukommen lassen. Natürlich ohne mich erwischen zu lassen. Was meinst du, wie die Presse es aufgenommen hätte, wenn eine der kriminellsten Organisationen Europas der Kirche eine solche Spende zukommen

lässt?“

Katharina runzelte die Stirn. „Damit hättest du den Dominikanern und vielleicht sogar der ganzen katholischen Kirche einen nicht wiedergutzumachenden Imageschaden zufügen können. Aber aus welchem Grund um Himmels Willen?“

Maria lächelte jetzt. „Stefano hätte dann endlich begriffen, dass er vor über dreißig Jahren einen großen Fehler gemacht und die falsche Tochter nach Deutschland gebracht hat.“ Sie holte Luft. „Mir hätte es zugestanden, wohlbehütet in einem hübschen Reihenhaus aufzuwachsen und das Leben zu führen, das du gelebt hast.“

Katharina schluckte. „Es ging also immer nur um uns beiden. Du hast es Stefano übel genommen, dass er mich den Marvins anvertraut hat. Dafür wolltest du Rache.“ Katharina schaute ihre Schwester voller Abscheu an und machte Anstalten, sich aufzurichten. „Du bist ja völlig krank.“

„Warte!“ Maria fasste nach ihr. „Du hast versprochen, mir zu erzählen, wo ihr das Versteck gefunden habt.“

Katharina zögerte, ließ sich dann aber doch noch einmal neben ihrer Schwester nieder. „In der Sterbekammer hat unser Vater die Decke an einer Stelle mit dem berühmten Ausspruch der heiligen Katharina *Sono sangue e fuoco!* gekennzeichnet. Diese Deckenbemalung ist unscheinbar. Sie fällt dem Betrachter angesichts der berühmten Fresken an den Wänden kaum ins Auge. Hast du sie gesehen?“

Maria nickte leicht mit geschlossenen Augen. Katharina bemerkte, dass ihrer Schwester mittlerweile blutiger Speichel aus dem Mundwinkel lief. Rasch fuhr sie fort:

„Da hast du ein gutes Auge. Man muss aber noch genauer hinschauen, um zu erkennen, dass direkt an dieser Stelle eine bündige Platte in die Decke eingelassen ist, die so verputzt wurde, dass sie sich kaum von dem Deckenanstrich abhebt. Bei den Lichtverhältnissen in der Kammer ist sie mit bloßem Auge nur zu erahnen.“

Maria gab einen kleinen überraschten Laut von sich.

Katharina nickte. „Wir haben festgestellt, dass die Platte aus

Stahl und damit magnetisch ist. In der *Casa Vino* hatten wir den Schlüssel zur Öffnung der Platte gefunden, auch wenn wir zu diesem Zeitpunkt noch nichts davon geahnt hatten. In dem Tresor lag ein kleiner eiserner Elefant, eine Nachbildung von Berninis Elefant.

Dieses kleine Kunstwerk, das vermutlich unser Vater geschaffen hat, hat sich als starker Magnet entpuppt."

„Erzähl weiter", flüsterte Maria, als Katharina eine Pause machte. Sie röchelte und ihre Stimme brach. Ihre Atmung war mittlerweile unregelmäßig.

„Nach all der Sucherei ging es dann auf einmal ganz schnell", fuhr Katharina fort. „Raimund hat mich auf seine Schultern gehoben. Und ich habe den Elefanten von unten gegen die Platte gedrückt, wobei ich den Obelisken als Hebel in der Hand gehalten habe. Damit ließ sich die Platte ganz leicht von der Decke abziehen.

Unter der Decke befand sich ein größerer Hohlraum mit einem Vorsprung. Und genau auf diesem Vorsprung stand eine kleine Aluminium-Box. Das war es auch schon. Ich habe die Box herausgenommen und danach die Platte direkt wieder eingesetzt. Kein Mensch wird je erahnen, dass die Kopfreliquie der heiligen Katharina viele Jahre in ihrem eigenen Sterbezimmer geruht hat. Wir haben die Box mit ins Hotel genommen."

Maria hatte jetzt die Augen weit geöffnet. „Die Reliquie ist jetzt in eurem Hotelzimmer...?", fragte sie ungläubig.

„Unglaublich, aber ja. Kein Mensch hat sich darum gekümmert. Wir haben die Box übrigens erst im Hotel geöffnet. Und haben die Reliquie gefunden."

Katharina lächelte jetzt „Und sie ist nach wie vor in einem sehr guten Zustand. Unser Vater hatte sie in ein durchsichtiges Gefäß gepackt, das irgendwie beschichtet ist und wohl dafür gesorgt hat, dass gute klimatische Verhältnisse vorliegen. Genaues weiß ich nicht, ist aber wohl auch egal."

„Und keiner ahnt etwas? Auch die Polizei nicht?" Marias Worte waren kaum noch zu hören. Ihr Atem rasselte.

„Kein Mensch ahnt etwas. Die Polizei ist heute Nacht nur hier, um deine Organisation zu zerschlagen. Sie weiß nichts von der Reliquie."

„Wie kann das sein? So blöd ist die Polizei doch auch nicht." Maria hustete erneut und kleine rote Speicheltröpfchen fielen auf Katharina.

„Nachdem die französische Polizei meinen Freund Mangold telefonisch darüber in Kenntnis gesetzt hat, dass sie dich als Mörderin von Soprano entlarvt haben und mein Leben damit immer noch in Gefahr ist, haben wir direkt die Polizei hier in Rom kontaktiert. Die waren natürlich am Anfang skeptisch. Da Mangold aber selbst Polizist ist und sie aufgefordert hat, direkt Rücksprache mit den Polizeistellen in der Normandie und auch in Siena zu nehmen, konnten die Geschehnisse aufgeklärt werden. Von allen Polizeidienststellen wurde bestätigt, dass du die Chefin einer der meistgesuchten kriminellen Organisationen in Europa bist und es auf mich abgesehen hast. Du hast immerhin zwei Mordanschläge auf mich verüben lassen.

Und die Polizei in Rom hat natürlich die einmalige Chance gewittert, dich festnehmen zu können und international Ruhm und Ehre abzukassieren. Gemeinsam mit Mangold haben sie dann die Falle vorbereitet. Wir wussten schon, dass du dich bereits seit einigen Stunden in der Kirche aufhieltest. Wir kannten nur nicht deinen genauen Standort. Stefano und ich hatten die Aufgabe, dich in die Sakristei zu locken. Mangold hat uns angewiesen, uns möglichst mittig in die Sakristei zu stellen, direkt unter das berühmte Deckenfresko. Von hier aus hatten wir die besten Fluchtmöglichkeiten. Wir wussten ja nicht, von welcher Seite du die Sakristei betreten würdest. Raimund hat die Aufgabe unseres persönlichen Bodyguards übernommen. Aber beinahe hättest du uns trotzdem erwischt."

Jetzt lächelte Maria wehmütig. „Ja, es war verdammt knapp. Aber leider ist der zweite Gewinner immer der erste Verlierer."

Katharina nickte. „Die Polizei wird heute Nacht noch ihren Erfolg in allen Medien verkünden. Dein Bild wird in jeder Nachrichtensendung zu sehen sein. Aber keiner ahnt den eigentlichen Grund unseres Besuchs hier in der Basilica. Wir bringen die heilige Katharina zurück nach Siena!“

Maria schwieg und Katharina fragte sich, ob sie das Bewusstsein verloren hatte. Dann öffnete sie noch einmal die Augen.

„Ich habe dich unterschätzt, Schwester. Du bist gerissener, als ich gedacht habe. Ich war sicher, dass ich als Gewinnerin aus dieser Sache hervorgehen würde. Da habe ich mich getäuscht.“

Katharina schluckte. „Möchtest du so aus dem Leben treten...? Wie können uns versöhnen. Ich würde dir verzeihen.“

Mit einer letzten Kraftanstrengung entzog Maria ihr die Hand. „Ich warte auf dich in der Hölle.“

Ihre Augen wurden starr und ihr Körper reglos. Ihr Atem rasselte nicht mehr.

EPILOG SIENA

VIERZEHN TAGE SPÄTER

Katharina betrat den Vorplatz der Basilica di San Domenico. Es nieselte und ein kräftiger Wind wehte über den Platz. Sie war alleine in der Kirche gewesen und hatte still Zwiesprache mit der heiligen Katharina gehalten. Die Reliquie stand wieder an ihrem Platz, wo sie hingehörte und wo die Besucherströme unverdrossen hin pilgerten, um sie sich anzuschauen.

Stefano und Raimund hatten die echte und die Ersatzreliquie unmittelbar nach ihrer Ankunft in einer Nacht- und Nebelaktion ausgetauscht. Keiner ihrer Ordensbrüder war eingeweiht worden. Gemeinsam hatten sie zuvor die Entscheidung getroffen, den Kreis der Mitwisser nicht zu vergrößern. Raimund hatte berichtet, dass er die Ersatzreliquie vernichten wolle. Katharina hielt das für eine gute Idee, so konnte sie wenigstens nicht in falsche Hände geraten.

Der Nieselregen wurde heftiger. Die meisten Touristen hatten bereits ihre Schirme aufgespannt. Es war Herbst geworden, auch hier in Siena.

Sie blickte in die Touristenmenge, bis sie einen großen, knallroten, hüpfenden Schirm ausmachte. Der Träger schwenkte den Schirm, um Katharina auf sich aufmerksam zu machen. „Mangold!" Sie winkte und lief auf ihn zu. „Ich habe mir gedacht, dass du keinen Schirm dabei hast." Mangold hielt den großen Schirm schützend über sie.

Wie sie selbst, war auch er schwarz gekleidet. Statt der üblichen Krawatte trug er diesmal eine Fliege. „Bist du bereit? Stefano und Raimund warten schon auf uns." Katharina nickte. Sie alle wollten zur Beerdigung von Maria. Sie würden die einzigen Trauergäste sein. Katharina hatte durchgesetzt, dass Maria in der Nähe ihrer leiblichen Eltern beigesetzt werden sollte. Egal, was sie getan hatte.

Stefano hatte ihren Wunsch ohne weiteren Kommentar unterstützt und für eine Grabstätte gesorgt. Dafür war Katharina ihm dankbar. Hektor war bereits schon wieder in Köln und hielt die Kanzlei in Schwung. Katharina wusste nicht, was sie ohne diesen verrückten Kerl gemacht hätte. Sie nahm sich vor, ihm direkt nach ihrer Rückkehr ein gutes Angebot zu machen und ihn als Partner in der Kanzlei aufzunehmen.

„Katharina?"

„Ja?" Sie schreckte aus ihren Gedanken auf.

„Du hattest mich doch in der Normandie gefragt, woher ich den Geheimtunnel am Mont Saint-Michel kannte. Willst du das immer noch wissen?"

„Ja, gerne!", sagte Katharina angesichts des Themas, das er einschlug, erstaunt. „Du hattest mir von deiner Büchersammlung erzählt. Du hattest in einer wissenschaftlichen Abhandlung über den Tunnel gelesen."

„Ganz genau. Und ich habe mir überlegt, dass ich dir doch bei nächster Gelegenheit meine Büchersammlung mal zeigen könnte." Er zwinkerte ihr zu. „Dazu könnten wir einen guten Rotwein trinken."

Katharina schmunzelte. „Ich habe mir schon immer liebend gerne Büchersammlungen angeschaut."

- Ende –

Danksagung

Liebe Leserin, lieber Leser,

vielen Dank, dass Sie Katharina auf ihrem Abenteuer begleitet haben.

Hinter den Kulissen sind viele Helfer am Werk gewesen, die ein besonders großes Dankeschön von mir bekommen.

Da ist zunächst meine wunderbare Lektorin Frau Petra Schuppert, die mit einer unglaublichen Akribie das Manuskript durchgesehen hat. Ich schulde ihr eine Packung neuer Rotstifte.

Dann möchte ich mich bei meinem Kreativteam bedanken:

Ohne Frau Christina Lucas hätte die Öffentlichkeit nie von meinem Buch erfahren. Ganz herzlichen Dank für die Unterstützung in der "Social Media Welt". Du bist großartig!

Das Cover stammt von Herrn Sebastian Meger von Meger Medien. Ganz herzlichen Dank!

Für das Brainstorming und die vielen guten Marketingideen bedanke ich mich bei Herrn Joshua Wadenpohl von Hydra Forge Evententertainment.

Meine Tochter Kathi hatte bei einem Familienbesuch des Mont St. Michel die Idee für eine Schlüsselszene. Danke, mein Schatz! Ohne dich hätte sich Katharina nicht so elegant von der Felseninsel retten können.

Das größte Dankeschön schulde ich meinem Ehemann Thomas dafür, dass es das Wort "nein" in seinem Sprachschatz nicht gibt. Ich danke dir. Er hat außerdem Katharina und ihr Team nach meiner Vorstellung zum Leben erweckt. Schauen Sie es sich selbst an. Sie finden meine Helden auf der website:

www.lyn-konner.de

und auch auf Twitter, Facebook oder Instagram.

Ich wünsche Ihnen eine gute Zeit

Ihre

Lyn Konner

Printed in Poland
by Amazon Fulfillment
Poland Sp. z o.o., Wrocław

58745751R00152